ハヤカワ・ミステリ文庫
〈HM(110)-41〉

虚　栄

ロバート・B・パーカー
奥村章子訳

早川書房

6061

BLUE SCREEN
by
Robert B. Parker

Translated by
Akiko Okumura
First published 2007 in Japan by
HAYAKAWA PUBLISHING, INC.
This book is published in Japan by
arrangement with
THE HELEN BRANN AGENCY, INC.
through TUTTLE-MORI AGENCY, INC., TOKYO.

ジョウンへ。
きみは神話のようだ。いや、神話のひとつだ。
信じがたいほどすばらしく、つねに新鮮な感動を与えてくれるという意味で。

虚栄

登場人物

サニー・ランドル……………………………私立探偵
エリン・フリント……………………………女優
バディー・ボーレン…………………………映画プロデューサー。大リーグの球団オーナー
ミスティー・タイラー………………………エリンの付き人
ジェラード・バスガル………………………売春婦の元締め
ムーン・モナハン……………………………高利貸しの取り立て屋
アーロウ・ディレイニー……………………投資仲介会社の共同経営者。ムーンのいとこ
グレッグ・ニュートン………………………投資仲介会社の共同経営者
ペリー・クレイマー…………………………弁護士
トニイ・ゴールト……………………………ハリウッドのエージェント
スパイク………………………………………〈スパイクの店〉のオーナー。サニーの友人
リッチー・バーク……………………………サニーの元夫
フィル・ランドル……………………………サニーの父親
フェリックス・バーク………………………リッチーのおじ
スーザン・シルヴァマン……………………精神科医
クロンジェイガー……………………………ロサンゼルス市警の警部
ソル・エルナンデス…………………………同部長刑事
スーツケース・シンプソン…………………パラダイス警察の署員
ジェッシイ・ストーン………………………パラダイスの警察署長

1

マサチューセッツ州の住民の多くは、家を持つならパラダイスの町がいいと思っている。パラダイスの住民の多くは、できることならパラダイス湾に浮かぶスタイルズ島に住みたいと思っている。そして、スタイルズ島の住民の多くは、その島にある〝シーチェイス〟と呼ばれている屋敷を国じゅうでいちばん醜い屋敷だと思っている。数年前、武装した男たちがスタイルズ島とパラダイスの町を結ぶ橋を爆破して島の住民から金品を奪うという事件が起きた。一味のうちで逃げおおせたのはひとりだけだったが、奪った金の大部分はその男が持って逃げた。数人の死者が出たこの事件のせいでスタイルズ島の住民は先を争うように家を売りに出し、バディー・ボーレンという名の若い男がその機に乗じた。インターネット・バブルでぼろ儲けをしてバブルが崩壊する寸前にさっさと手を引いたボーレンは、儲けた金でスタイルズ島のばかでかい屋敷を五つ六つ買って建物をすべて取り壊し、あらたに屋敷を建てたのだ。ボーレンの屋敷の敷地はルクセンブルク大公国より広いという。

シーチェイスの立派な門の脇には青いブレザーを着た警備員がいた。

わたしは「サニー・ランドルです」と名乗った。

警備員はちらっとクリップボードに目をやって頷いた。

「身分証明書を見せてもらいたい」

運転免許証と探偵のライセンスを見せると、警備員はしげしげと眺めた。

「ここにはソーニャ・ランドルと書いてあるが」

「それが本名なので。でも、好きじゃないから通称を使ってるんです」

警備員はわたしと免許証の写真を見比べた。

「写真より実物のほうがいいな」

「それはどうも」

車のなかをのぞいた警備員は、シフトレバーの台に頭をもたせかけて助手席の床の上に仰向けに寝ころがっているロージーに目をとめた。ロージーは足を四本とも宙に突き立てている。

「そいつはなんだ?」

ムカッとしたが、億万長者に呼ばれて来たのだからと自分にいい聞かせて、怒りを抑えた。

「イングリッシュ・ブルテリアです」

「イングリッシュ・ブルテリアはもっと大きいはずだ」

「スタンダード・サイズのならね」

いささか横柄《おうへい》な口調になってしまったので、愛想よくいい添えた。

「ロージーはミニチュア・ブルテリアなんです」

警備員は納得したかのように頷いた。

「ちょっと待っててくれ。電話をかけて確認する」

わたしは文句をいわずに待った。門の外からはまったく屋敷が見えない。門の向こうには砕いた貝殻を敷きつめた白いドライブウェイが伸びているが、巨大な岩がその先の視界を遮っている。車の窓を開けたままにしていると、波の音が聞こえてきた。潮の香りも漂ってくる。しばらくすると、警備員が戻ってきた。

「オーケー、行ってくれ。誰かが玄関で待ってるはずだ」

「どうも」

「犬は車のなかに置いておくんだぞ」

「この子もお屋敷のなかに入る気はなさそうなので」

警備員はもう一度頷いて、窓越しにロージーを見た。

そして、「悪く思わないでくれよな」とロージーに声をかけた。

ロージーは考えごとをしていたようで、まったく気にしていなかった。警備員が詰め所に戻るとすぐに立派な門が開き、わたしは合図に従って車を乗り入れた。しばらく走ってカーブを曲がり、さらに走って、今度は逆向きのカーブを曲がると、大きな車回しのある屋敷が姿をあらわした。まるでモン・サン・ミシェルのようだった。

「すごい」と思わずつぶやいた。

ロージーは黒い小さな目を開けてちらっとわたしを見たが、すぐに目を閉じてまた考えごとをはじめた。モン・サン・ミシェルには興味がなさそうだった。

車回しの手前には城砦の入口を思わせる頑丈な格子戸があって、そこにも青いブレザーを着た警備員が立っていたので、ふたたび運転席の窓を開けた。

「ミズ・ランドル？」と警備員が訊いた。

「そうです」

「身分証明書を見せてくれ」

免許証を差し出すと、警備員はまたもや写真とわたしの顔を見比べた。名前の食い違いは大目に見てくれた。

「犬は車のなかで待たせておくように」

「この子もそのほうがいいみたいだから。車はどこへとめればいいのかしら」

「ここでいい」と警備員はいった。「キーを預けてくれるのなら」

「この子を置いていくのなら、キーを預けることはできないわ」

警備員は一瞬考え込んだ。

「じゃあ、あそこにとめろ」

わたしはいわれた場所に車をとめた。窓は、ほんの少し隙間を残して閉めた。

「バイバイ。そんなに長くはかからないから」

ロージーはわかってくれたようだったので、降りてドアをロックした。

「銃を持ってるのか？」と警備員が訊いた。

「ええ」

ハンドバッグを開けて、銃身の短い三八スペシャルを見せた。

「みんな銃に興味を示すのよね。男の気を惹《ひ》く小道具としては最高だわ」

警備員はうっすらと笑みを浮かべ、「あんたには小道具なんか必要ないよ」といいながら屋敷の玄関へ案内してくれた。

観音開きになった玄関の扉はオーク材と錬鉄でできていて、縦横とも三メートル近くある。警備員が呼び鈴を鳴らすと片方の扉が開き、これまた青いブレザーを着た黒人の男が姿をあらわした。

「ミズ・ランドルだ」と、警備員が取りついだ。

黒人の男が頷いた。

「バディーはシアターにいます」

わたしは黒人の男のあとについて玄関ホールに入った。玄関ホールは吹き抜けになっていて、床には石が敷きつめてあった。オーク材の鏡板を張った壁には剣や盾や鎧《よろい》が飾られ、二階へ上がる幅の広い階段の手前には、臙脂《えんじ》色のベルベット地で仕立てたスモーキング・ジャケットを着た男性の大きな肖像画が掛けてある。その男性はネクタイをゆるめてシャツのいちばん上のボタンをはずしているので、シャツの襟がジャケットの襟にかぶさっている。手には太い葉巻を持っていて、堂々としているように見えるが、ぽっちゃりとした顔には青臭さが残っている。多額の報酬をもらってこの肖像画を描いた画家も、それを完全に塗り隠すことはできなかったようだ。

「あれはミスタ・ボーレンの肖像画？」

「ええ、そうです」

「これはこれは」

黒人の男はそれ以上なにもいわずに廊下の角を曲がり、ガラス張りの扉を抜けて小さなロビーに入っていった。ロビーにはポップコーン・マシンとコカコーラ・マシンが置いてあり、キャンディーやチョコレートを並べたカウンターもある。ロビーの奥は、フルサイズのスクリーンと赤い革張りのシートを六列備えたシアターになっていた。ベルベットのスモーキング・ジャケットは着ていなかったものの、二列目の真ん中に座って、ポップコーンを食べながら大きな紙コップでなにかを飲んでいるのがバディー・ボーレンだというのはひと目でわかった。

「バディー、サニー・ランドルだ」と黒人の男が告げた。

ボーレンが振り向いた。

「おやおや、こりゃ驚いたな」と、ボーレンは開口一番いった。「私立探偵にしてはいい女じゃないか」

とりあえず聞き流すことにした。

「はじめまして、ミスタ・ボーレン」

「バディーと呼んでくれ。おれのことはみんなバディーと呼ぶんだ。うちのおっかない兵隊たちも。そうだよな、ランディー？」

「ああ」ランディーと呼ばれた黒人の男が相槌を打った。

「座ってくれ、サニー。ランディー、彼女にポップコーンでもコーラでも、なんでも好きなものを持ってきてやってくれ」

「けっこうです。どうぞおかまいなく」

わたしはシアターの通路を歩いていってボーレンのとなりに座った。先ほどの肖像画はできすぎだ。実物は背が低くて太っていて、しまりのない童顔をしている。なのに太い葉巻を吸っているのは滑稽《こっけい》だった。

「酒のほうがいいのか？　ジャック・ダニエルかジョニー・ウォーカーのブルーはどうだ？」

「いえ、けっこうです。用件を聞かせてください」

「ヘイ。やけに仕事熱心なんだな。そんなに可愛い顔をしてるんだから、もう少し愛想よくすればいいものを」

早くも我慢が限界に近づきつつあったが、なんとかこらえた。

「褒《ほ》めていただいて光栄です」

「一緒に映画を観ないか？」

ボーレンが紙コップの中身を飲んだ。

「コーラだよ。飲むのはクラシック・コーラと決めてるんだ。これを飲むとしゃきっとするんでね」

ボーレンはにやりと笑ってコーラをもうひと口飲み、おとなをからかって喜んでいる中学生のような顔をして紙コップの縁越しにわたしを見た。とつぜん照明が消えたが、ボーレンがリモコンを操作したり誰かに合図を送ったりした気配はなかった。やがて、スクリーンに草原のロングショットが映し出された。草をかすかに揺らしている風の音は聞こえるが、ほかの音は聞こえない。そのうち、草をかき分けてこっちへ向かって走ってくる小さな人影が見えた。近づいてくるにつれて、女性だとわかった。美しい女性だというのもわかった。背が高くて引きしまった体をしたその女性は髪が豊かで目鼻立ちも整っていて、疲れた様子も見せずに、軽快でかつ優雅な足取りで走ってくる。ヒョウ柄のビキニを着て編み上げのショートブーツをはき、アフリカのズールー族が使っているような短い槍を握りしめているのもわかった。さらに近づいてくると、足音も、草をかき分ける音も、ゆっくりと深く息をする音も聞こえた。彼女はなおもカメラに向かって走りつづけ、なめらかな肌の下で筋肉がかすかに動いているのも見えた。が、それ以上近づくとカメラにぶつかるのではないかと思った瞬間に輪郭《りんかく》がぼやけて、代わりにエリン・フリントという名前が浮かび上がってきた。それを眺めながら彼女の息の音を聞いていると、名前が消えて《女戦士》というタイトルがあらわれた。そのあとは、彼女の荒い息の音だけを残していったんスクリーンが真っ暗になって、オープニングシーンとともにクレジットが流れてきた。製作は〝バディーボール・エンターテインメント〟となっている。

ひどい映画だった。超人的な能力を持つ女性の話なのだが、いつの時代のどこの話なのかはっきりしないうえに、主役のエリン・フリントは、意味もわからないまま外国語を音読みしているような感じで台詞をしゃべるのだ。ストーリーも、主人公が意中の男性を悪人のもとから救い出すというだけの単純なものだし、悪人はみな上半身裸で、ボディビルダーのような体つきをしている。わたしは五分とたたないうちにエリン・フリントに怒りを覚え、映画が終わるころには自分自身に腹を立てていた。けれども、ボーレンは世紀の名作だと思っているようで、ひいきのチームを応援するときのように口を開けてわずかに身を乗り出して、山場になると小さな声をもらしたり頷いたりしていた。

映画が終わると、消えたときと同様に、とつぜんひとりでに照明がついた。なにも映っていないスクリーンをしばらく放心したように見つめていたボーレンは、ポップコーンを口に放り込んでわたしのほうを向いた。

「どうだ？　気に入ったか？」

「オープニングシーンは迫力がありましたね」と、わたしは上手にごまかした。

「彼女はすごいだろ？」

「ええ」

ボーレンは紙コップのなかの氷を口に含んで嚙みくだき、そのあとでわたしにほほ笑みかけた。

「しかも、おれのものなんだ」

「専属契約を結んでるってことですか？　それとも恋人という意味ですか？」

ボーレンはイヒヒッと笑って両手をこすり合わせた。

「意外に初《うぶ》なんだな」

わたしがあいまいな笑みを浮かべると、ボーレンはかすかに体を揺らしながら頷いた。

「わからないようだからはっきりいうが、おれたちは、つまりその」――ボーレンがウインクをした――「できてるんだよ」

「それはよかったですね。あなたにとっても、彼女にとっても」

「いや、彼女にとってはどうかな。おれはそれほどいい男じゃないから」

ボーレンはまたイヒヒッと笑った。

「しかし、金はある！」

「それもいい男の条件のひとつだと思いますけど」

「そうかもしれない。いや、そうだ。たしかにそうだ」

わたしは小さく頷いた。のんびりと車のなかで寝ているロージーが羨ましかった。ボーレンはちらっと腕時計に目をやった。

「向こうでなにか口に入れながら話をしよう」

昼食のことなのに、なぜか淫らな想像をしてしまった。

2

昼食は、カウンターがあってウエイトレスの制服を着た若い黒人の女性がいる、軽食堂の高級版といった感じの部屋で食べた。わたしとボーレンはカウンターのスツールに座り、ボーレンはチーズバーガーふたつとフレンチフライを、わたしはトマトスープを頼んだ。

「さて、用件を話そう」と、ボーレンがようやく切り出した。「じつをいうと、おれは球団のオーナーでもあるんだ」

「知ってます。ナショナル・リーグのコネティカット・ナツメグズでしょ。最初のシーズンを最下位で終えて、チームの最高打率は二割八分一厘でしたよね」

「野球が好きなのか？」

「いいえ、そんなには」

ボーレンが肩をすぼめた。「じゃあ、勉強してきたんだな」

「場所が場所だけに、球団経営を成功に導くのはむずかしいんじゃないかとスポーツライターはいってるようですが」

「スポーツライターで成功を収めたやつがいたら、紹介してくれ。コネティカットはボストンとニューヨークのあいだにあるんだぞ。ナショナル・リーグのファンはこのあたりにも大勢いるのに、アメリカン・リーグのレッドソックスかヤンキースを応援するしかないじゃないか。近い将来、ナツメグズがメッツのライバルになるのは確実だ。地図を頭に描けばわかることだよ。コネティカット州全域とマサチューセッツ州の西部、それにニューヨーク州東部の野球ファンを取り込めるんだから。強くなりさえすれば、ヴァーモントやロード・アイランドからも観にくるさ」

「あなたもずいぶん勉強したんですね」

「ばかじゃ金持ちにはなれないからな。ファンの興味を惹《ひ》きつけるいちばんの方法は、チームを強くすることだ。おれは、ナツメグズをかならず強いチームにする」

ボーレンは皿の上にケチャップを絞り出し、フレンチフライの先をそのなかに突っ込んでくるくると輪を描いてから、ケチャップのついたところをかじった。

「フロントの連中には、どれだけ金がかかってもいいから必要な選手を取ってこいとはっぱをかけたんだ」そういいながら、半分かじったフレンチフライをわたしに突きつけた。「しかし、強くなるのには時間がかかるので、その間、ファンの関心を惹きつけておく方策も必要だ」

わたしは無言で頷いた。二時間半前にボーレンの屋敷に来て以来、ずっと歯をくいしばって自分を抑えていたので、顎が痛くなってきた。

「じゃあ、そろそろ本題に入ろう。さっきエリンの映画を観ただろ？　彼女はスタントを使わずに、すべて自分で演じたんだ」

「そうですか」

「運動神経が発達してるんだよ。それも、抜群に。大学時代はトラック競技と槍投げをしていたらしい。それに、バスケットとソフトボールも。そのすべてにおいて優秀な成績をおさめてたんだ」

「わたしはボートを漕いでたんですよ」

「ほんとうか？　まあ、それはともかく、エリンのつぎの映画はベーブ・ディドリクソンの伝記にしようと思ってるんだ」

ボーレンはわたしが驚いて息をのむのを待った。けれども、わたしは少しも驚かずにそっと頷いただけだった。

「ベーブ・ディドリクソンを知ってるのか？」

「偉大なスポーツウーマンでしょ？」

「陸上、フットボール、野球、と幅広く活躍したジム・ソープの女性版だ。ベーブ・ディドリクソンも野球をしていたことがあって、メジャー・リーガーとのエキシビション

・ゲームでの活躍は見事なものだった。ホームランを打ったんだからな。驚くべき女性だよ」
「それをエリンが演じるわけですね」

「ほかに誰がいる？　ベーブ・ディドリクソンのスポーツ選手としての活躍ぶりもジョージ・ザハリアスとのロマンスも、大きな感動を呼ぶはずだ」

「ジョージ・ザハリアスの役は誰が？」と、興味があるようなふりをして訊いた。

「ベンだ。ぴったりだろ？」

「ベン？」

「ベン・アフレックだよ。きっと、たがいが相手を燃え上がらせるだろう。危ないから、スクリーンから少し離れて観たほうがいいかもしれない」

「ジョージ・ザハリアスはプロレスラーだったんでしょ？　もっと体が大きかったんじゃないかしら」

「ベンは堂々としてるから大丈夫だ」

「なるほど」

「それに、まだあるんだぞ。驚かないでくれよ。エリンを外野手として迎え入れるつもりでいるんだ」

「どこへ？」

「ナツメグズへだ」

「エリン・フリントを?」

「彼女ならやれる」とボーレンは断言した。「会えばわかるさ。守備はウィリー・メイズ並みなんだ」

「つまり、巧いってことですよね」

「ああ、もちろん」

「でも、ほんとうにメジャー・リーグでプレーできるんですか?」

「ああ、おれはできると確信している。ワールドシリーズが終わった一週間後に発表するつもりだ。そうすれば、冬のあいだじゅう、トークショーで取り上げてくれるだろうから」

「反発もあるんじゃないですか?」

「ジャッキー・ロビンソンが黒人としてはじめてメジャー・リーグ入りしたときと同じだ。もちろん反発はあると思うが、それも宣伝になる。べつに悪いことをしようとしてるわけじゃないんだし」

「ただ、彼女の身に危険がおよぶ恐れもあるんですね」

「だからあんたを呼んだんだ」

「彼女を危険から守るために?」

「ここには警備員が大勢いるじゃないですか」

「そうだ」

「やつらは男だ。エリンは女性のほうがいいというんだよ。女性だったら、どこへでも一緒に行けるし。彼女はその……いわゆる男女同権論者なんだ」

「でも、どうしてわたしを？」

「いろいろ調べて、気に入ったからだ」

「それはどうも」

「エリンが無茶なことをしようとしたら止めるのも当然あんたの仕事だから、そのつもりで」

「どういうことですか？」

「彼女はそうとうわがままなんだ。もはや自分は有名人だということを忘れるときもある」

「お酒は？」

「酒はそんなに飲まない」

「麻薬は？」

「麻薬はやってない。ぜったいに。ついでにいっておくが、肉も鶏か七面鳥しか食べない。健康にはひどく気を使ってるんだ」

「セックスは？」

「ヘイ。彼女はおれのガールフレンドだぞ」

「わかってます。でも、無茶なことというのはなんなのか、よくわからないので」

「エリンはおれのガールフレンドで、バディーボール・エンターテインメントの女優で、これからコネティカット・ナツメグズの救世主になろうとしてるんだ。無茶なことをされると、おれも会社もチームも困るんだよ」

「もし彼女が無茶なことをしようとしていたら、事前に察知して止めればいいんですね」

「そのとおりだ」

ボーレンは満足げにイヒヒッと笑った。

「引き受けてくれるか？」

「もちろん」と返事をした。

3

アパートに戻ってロージーに夕食を食べさせて、心臓にいいといわれているワインをグラスに注ぐと、午後三時になったばかりのロサンゼルスにいるトニイ・ゴールトに電話をかけた。

「サニー・ランドルというのが誰かはちゃんと覚えてるよ」とトニイはいった。「きみとのあいだにはいい思い出があるから」

「わたしもあなたのことはちゃんと覚えてるわ」

「サニーって名前はマネーと、ランドルはスキャンダルと韻を踏むのを知ってたか？」

「それは知らなかった」

「だからぼくはハリウッドの大物エージェントで、きみはボストンで探偵をしてるんだ。これまでの人生でもっとも愉快だったことはなんだい？」

「あなたがなかなかブラのホックをはずせなかったことかしら」

「なるほど。でも、そのあとは……」

「そのあとは悪くなかったわ。じつは、教えてほしいことがあるんだけど」

「ぼくは情報通だからな。なんでも訊いてくれ」

「エリン・フリントのことなの」

トニイが笑った。

「《女戦士》の?」

「映画は観たわ」

「フルタイトルは《女戦士・最後の戦い》か、《女戦士・逆襲》か、それとも《女戦士・究極の悪》か?」

「ううん、ただの《女戦士》だった」

ロージーが、なにかを催促するように大きな声で吠えた。鋭い目つきで、じっとわたしをにらみつけている。夕食のあとはいつもデザートとしてライスクラッカーを二枚食べさせているのに、ころっと忘れていた。

「いまのはなんだ?」とトニイが訊いた。「まだあのばかでかいモルモットを飼ってるのか?」

「ロージーのことをそんなふうにいわないで。ちょっと待っててね。デザートを出すのを忘れたの」

クラッカーを取ってきて、指を噛まれないように気をつけながら一枚ずつ食べさせた。

「お待ちどおさま。じゃあ、エリンは《女戦士》の映画を何本も撮ってるってこと？」

「ああ、もちろんだよ。あちこちのテレビ局に売りまくってるから、年に二、三本は撮ってるはずだ」

「ひどい映画だったわ」

「ああ、映画もエリン・フリントもだろ？　でも、彼女は人気があるんだ」

「たしかにルックスはいいわね」

「大柄で筋肉質だから、ぼくの好みじゃないけど、女に叩かれるのが好きな連中はそそられるんだよ」

「つぎはベーブ・ディドリクソンの伝記映画を撮るそうよ」

「彼女はプロデューサーとできてるんだ。ちなみに、そのプロデューサーはボストンの出身らしい」

「バディー・ボーレンでしょ？」

「ああ。やっぱりきみは私立探偵なんだ。とにかく、ボーレンはその映画のためにすでにそうとう金を使ってて、宣伝にもかなり注ぎ込むつもりでいるようだ。よほど金を持ってるんだろうな」

「わたしはあなたも大金持ちだと思ったから付き合うことにしたのに」

「でも、たっぷり楽しませてやったじゃないか」

「まあね。じゃあ、映画のことはもう話題になってるの？」

「もちろん。エリン・フリントはオリンピック級の厄介者だというので有名だし」

「芸術家は気むずかしいのよ」

「芸術家？　こっちじゃ芸術というのは人や作品をけなすときに使う言葉で、そういう意味じゃ、エリンはまさに芸術家だよ。自己中心的で、自分のことを大女優だと思ってるんだから」

「しょうがないわ。みんながちやほやするんだもの」

「誰も彼女のことを大女優だとは思ってないんだけど」

「彼女のエージェントはあなたなの？」

「違うよ。ぼくはそれほど暇じゃないから。なんてったって、人生は短いんだし。監督はぼくのクライアントだけど」

「その監督は彼女に満足してるの？」

「してないさ」

「彼女は運動神経が発達してるって話だけど、ほんとう？」

「ああ。スタントを使わずにぜんぶ自分でやってるみたいだ。もちろん、危険なシーンは別だけど。大事な商品に危険なことはさせられないから」

ロージーがそばに来たかと思うと、またわたしをにらみつけて吠えた。

「ちょっとごめんね」トニイに断わって受話器を置き、セーフを宣告する野球の審判のように勢いよく両腕を広げた。「もうおしまい！」

ロージーは静かにわたしを見た。ロージーも女なので、おねだりするのが好きなのだ。しかし、諦めたらしく、ソファに飛び乗って何度かくるくる回ってから寝そべった。

「エリンが野球をするって話は聞いてない？」

「野球？」

「メジャー・リーグでプレーするって話は聞いてない？」

「聞いてない。でも、ボーレンは球団を持ってるんじゃなかったっけ」

「あなたってすごいわ、トニイ。ちょっとやそっとのことでは驚かないのね」

「ぼくはハリウッドのエージェントだぞ。それに、普通の人間ならぜったいに思いつかない、いかにもハリウッド的なアイデアなんでね。映画は球団の宣伝になるし、球団は映画の宣伝になるはずだ。おまけに、エリン・フリントは映画でも野球でも注目を浴びることになる。それこそ絶大なシナジー効果だ」

「うまくいくと思う？」

「うまくいくわけないさ。けど、ハリウッドの人間は、すばらしいアイデアだと褒めそやすはずだ。で、もしうまくいかなかったら、あれはひどいアイデアだったとこきおろすんだ」

「成功させるにはどうすればいいの?」

「いい映画をつくって、同時に球団を強くすることだ」

「どちらもエリンしだいね」

「まったく、ばかげた話だよ。それはそうと、きみはなぜエリンに興味を持ってるんだ?」

わけを話すと、トニイが小さな声で笑った。

「どうして笑うの?」

「きみがエリンを撃ち殺さずに無事に仕事を終えられるかどうか、怪しいものだと思って」

「彼女はそんなにひどいの?」

トニイはしばらく黙り込んだ。が、受話器の向こうでふたたび口を開いたときもまだ笑っているようだった。

「きみとぼくとはぴたりと合ったが、きみとエリンは合わないよ」

4

バディー・ボーレンが、サウス・ボストンにあるわたしのアパートへエリン・フリントを連れてきた。黒いフォード・エクスペディションを従えたリムジンがアパートの前にとまるのを、わたしは部屋の窓から見ていた。青いブレザーを着た男がエクスペディションから降りてリムジンのドアを開けると、バディー・ボーレンとエリン・フリントが降りた。ふたりは歩道を横切って建物の玄関に入り、やがてわたしの部屋に来た。

やはりすごい。

間近で見るエリン・フリントは、予想どおり、いや、予想以上だった。映画で見た姿よりすらりとしていて、顔もスタイルも実物のほうがよく、髪も肌も光り輝いている。もちろんバディー・ボーレンより背が高く、悔しいことに、わたしよりも高い。ベッドで寝ていたロージーも、よく見ようと駆けてきた。

「こんにちは」と、わたしが先に声をかけた。「サニー・ランドルよ」

「その犬をどこかへやって」とエリンがいった。「犬は嫌いなの」

「この子の名前はロージーよ」と教えた。「どこかへやれといわれても、ここがこの子の家だから」

「犬の名前なんてどうだっていいわ。とにかく、犬がそばにいるのはいやなの」

「いやなら、車のなかで待ってれば？」

エリンは、聞いたことのない言葉を話す人を見るような目つきでわたしを見てからボーレンを見た。そして、ふたたびわたしに視線を戻した。

「わたしが誰だか知ってるの？」

実生活でそんな台詞を耳にするのは、おそらくはじめてだった。ロージーはエリンに嫌われているのを察したようで、さっさとベッドに戻って自分の寝床の乱れを直した。

「ねえ、知ってるの？」

「ええ、知ってるわ」と答えた。「わざわざ訊いてくれて、ありがとう」

「じゃあ、犬をどこかへやってくれる？」

「まさか」

「エリン」とボーレンがたしなめた。

「ファック・ユー」と、エリンはわたしに毒づいた。「帰るわ」

ボーレンがドアの手前に立った。太った体が完全にドアをふさいでいる。

「だめだ、エリン」

「通して」とエリンが喚《わめ》いた。

ロージーは前足の上に頭をのせてベッドの上に寝そべって、アーモンド形の黒い小さな目でこっちを見ている。

「黙れ」とボーレンが一喝した。「ここにいるんだ」

エリンの体がこわばった。わたしを見ようともしない。

「座れ」ボーレンが窓辺の椅子を指さした。

エリンは動かない。

「さあ、早く」

エリンはくるりと体の向きを変え、窓辺に歩いていって椅子に腰掛けた。ボーレンは上品に手を差し伸べて、もうひとつの椅子をわたしにすすめた。

「けっこうです。あなたがあそこへ座ってください。わたしはこっちに座りますから」

ボーレンがにやりと笑った。

「早くも主導権を取ろうとしてるのか?」

「いいえ、こっちのほうが好きなだけです」

ボーレンはエリンの向かいに座った。エリンは椅子に座ってもまだ体をこわばらせたままで、じっと宙を見つめている。わたしはスツールに腰掛けてカウンターに両肘をついた。

「エリンは女優だから、芸術家気質というのか、ちょっと気むずかしいところがあるんだ。それも彼女の特徴のひとつなんだが、直さないとな」

ロージーは、なんとか騒ぎが収まってあとは穏やかな話し合いが行なわれるはずだと思ったのか、顔はこっちに向けているものの、前足の上に顎をのせて目を閉じている。のんきなものだ。

「犬は嫌いなんだもの」とエリンがいった。

「われわれの計画はこのあいだ話したとおりだ」と、ボーレンが話を切り替えた。「練習に集中できるようにするために人を雇うことには、エリンも同意している」

「で、雇うのは女性でなきゃだめなんですよね」と、ボーレンに確かめた。

「男はセックスのことしか考えてないから」と、エリンが理由を説明した。

「たしかにそういう男もいるわ」と、わたしがいった。

エリンは顔を赤らめた。

「たいていの男はほかに能がないのよ」

わたしはボーレンにほほ笑みかけた。気を悪くしている様子はなかった。

「とにかく、仲よくやってほしいんだ。おれの知り合いはみな、女性を雇うのならあんたがいちばんだというんだよ」

「優秀な人材はなかなかいませんからね」

「ふたりでじっくり話し合えばいい。仲よくやってくれないと困るんだ」

「わかりました」と相槌を打った。「じゃあ、まずはいちばん大事なことから。わたしはどこへ行くにもロージーを連れていくので、そのつもりでいてね。ロージーを好きになってくれとはいわないわ。でも、邪険にしないでほしいの」

「犬は嫌いなんだもの」とエリンが繰り返した。

ボーレンに黙れといわれて以来、エリンはわたしを見ようとしない。

「好き嫌いは関係ないわ。ロージーとわたしはセットなんだから。ロージーとわたしを選ぶか、ほかの人を探すか、どちらかにして」

エリンは黙っている。

「わかった」と、ボーレンが代わりに答えた。「その条件は受け入れよう」

「ありがとうございます」と礼をいった。「それから、彼女の警備に関してはわたしの考えを優先させるという確約がほしいんです」

「この人にあれこれ指図されるのはいやよ」と、エリンがボーレンに訴えた。

「もちろん、あなたの意思は尊重するわ。でも、わたしもあなたと毎日いい争うのはいやなの」

「当然だ」とボーレンがいった。「いいだろう」

「なにか訊いておきたいことはある？」と、エリンに声をかけた。

　エリンがようやくわたしを見た。

「結婚してるの？」

「いまは独身よ」と答えた。

「恋人はいるの？」

「いまはいないわ」

「ひとりで暮らしてるの？」

「ロージーと一緒よ」

「レズじゃないわよね」

「違うわ」

　エリンは、それだけわかれば充分だといわんばかりに頷いた。

「そんなにタフなようには見えないけど」

「タフというのをどんなふうに定義するかによるわ。ボクシングのトレーニングを積んだ体重二百ポンドの男性と互角に戦えるかと訊かれたら、答えはノーよ。でも、いざとなったらその男を撃つことはできるわ」

「拳銃を持ってるのね」

「ええ」

　沈黙が流れた。

しばらくするとエリンが、「人を撃ったことはあるの？」と訊いた。

「あるわ」

ふたたび沈黙が流れた。黙り込んでいるあいだはエリンも視線をそらしているが、話をするときはわたしの目を見る。

「デートはしてる？」と、エリンが続けて訊いた。

「生理的な欲求を満たす程度には」

「セックスもしてるの？」

わたしはほほ笑んだだけで、返事はしなかった。エリンも、いろいろ訊いておくべきだとは思ったものの、思いついたのはデートとセックスのことだけだったのだろう。

「以前は結婚してたんでしょ？」

「ええ」

「ということは、離婚したのね」

「そう」

「男はみんなばかだから」

「別れた夫はばかじゃなかったわ」

「なのに、なぜあなたを捨てたの？」

「彼がわたしを捨てたわけでも、わたしが彼を捨てたわけでもないわ。うまくいかなくなったから別れただけよ」

ボーレンが椅子に座ったままもぞもぞと体を動かした。

「じゃあ、はじめてくれるか？」

「ええ、ただちに」と返事をした。

5

エリンはバディー・ボーレンとシーチェイスで暮らしているので、そこにいるあいだは屋敷の警備員に守られている。屋敷を離れるときはわたしが付き添って、彼女のスタッフも何人か同行した。彼女がエリン・フリントでいるためには大勢の人間の助けが必要なのだ。付き人、パーソナルトレーナー、栄養士、コック、広報係、美容師、メーキャップアーティスト、救急救命士の資格を合わせ持つ看護師……そして、わたし。わたし以外の人たちは、シーチェイスのジムのとなりの客室棟に寝泊まりしている。エリンは毎日タフト大学の体育館に通って、ボーレンがコネティカット・ナツメグズから呼び寄せたコーチとともにバッティングの練習に励んでいた。

わたしはその日もいつものように、バッティングの練習をしているエリンをスタンドから眺めていた。わたしの片側にはエリンの付き人のミスティー・タイラーが座り、反対側にはパーソナルトレーナーのロビーという女性が座っていた。打撃投手をつとめているのはタフト大学の昨シーズンのエースで、痩せて、髪が薄くて、手が異様に大きいコーチのロイ・リンデンは、バッティング・ケージの外側から練習を見守っていた。

「内角を攻められても逃げちゃだめだ」とリンデンがいった。

エリンは、体にぴたりとフィットした黒いタンクトップと白い短パンに野球用のスパイクをはいていた。両手に手袋をはめて、額にはスウェットバンドの代わりに青いバンダナを折りたたんで巻いている。

「じゃあ、どうしろっていうの？」と、エリンが食ってかかった。「内角には投げないようにいってよ」

「腰を引けば打てると、このあいだ教えたじゃないか」と、リンデンがいい返した。

「腰を引いたら、すくい上げるような打ち方になっちゃうでしょ」

「足は引かずに、ひねるようにして腰を引くんだ。見てろ」

リンデンはバッティング・ケージの外で手本を示した。

「すくい上げることしかできないのなら、打たないほうがいい」

「見逃しの三振になっても？」

「ちゃんと構えてるのに逃げなきゃならないのなら、その球はボールの可能性が高いし、どうせきみには打てないんだから」

「じゃあ、打てる球を投げるようにいって」

「おい」と、リンデンが大学生のピッチャーに声をかけた。「ストライクを投げろ。ただし、内角に」

つぎの球が飛んでくると、エリンは片足を大きく引いて力いっぱいバットを振り、わたしの左側にあるネットに球を当てた。

「ほら。見た？」

「いまのはどでかいファウルだ」とリンデンがいった。

エリンは、自分の打った球の衝撃でまだ揺れているネットを誇らしげに見つめている。リンデンはピッチャーに外角の指示を出した。ピッチャーは頷いて投げた。エリンはふたたび大きく片足を引いて力いっぱいバットを振ったが、今度は空振りだった。

「いまのは外角だったわよね」と、エリンがリンデンに確認した。

リンデンが頷いた。

「ああ、外角の高めだ」

「あなたは内角に投げろといったんでしょ」

「足を引きさえしなければ、いまの球も打てたはずだ」

「内角の球が来ると思ってたんだもの」

リンデンはうっすらと笑みを浮かべた。

「おい」とピッチャーに声をかけた。「ど真ん中に投げてやれ」

ピッチャーが投げると、エリンはありったけの力で打ち返した。球はビューンと音を立てながらすさまじい速さでピッチャーの頭上を飛び越えて、ネットに当たった。

「いまのはよかった」とリンデンが褒めた。「爽快な一発が出たところで、きょうは終わりにしよう」

リンデンは、スタンドにいるわたしと付き人とパーソナルトレーナーのほうを見た。

「じゃあ」

そういうなり、彼はくるりと背を向けて広い室内ケージの端まで歩いていくと、ネットをくぐって男性用のロッカールームへ姿を消した。

エリンも、わたしとミスティーとロビーも女性用のロッカールームへ行った。ロッカールームにはコーチのためにパーティションで仕切られた一角があって、学生たちの前で着替えをしなくてすむように、エリンはそこを使っていた。わたしとミスティーとロビーはあいていたベンチに座って、エリンがシャワールームから出てくるのを待った。

わたしはけっこういい体をしているし、スタイルにはいささか自信があったのだが、エリンの裸を見たせいで自己嫌悪におちいった。彼女は筋肉質の引きしまった体をしていて、スタイルもよく、しかも優雅でゴージャスで、それは本人もよく知っている。だから、その美貌を武器にして女優になったのだ。わたしはこっそり彼女の胸を観察したが、偽物ではなさそうだった。

「彼女を見てると自分がみじめに思えてくるわ」とロビーがいった。

「まあ、多少はね」と、わたしも同意した。

ミスティーは悲しげに頷いた。ミスティーもロビーもわたしも、そこそこ魅力的ではある。太ってはいないし、ガリガリでもないし、顔もスタイルも服のセンスも悪くない。それに、ミスティーはどことなくエリンに似ている。背の高さも、髪や目の色もほとんど同じだ。けれども、ミスティーが女優になれなかったのは、エリンの持っているなにかがミスティーには欠けているからだ。

「彼女は必死に努力してるのよ」とミスティーがいった。「毎日、ロビーともエクササイズをしてるし。そんなにしなくても大丈夫だと思うんだけど」

ロビーが頷いた。

「十代のころからあんな感じだったんだもの」とミスティーがいい添えた。

「ほんとうに？」

「ええ。本格的にエクササイズをはじめる前からあんな体つきだったの。そうよね、ロビー」

「わたしが彼女のパーソナルトレーナーになったときにはすでにいい体をしてたわ」とロビーがいった。

「それはいつ？」とロビーに訊いた。

「デビュー作の《女戦士》のときよ」とロビーがいった。「磨きをかけてやってくれと頼まれたんだけど、そんな必要なかったわ」

「あなたはいつから彼女を知ってるの？」と、ミスティーにも訊いた。

「ずいぶん前からよ」とミスティーはいった。

「《女戦士》の前から？」

ミスティーが頷いた。

「彼女がエリン・フリントになる前からよ」

「エリン・フリントというのは本名じゃないの？」

ミスティーがかぶりを振った。「いいえ、本名よ。わたしがいいたかったのは、有名になる前ってこと」

「で、昔からあんな感じだったの？」

ミスティーはにやりとした。

「胸が膨らみだしてからはね」

やがて、体を見せびらかすように裸のままシャワー室から出てきたエリンは、ブラをつけて、まずは頭だけをセーターの首に通した。セーターに化粧がついたり髪が乱れたりしないように、わたしもいつもそうしている。ただし、わたしはすぐに服を着るが、エリンはセーターを着ただけで下半身は裸のまま、ふたつ並んだ洗面台の鏡の前に立って髪を梳《と》かしたり化粧を直したりした。

「頭にくるわ」エリンは洗面台に身を乗り出して、すでにもう充分に整った顔にさらに化粧をほどこした。「あの男はシカゴ・カブスで八年プレーして二割六分八厘打っただけなのに、偉そうに指図するのよ」

「二割六分八厘じゃ、たいしたことないの？」と、わたしが訊いた。

「当たり前でしょ。あなた、野球を知らないの？」

「ええ、あまり」

髪がふわっと揺れるように、エリンはゆっくりと首を振った。

「バディーは野球を知らない人を雇ったのね」

「知らないほうが都合がよかったのかもしれないわ」と皮肉で返した。

「ねえ、犬はどうしたの？」とエリンが訊いた。

「リッチーのところにいるの」

「リッチーって誰？」

「別れた夫よ。彼には週に三日だけロージーと暮らす権利があるの」

「ふたりで犬の面倒を見てるわけ？」

「ロージーはリッチーが大好きだから」

「わたしならぜったいにそんなことはしないわ」

「結婚してたの？」と訊いてみた。

「ええ」とエリンは答えた。

「子供は？」

「あなたとミスタ・ボーレンはいないわ」

「どうって、なにが？」

「彼との結婚を考えたことはないの？」

「結婚なんかしたら、バディーはますます威張り散らすわ。冗談じゃないわよ」とエリンはいった。

「でも、ミスタ・ボーレンとは親密な関係で、一緒に暮らしてるんでしょ？　それはかまわないの？」

「利用できるものは利用しないと」

エリンは化粧をする手を止めて振り向くと、半裸のまま背筋を伸ばして小さく腕を広げた。

「もちろん、この体も」

「利用するって、どんなふうに？」

「わたしの望みを叶えるためにはバディーが必要なの。とことん利用するつもりよ」

わたしはエリンにほほ笑みかけた。

「彼もあなたを利用してるんじゃないかしら」

「彼は彼の、わたしはわたしの望みを叶えようとしてるだけよ」とエリンはいった。

「べつに悪いことじゃないでしょ」

エリンの考えに共感したわけではないものの、わたしはふたたびほほ笑んだ。

「ほんとうにメジャー・リーグでプレーするつもり？」

「もちろん」

エリンはきっぱりとそういってパンティーをはいた。

「できると思う？」

「もちろん」

「野球は以前からやってたの？」

「ソフトボールならね。けっこう上手だったのよ」

「でも、野球とソフトボールは違うでしょ」

「わたし、ネガティブな考え方をする人は嫌いなの」とエリンはいった。「クビになりたくなかったら覚えておいて」

「気をつけるわ」と答えた。

エリンは、わたしにはとうていはけそうもないスリムなジーンズを楽々とはいた。

「男にできるのならわたしにもできるわよ。しかも、男より上手に」

エリンがその台詞を口にするのは、これがはじめてではなさそうだった。わたしはまた笑みを浮かべたが、今回は笑みに共感をこめた。エリンはトカゲ革のカウボーイブーツをはいて立ち上がり、ジーンズの裾《すそ》をブーツのなかに押し込んだ。最後に自分の姿を鏡に映して頷くと、ロッカールームのドアのほうへ歩きだした。わたしもあとを追った。ロビーは先まわりしてドアを開けた。ミスティーは、エリンのトレーニングウェアと化粧品をジムバッグに詰め込んでついてきた。体育館を出ていくときも、タフト大学のキャンパスを歩いているときも、すれ違う人はみな——男性も女性も、学生も教職員も——エリンに目を奪われていた。

6

「ばかばかしい」と、スパイクは吐き捨てるようにいった。

わたしとロージーは、再開発工事を終えたウォーターフロントにあるスパイクのレストランでスパイクと一緒にブランチを食べていた。天気はいいし、日曜日だということもあって、ウォーターフロントはかつての賑わいを取り戻していた。

「男にできることがすべて女にもできるとは限らないと思ってるの？」とスパイクに訊いた。

「当たり前じゃないか」

「そんなふうに思うのは、あなたが正真正銘のゲイで、女嫌いだから？」

「ああ。けど、すべての女が嫌いだというわけじゃない。あんたのことは好きだし」

「それはわかってるわ。でも、わたしが逆立ちしたって腕力じゃあなたに太刀打ちできないと思ってるんでしょ？」

「殴り合いの喧嘩ならおれが勝つ」

「殴り合いの喧嘩をしてあなたに勝てる人はほとんどいないわ。女でも、男でも」

「まあな」

スパイクは熊にそっくりだ。体が大きくて、毛深くて、力が強くて気性が荒く、それでいて、やさしい心の持ち主でもある。

「人間はみんな対等だというのは、やっぱり無理があるのかもね」と、わたしは自分の考えを述べた。「世の中には頭のいい人もいれば悪い人もいるし、才能のある人もない人も、きれいな人もそうでない人も、それに……」

途中でやめて両手を広げた。

「そういうことはあまり深く考えないようにしてるんだ」

そういいながら、スパイクはテーブルの真ん中に置いてあるバスケットのなかからブレッドスティックを一本つまんで、ロージーに食べさせた。

「間食はさせないことにしてるのよ」と注意した。

「そりゃいいことだ。こいつがブタになっちまったら困るからな」

ブレッドスティックは長くて、しかも硬いが、ロージーは骨をしゃぶるときのように前足で押さえて上手に食べた。テーブルの上に落ちたかけらもきれいになめた。

「対等かどうか見極めるのはむずかしいわね」

「対等じゃないってことを見極めるのは簡単なんだが」

スパイクはウエイトレスを呼んでコーヒーのお代わりを頼んだ。わたしの話に退屈しているのは一目瞭然だった。抽象的な思考には向いていないのだ。

「いずれにせよ、具体的な例を挙げて話をしたほうがよさそうね」

「たぶん」

「バディー・ボーレンはエリン・フリントを利用してるの」

高価なカジュアルウェアを着た若い男性がふたり店に入ってきて、バーのカウンターへ向かった。わたしもスパイクもふたりを目で追った。そして、顔を見合わせて笑みを浮かべた。

「けど、エリン・フリントもバディー・ボーレンを利用してるんだろ」とスパイクがいった。「持ちつ持たれつってやつだよ」

「バディー・ボーレンはエリンがほんとうにメジャー・リーグで通用すると思っているのかどうか、そこのところがよくわからないのよね」

「通用すればそれに越したことはないが、通用しなくたって、映画と球団に投資した見返りはあるはずだ」

「エリン自身は通用すると思ってるのかしら」

スパイクがにんまりとした。

「通用すればそれに越したことはないが、通用しなくたって、彼女自身にも見返りはある」

「エリンがメジャー・リーグでプレーするのを快く思わない人も大勢いるんじゃない？」

「ジャッキー・ロビンソンが黒人初のメジャー・リーガーになったときのように？」

わたしは静かに頷いた。スパイクはしばらく考えてからかぶりを振った。

「みんな気づくさ」

「なにに？」

「ただの客寄せだってことにだよ。そういうのはよくあることだから」

「でも、もし彼女がほんとうにメジャー・リーグで通用する実力を持ってたら？」

スパイクはロージーにもう一本ブレッドスティックを食べさせた。

「たぶん厄介なことになるだろうな」

7

日曜日は一日のんびりと過ごして、夕方、ジョギングをしに行った。電話がかかってきたのは、ジョギングから戻って、スウェットの上下を着たままロージーに夕食を食べさせようとしているときだった。ドッグフードを入れたボウルをロージーの前に置いて、電話に出た。

かけてきたのはバディー・ボーレンだった。「来てくれ。いますぐに」

ボーレンはそれだけいって電話を切った。わたしは受話器を握りしめたままぼうっと突っ立って、ロージーが夕食を食べているのをしばらく眺めていた。が、やがて玄関の脇の鏡に視線を移して、そこに映った自分の姿を見た。これではだめだ。〝いますぐに〟といわれたら、どんなにひどい格好をしていても即座に駆けつけなければと思う相手はそう何人もいない。せいぜい、別れた夫のリッチーと父親とスパイクぐらいのものだ。バディー・ボーレンなら、シャワーを浴びて着替えてからでもいい。

身支度を整えると、ベッドに寝そべっているロージーの鼻にキスをして、退屈しないようにテレビをつけてやってからアパートを出た。テッド・ウィリアムズ・トンネルを抜けて北に向かって車を走らせ、バディー・ボーレンが電話をかけてきた一時間後にはパラダイス島に着いた。橋を渡ってスタイルズ島に入ると、パラダイス署のパトカーが一台とまっていた。ボーレンの屋敷に車を乗り入れて、砕いた貝殻を敷きつめたドライブウェイを走っていくと、パトカーがさらに三台と救急車が一台、広い車回しに思い思いの方向を向いてとまっているのが見えた。玄関には青いブレザーを着た警備員と一緒に制服警官が立っていて、わたしを呼び止めた。

「いいんだ」と警備員がいった。「バディーが呼んだんだから。彼女の助けが必要らしい。おれが連れていく」

警官が頷いたので、わたしは警備員のあとについて立派な玄関ホールに足を踏み入れた。階段の手前で左に曲がって、ガラス張りの長い廊下を進むと、エリンのスタッフが寝泊まりしている客室棟に着いた。そのとなりにあるジムには人が大勢いた。エリンもボーレンも、このあいだわたしをボーレンのもとへ案内したランディーという名の黒人の男も、エリンのスタッフも、パラダイス署の警官もいた。ジーンズをはいてベースボール・ジャケットを着たパラダイス署の署長も、かたわらに往診鞄を置いて、床に横たわっている人物のそばにひざまずいているスーツ姿の男性もいた。エリンはわたしに気づいて駆けてきた。

「サニー、連中がミスティーを殺したの」

パラダイス署の署長が振り向いた。

「連中というのは誰のことなんだ、ミス・フリント？」と署長が訊いた。

「そんなこと、わかるわけないでしょ。言葉尻を捉えて突っ込まないでよ」とエリンが嚙みついた。

署長がこっちに歩いてきた。背はそれほど高くないが、体つきががっしりしているのも、動作に無理や無駄がないのも、リッチーに似ている。それに、たくましい手をしているのも、物静かな感じがするのも。

「あなたは？」と署長がわたしにたずねた。

「私立探偵のサニー・ランドルです」

署長が笑みを浮かべた。

「ジェッシイ・ストーンだ」

「死因は？」と署長に訊いた。

「誰かに首の骨を折られたようだと医者はいっている」

「検死官ですよね」

「こんな小さな町に検死官はいない」と署長はいった。「小児科の開業医だが、法医学の研修も積んでいるので、郡の検死官が来る前に見ておいてもらおうと思って」

エリンはそばでわたしたちの話を聞いていた。

「犯人を探して、サニー」と、彼女はわたしに訴えた。

続けて声を張り上げた。

「バディー、サニーに犯人を探してもらって」

「もちろんだ」とボーレンが応じた。「わかってる」

わたしは署長を見た。署長は愛想よく頷いた。

「遺体を見るか?」

「ええ」

「お願い」と、エリンがわたしに泣きついた。「田舎の無神経な人たちにあれこれ詮索されたくないの。それに、女性のほうがいいし」

エリンが〝田舎の無神経な人たち〟と呼んだ警官のなかには、制服を着てガンベルトを締めていてもお洒落《しゃれ》に見える、なかなか魅力的な若い女性もいた。署長はわたしがその警官を見ているのに気づいた。

「あれはモリイ・クレインで、体が大きくて頬が赤いのはスーツケース・シンプソンだ」

「スーツケース・シンプソン? そんな名前の野球選手がいたんじゃないかしら」

「詳しいんだな」と署長がいった。

「父が大の野球好きなんです。わたしも好きになろうと努力してはいるんですが」

「あの男の本名はルーサーだが、スーツケースというあだ名は本人も気に入っているようだ」

医者がミスティーの検死を終えてモリイ・クレインと話をしはじめたので、わたしたちもそばへ行った。ミスティーは青と黄色のきらきら光るレオタードを着て床に横たわっていたが、頭が不自然な角度に曲がっている以外はこれといって変わったところがなかった。これまでそれほど多くの死体を見たわけではないものの、眠っているようだというのは嘘だと知っていた。今回もミスティーが死んでいるのは明らかで、けっして眠っているようには見えなかった。

「事故ではないんですね」と確認した。「エクササイズをしている最中に倒れて首の骨を折ったんじゃないんですね」

署長はベルトから懐中電灯をはずしてミスティーの顔を照らした。わたしは試されているような思いを抱きながらひざまずいて、ミスティーの顔をのぞきこんだ。頬には、右にも左にも薄い痣《あざ》ができている。

「誰かが彼女の顔を両手ではさんで首をねじ曲げたんだ」と署長がいった。

「犯人は、そうすれば死ぬってことを知ってたんですね」

「ああ」

モリイ・クレインと話をしている医者に、署長が声をかけた。

「死亡推定時刻は?」

「死んでからまだ数時間しかたっていないはずだ」と医者はいった。「解剖すればはっきりわかるだろうから、検死官に訊いてくれ」

署長が頷いた。

「犯人の見当はついてるんですか?」と署長に訊いた。

「いや、まったく。ミス・フリントは、〝連中〟の狙いは自分で、間違って被害者を殺したといってるんだ」

「地球は自分を中心に回ってると思っている人ですから」と署長に教えた。「明日、署へ伺《うかが》ってもいいですか?」

「コーヒーをごちそうするよ」

「それはどうも。じゃあ、わたしは依頼人から話を聞くことにします」

「ああ、そうしてくれ」と署長はいった。

8

そこは書斎の見本のような部屋で、壁にはオーク材の鏡板が張りめぐらされ、黒っぽい革張りのソファと肘掛け椅子が置いてあった。壁のひとつは本棚に占領されていて、革表紙の色別に本が並んでいる。石造りの大きな暖炉には火が入っていて、バディー・ボーレンはナポレオンの真似をしているのか、腕を組んで悠然と暖炉の前に座っていた。エリンは部屋のなかを行ったり来たりしていた。わたしは革張りの大きな椅子におとなしく座っていた。

「連中の狙いはわたしだったの」とエリンがいった。

エリンの歩き方はどことなくわざとらしかった。「わたしを狙ってたのに、間違えてミスティーを殺したんだわ」

「あるいは、最初からミスティーを狙ってたのかも」と、わたしは別の可能性を示唆した。

エリンはわたしのうしろを通りすぎたが、わたしにはちらりとも目をくれなかった。

「わたしに誇りを傷つけられたくないからよ」

パティオに出るフレンチドアの手前まで行くと、エリンはくるりと向きを変えて引き返してきた。

「連中は恐れてるのよ」と、さらに続けた。「だから、どんな手段を使ってでも諦めさせようとするはずだわ」

「諦めてたまるか」とボーレンがいった。

エリンは立ち止まって真正面からわたしを見た。

「もちろん、ぜったいに諦めないわ」と彼女はいった。「諦めるのは向こうよ。お願い、サニー。なんとかして」

エリンもボーレンも、テレビドラマの台詞をそのまま口にしているような感じがした。

「犯人を探せってこと?」と訊いた。

「そのとおりよ。田舎の無能なお巡りなんかあてにならないでしょ」とエリンはいった。

「犯人探しをしてたら、ボディガードはできないわ」

「いいの。わたしが犯人を探してって頼んだんだから」

「もし何者かがあなたの命を狙ってるのなら、ボディガードを増やしたほうがいいんじゃない?」

「バディーのボディガードに守ってもらうから大丈夫よ」とエリンはいった。「あの人たちはそれしか能がないんだし」

「ボディガードは人を守るのが仕事だから」

「女性の探偵を雇ってほしいといったのは、マッチョな男たちにあれこれ指図されるのがいやだったからじゃないのか？」とボーレンが訊いた。

「そうだけど、状況が変わったんだもの」

「わたしに犯人探しをさせたいからでしょ」と確認した。

「攻撃は最大の防御だというじゃない。どうしても犯人を捕まえてほしいの。田舎のお巡りになんかまかせておけないわ」

わたしが頷くと、エリンはふたたび歩きだした。

「とにかく、男にまかせておくのはいやなの。男が真剣に犯人を探してくれると思う？所詮《しょせん》、男は男よ。みんな同じだわ」

「ミスティーのことを詳しく教えてほしいんだけど」と水を向けた。

「ミスティーは、《女戦士》以来ずっと付き人としてわたしの面倒を見てくれてたのよ。《女戦士》のときは映画会社に雇われてたんだけど、撮影が終わってから引き抜いたの」

そこのところが少し引っかかったので、ミスティーと話をしたときのことを思い返した。たしかミスティーは、ずいぶん前からエリンを知っているといっていたはずだ。

〝ずいぶん〟というのがどのぐらいの期間を指すのかは人によって違うだろうが、いずれにせよ、自分が感じたことや推測したことを誰彼なしにぺらぺらとしゃべるつもりはなかったので、のちのちのために取っておくことにした。

「私生活は?」と訊いてみた。

エリンは体の向きを変えて、部屋のなかをぐるぐると回りだした。広い部屋なので、こっちも右に左にと体をねじらなければ長いあいだエリンの姿が見えなくなってしまう。けれども、体はねじらないことにした。

「彼女はなんでもやってくれてたわ」と、エリンはわたしのうしろでいった。「アポを入れたり取ったりするのも、打ち合わせやインタビューのスケジュール調整も。電話の応対も、航空券やレストランの予約も」

エリンがまた視界のなかに入ってきた。

「自由時間にはなにをしてたの?」と訊いた。

エリンは足を止めて、ぽかんとした顔でわたしを見つめた。わたしがほほ笑んでも、まだじっと見つめている。わたしは黙って待った。

「知らないわ」と、ようやくエリンが返事をした。「そんなこと、知るわけないでしょ」

「あなたは?」と、ボーレンに訊いた。

「えっ？　おれも知らないよ。ミスティーはエリンの付き人だし、彼女の私生活には興味がなかったから」

　エリンはまた歩きだした。

「ミスティーはロサンゼルスに住んでたんでしょ？」と訊いた。

「いいえ、ここに住んでたのよ」とエリンがいった。

「ここへ来る前は？」

「ここへ来る前は、わたしの家で一緒に暮らしてたの」

「ロサンゼルスの家で？」

「ビヴァリーヒルズの家で」

「その前は？」

「さあ」

　とりあえず頷いた。

「家族は？」

「知らないわ」

　またエリンが視界に入ってきた。

「くだらないことをあれこれ訊いたってなんにもならないでしょ。さっさと調べて犯人を突き止めてよ」

「かなり経費がかかると思うけど」

「お金のことは心配しないで」とエリンがいった。

わたしはちらっとボーレンを見た。

「いくらかかってもかまわない」とボーレンが保証した。「ただし、明細を提出してくれ」

わたしは書斎をあとにした。

車のエンジンをかけてダッシュボードの時計を見ると、九時三分だった。ロージーは五時間以上ひとりでいたことになる。エリンは、何者かが自分を殺そうとして間違ってミスティーを殺したのだと、本気でそう思っているようだった。しかも、自分が命を狙われているのはメジャー・リーグでプレーしようとしているからだと。それに、わたしならかならず犯人を探し出すと確信しているのかもしれない。うまくいけば探し出せるかもしれないが、わたしはエリンとは別の確信を抱いていた。

彼女はこれから、男女同権を声高に主張する映画の撮影に入ろうとしているのだ。文字どおり命を賭けて撮影に臨んでいるといえば注目が集まるのは間違いなく、ボディガードを雇ったのも、女性のボディガードでなければいやだといったのも、もしかすると宣伝戦略のひとつだったのかもしれない。ところが、実際に身の危険にさらされたら、わたしのように体重が百二十ポンドあるかないかのブロンド美人ではなく、大柄でたくましい男性に守ってほしいと思うようになったのだろう。けれども、彼女は自分自身に対してでさえそれを認めることができずにいる。だから、わたしに犯人探しを頼んだのだ。しかし、たとえそうでも結果は同じだ。ここは小さな町だし、わたしは優秀な探偵だ。もし、わたしが首尾よく犯人を捕まえて警察に突き出せば……それはそれで宣伝になるのでは？

ただし、エリンがそこまで考えるほど頭がいいとは思えない。おそらくバディー・ボーレンのアイデアだろう。あるいは、頭の良し悪しとは関係なく、ハリウッド女優としての直感が働いたのかもしれない。いずれにせよ、はっきりとわかっていることがふたつあった。殺されたミスティーの私生活に関してはほんとうに誰も知らないか、あるいは知ろうともしなかったというのがひとつ。もうひとつは、パラダイスの警察署長はけっして田舎者ではないということだ。

9

翌日、ドーナツを買ってパラダイス署へ行った。署長がコーヒーをいれてくれたので、それぞれドーナツをひとつ選んだ。

「おれはシナモンにする」

署長は嬉しそうだった。

「エリンからなにか聞き出せたか？」

「いいえ」

署長はドーナツをふたつに割って口に入れ、唇についたシナモンシュガーをそっと払い落とした。その日は制服のシャツにジーンズとランニングシューズという格好で、シャツにはきちんとアイロンがかかっていた。おまけに、ジーンズにも。

「犯人を探してくれと、あらためてエリンに頼まれたんですが」

署長が頷いた。

「かまいませんか？」と許可を求めた。

「ああ」

「詳しい自己紹介をしたほうがいいですよね」

「きみの父親はボストン市警の元警部で、きみも探偵になる前は警官として何年かボストン市警に勤めていた。頭は切れるし、度胸もいい」

「誰に聞いたんですか？」

「州警察の殺人課の課長だ」

「ヒーリイ警部に？」

署長が頷いた。

「一緒に動いてもいいんですか？」

「ああ」

「殺人事件の捜査をした経験は？」

「ある」

「こんな小さな町で？」

「以前、ロサンゼルスで刑事をしてたんだ。しばらくサウス・セントラル地区にいて、その後、ダウンタウンの殺人課に移って」

わたしは笑みを浮かべた。

「これでもう、おたがいのことはだいたいわかりましたね」

今度は署長が笑みを浮かべた。結婚指輪ははめていない。

「バディー・ボーレンの警備員については、なにかご存じですか?」

「いや、ロサンゼルスに本部がある大手の警備会社から派遣されているということしかわかっていない。ディグニタリー・プロテクションという会社だ。全員、正社員のようだが」

「だからといって、犯人じゃないってことにはならないわ」

署長はなにもいわない。

「指紋は?」

「照合中だ。被害者に前科がないのはわかった」

「ほかのスタッフと話をしてわかったことは?」

「なにもない」

「全員、前科はないんですか?」

「ああ」

「誰かが嘘をついている可能性は?」

「ない」

わたしはエリンが嘘をついているのではないかと疑っていたのだが、証拠はないし、なんといっても彼女は依頼人なので、黙っていることにした。

「殺害される直前の被害者の行動は?」

「午後は自分の部屋にいて、夕方、ジムへエクササイズをしに行ったようだ。毎日、四時ごろにジムでエクササイズをしていたらしい」

「第一発見者は?」

「ランディー・ウィルキンズという警備主任だ。ウェイトを挙げに行って見つけたそうだ」

「アリバイは?」

「どれもいいかげんだ。バディー・ボーレンとエリン・フリントは一緒にいたといっている。ほかの者は全員、ひとりでいたと」

「ボーレンとエリンがふたりでミスティーを殺して、たがいにかばい合っているという可能性もありますよね」

署長が頷いた。

「動機はまだわからないんでしょ?」

「ああ、まだなにも浮かんできていない」

わたしも署長も、しばらくはドーナツを食べてコーヒーを飲むことに専念した。署長のオフィスには女性の写真も子供の写真も見当たらない。コーヒーメーカーの横にあるファイル・キャビネットの上には、かなり使い込んだ感のある野球のグローブがのっている。机の上には、ホルスターに入れた短銃身の三八口径とバッジが並べて置いてある。

「エリンは、女性にメジャー・リーグでプレーさせたくない性差別主義者のしわざだと思っているようです。その人たちが間違えてミスティーを殺したんだと」

「なるほど。来シーズンはナツメグズでプレーさせるんだとボーレンがいってたからな」

「一応、そういう計画のようです」

署長が頷いた。

「性差別主義者のしわざだというのはどう思います？」

「おれは、彼女がメジャー・リーグでプレーしてもかまわないと思っている」と署長はいった。「ほかの者はどう思うか知らないが」

「あの屋敷の人たちが署長にどんなふうに話したのかはわかりませんが、エリンとボーレンはミスティーのことをあまりよく知らないような口ぶりだったんです」

「ミスティーというのはメリッサの愛称だ。彼女はカリフォルニアの運転免許証を持っていて、そこにはサンタモニカの住所が書いてあって……それから、署長と呼ぶのはやめてくれ」

「ジェッシイと呼んでもいいんですか？」

署長が頷いた。

「サニーと呼んでもいいか？」

わたしも頷いた。

「お近づきになれて光栄です」

10

わたしは毎週火曜日に、ニューベリー通りに面したレストランの張り出し窓のそばのテーブルで父親と一緒に朝食を食べることにしている。いつも同じレストランの、同じテーブルで。今回はわたしがイングリッシュ・マフィンのトーストを注文し、父親はコンビーフ・ハッシュと卵を注文した。カロリーはあまり気にしていないようだ。カロリーに限らず、父親はどんなことでもあまり気にしない。思うに、彼はわたしが知っているなかでもっとも冷静沈着な人物だ。努力して冷静さを保っているのではない。もともと物事に動じない質《たち》なのだろう。べつに冷淡なわけではない。妻や娘のことは愛している。しかし、なにが起きようと、フィル・ランドルは取り乱すことなく冷静に受け止めることができるのだ。

「姉さんは元気にしてる？」

わたしは姉のエリザベスのことがあまり好きではなくて、それは父親も知っている。けれども、姉のことをたずねたら、父親はいつも嬉しそうな顔をする。

「このあいだまた、母さんに会わせるために再婚相手の候補をうちに連れてきたよ」と父親はいった。

「エリザベスは父さんに会わせるために連れてきたのよ。わたしもエリザベスも、父さんのいうことには耳を傾けるから」

父親はトーストをちぎり、それでコンビーフ・ハッシュをすくってフォークにのせた。

「離婚して以来、もう何人か連れてきてるんだ」

「母さんはなんていってた？」

父親はコンビーフ・ハッシュを口に入れ、考えながら数回嚙んで飲み込んだ。

「相手は体だけが目当てかもしれないと、エリザベスに警告してたよ」

「わたしたちに恋人ができると、いつもそういうのよ」

父親が笑みを浮かべた。

「母さんは、いいフレーズを思いついたら何回も使うんだ」

「で、父さんはその再婚相手候補をどう思ったの？」

「またまたアイビーリーグ出のろくでなしだった」

「父さんがいけないのよ。姉さんをマウント・ホールヨークみたいなお嬢さま学校に行かせたから」

「ろくでもない男を捕まえる方法を学ばせるために行かせたんじゃない」

「エリザベスはろくでもない男が好きなのよ。ハルを結婚相手に選んだぐらいだし」

父親はかぶりを振った。「でも、それに気づいて離婚したじゃないか」

「親ばかね」

父親もわたしも笑みを浮かべた。わたしの離婚の話は出なかった。父親は、誰かと付き合っているのかとも訊かなかった。話したいことがあればわたしが自分で話すのを知っているからだ。それに、父親はもともと口数が少ない。だからといって、人と話をするのが嫌いなわけではない。父親が黙っているからといって、こっちがなにかしゃべらなければいけないような気になることもない。黙っていても、父親はわたしの心をなごませて、安心感を与えてくれる。リッチーもそうだった。

「ちょっと変わった依頼を引き受けることになってしまって」

父親が頷いた。

「エリン・フリントを知ってる？」

「映画女優だろ？」

父親がテレビで観るのは野球と西部劇だけだと思っていた。

「ええ。彼女、メジャー・リーグでプレーしようとしてるのよ」

父親はまた頷いた。

「女性がメジャー・リーグでプレーできると思う？」

「リーグ戦でレギュラーとしてか？　撮影のために特別にってことではなく？」

「ええ」

「たぶん無理だろうな」

「性差別主義者なのね」

父親は肩をすぼめた。

「かもしれん」

「じつは、彼女が依頼人なの」

「エリン・フリントが？」

「ええ、エリン・フリントが」

「その話をしたいのか？」

「ええ」

父親はいつものように黙ってわたしの話を聞いた。話を聞きながら朝食を食べて、わたしが話し終えたときにはすっかり平らげていた。椅子の背にもたれて二杯目のコーヒーも飲みほし、仕事熱心なウエイターがコーヒーポットを持ってそばに来ると、頷いて三杯目を注いでもらった。ウエイターはわたしのカップにもコーヒーを注ぎたしてくれた。

「向こうの警察はおまえが首を突っ込むのを快く思ってないんじゃないか？」

「それが、そうでもないの」

「殺人事件の捜査ができるような有能な人間はいるのか？」

「署長はけっこう有能みたいよ。以前はロサンゼルスの殺人課にいたんですって」

「定年退職したのか？」

「ロサンゼルスの警察を？　違うわ。まだ若いもの。たぶん、わたしと同い歳ぐらいよ」

「その男はなぜこっちへ来たんだ？」

「ロサンゼルスに飽きたんじゃない？」

父親はまた肩をすぼめた。

「ヒーリイに訊いてみるよ。あのあたりに住んでるんだ。もしかすると知ってるかもしれん」

わたしはにっこり笑った。

「知り合いみたいよ。ヒーリイ警部にわたしのことをあれこれ訊いたみたいだから」

「それだけ手際がいいのなら大丈夫だ」

わたしも父親もコーヒーを飲んだ。

「金があればなんでも手に入るんだ」と父親はいった。「殺し屋を雇うこともできる」

「たしかにバディー・ボーレンはお金を持ってるわ」

「ああ、そのようだな」

窓に背を向けて座っている父親のうしろに目をやると、きちんとした身なりをした人たちがせわしなくニューベリー通りを行き交うのが見えた。なにか、急いで片づけなければならない大事な用があるのだろう。

「ボーレンが関与してると思う？」

「それはわからん。だが、そういう成り上がり者は裏社会の人間とつながっていることが多いんだ」

「じゃあ、お金を追えばいいのね」

「殺人事件の動機はたいてい愛か金だ」

「憎しみもでしょ」

「愛憎は表裏一体だ」

「殺されたミスティーに恋人がいたかどうかはわからないんだけど」

「三十代で、そこそこ美人だったんだろ？」

「それに、ボーレンはお金を持ってるし」

「見ろ。すでにいくつか手がかりをつかんでるじゃないか」

11

ふたたびトニイ・ゴールトに電話をかけた。

「エリン・フリントにはエージェントがいるの？」

「いや、いないんじゃないか」とトニイはいった。「バディー・ボーレンがすべて面倒を見ているはずだから」

「マネージャーは？」

「答えは同じだ」

「でも、以前はエージェントもマネージャーもいたんじゃない？」

「いなきゃ、生きていけないからな」

「ショー・ビジネスの世界では、ってことでしょ？」

「ああ」

「エージェントやマネージャーの名前は調べがつく？」

「ぼくは大物エージェントだから、すべてを見てすべてを知ってるんだ」

「それはイエスという意味よね」

「もちろん」

「できれば、その人たちに会って話がしたいんだけど」

「わかった」

「エリン・フリントの付き人のミスティー・タイラーはどうかしら」

「彼女のなにがどうなんだい？」

「なんでもいいから、彼女のことを調べてほしいの」

「彼女も以前からいたのか？」

「ショー・ビジネスの世界にってことよね」

「ああ」

わたしは電話を見つめてほほ笑んだ。トニイにとってはハリウッドがすべてなのだ。ただし、それは本人も気づいていて、ジョークのねたにすることもできるようだ。

「ミスティーに関しては、エリン・フリントの付き人をしてたってことしかわかってないの」

「普通、大物エージェントは付き人のことまで知らないんだ」

「あなたのアシスタントにたずねてくれない？」

「大物エージェントのアシスタントだって付き人のことは知らないさ」

「じゃあ、なんでもいいからバディー・ボーレンのことを調べてくれる?」

「それならなんとかなるだろう。なんてったって、バディー・ボーレンは映画界の大物だし」

「だから、大物エージェントにも調べることができるのね」

「ああ。労力に見合うだけの報酬が得られるのなら」

「人を喜ばせることができたら、それが報酬になるんじゃない?」

「大物エージェントがそんなことで満足すると思うかい? ハリウッドの大物エージェントが?」

「じゃあ、いいわ。代わりに、プロ野球チームのオーナーのバディー・ボーレンのことを調べてくれない?」

「スポーツ・エージェントをひとり知ってるから、その男に訊いてみる」

「そっちへ行ったら、話をしてくれそうな人と会う段取りをつけてもらえるかしら」

「もちろん。うちのアシスタントにいって、相手のアシスタントに電話をかけさせよう」

「みんな秘書は置いてないの?」

「〝秘書を置く〟なんていうのは人権を無視した差別的な考えだよ」

「たしかに」

「大物エージェントはいろんなことに敏感なんだ」

「わかるわ。ねえ、そっちへ行ったらごちそうしてくれる？」

「ごちそうだけじゃ、おたがいに物足りないんじゃないか？」

12

トニイはロサンゼルスの空港にリムジンを差し向けてくれた。昼間は北へ向かう四〇五号線が空港付近で渋滞しているということで、運転手はセプルベダ通りへ迂回してから四〇五号線に潜り込んだ。網焼きチキンの〈エル・ポヨ・ロコ〉の手前で四〇五号線からサンタモニカ大通りに入って北東へ進み、トニイのオフィスのあるセンチュリー・シティーを抜けてウィルシャー大通りをめざし、ウィルシャー大通りをさらに東に走ってビヴァリー・ウィルシャー・ホテルに着いた。必要経費はいくらかかってもいいとボーレンがいうので、わたしはそれを額面どおりに受け取った。ビヴァリー・ウィルシャーは気に入っているホテルのひとつだし、ホテルの前から北に向かってロデオ・ドライブが延びているので、時間があればショッピングを楽しむこともできる。

部屋に入ると、ただちにスーツケースを開けて服を出し、皺《しわ》が寄らないように間隔をあけてクローゼットに吊るした。ふだんはホテルの部屋をきれいにしようなどとは思わずに、出したものは出しっぱなしで、散らかし放題にしている。自分の家ではないし、掃除はメイドがしてくれるからだ。けれども、今回は荷物をすべてしまうべきところへしまい、化粧品もきちんとバスルームに並べた。そうしておけば、さっそく部屋に人を招くことになってもあわてずにすむ。

荷物の整理が終わると、お風呂に入った。いつもはシャワーですませるのだが……バスタブがとてつもなく大きくて、いいにおいのする上等な石鹼《せっけん》が置いてあったし、部屋に人を招くのなら体もきれいにしておいたほうがいいと思ったのだ。お風呂から上がると、化粧をして髪型を整え、持ってきた服に着替えた。それまで着ていた服はランドリーバッグに放り込み、控え目に香水をつけながらちらっと窓の外に目をやった。ロデオ・ドライブの誘惑は抗いがたく、「帰る前にかならず行くわ」とつぶやいてバーに向かった。体をごしごし洗って服装も髪型もびしっと決めたし、薄化粧をして香水のにおいをほのかに漂わせているわたしは、部屋と同じぐらいきれいでエレガントだった。

トニイは別の男性と一緒にテーブルについていて、わたしがバーに入っていくと、その男性と一緒に立ち上がった。

「やあ、サニー。相変わらず素敵だね」

トニイも相変わらずいい男だった。そのときはじめて気づいたのだが、彼は《ロード・オブ・ザ・リング》に出ていたヴィゴ・モーテンセンにどことなく似ている。縁が緑色の丸い小さな眼鏡に変えたのは、そのほうが似合うと思ったからだろう。長身ですらりとした体型の男性はたいていそうだが、服は、仕立て下ろしのようにぴたっと体にフィットしている。

「見違えるほどきれいになったといってほしかったんだけど」

わたしはそういい返して、コロンのいいにおいがするトニイとキスをした。情熱的なキスではなく、南カリフォルニア・スタイルのカジュアルなキスだったが、体を引き離そうとすると、トニイがわたしのお尻を軽く叩いた。

「ブーマー・ニコルソンだ。ブーマー、サニー・ランドルだ」

ブーマーは大柄で、顎が張っていて鼻が大きく、髪を剃《そ》ってスキンヘッドにしている。スキンヘッドが似合うのは黒人だけだと前々から思っていたが、ブーマーを見てますますその思いを強くした。ブーマーが着ているグレンチェックのスーツは高価なもののようだが、最近になって太ったのか、ずいぶん窮屈そうだ。スーツの下には薄いグリーンのシャツを着て、ボタンをはずした襟元から太い金のチェーンをのぞかせ、小指に大きな指輪をはめて、シャツの袖口は、わたしの銃よりはるかに高そうなダイヤモンドのカフリンクで留めている。シャツの襟元からは胸毛ものぞいていた。

ブーマーとは握手をして、三人とも椅子に座った。トニイとブーマーはすでに酒を注文していて、トニイはマーティニを、ブーマーはオン・ザ・ロックを飲んでいた。たぶんバーボンだろう。わたしはコスモポリタンを注文した。白ワインではぶりっ子のようだと思ったからだ。ブーマーはオン・ザ・ロックのお代わりを頼んだ。やはりジャック・ダニエルだった。テーブルを隔てて座っていても、トニイが期待に胸を膨らませているのはわかった。彼は白いシャツと黒いブレザーを着て、シルバーのシルクタイを締めている。まわりの人たちはみんなラフな格好をしているのに自分だけめかしこんでくるとは、いかにもトニイらしい。ひげも、ついさっき剃ったばかりのようにきれいだ。もしかすると、仕事を早めに切り上げてゆったりとバスタブにつかってから来たのかもしれない。

「ブーマーはスポーツ選手のエージェントをしてるんだ」とトニイがいった。「彼のクライアントはメジャー・リーグの三割打者ばかりなんだぞ」

「いや、そういうわけでもないんだ」

ブーマーは内緒話をしているつもりのようだが、彼の声はかなり大きい。おそらく、囁くときもがなりたてるような声を出すのだろう。

「この男には貸しがあるから、なんでも訊けばいい」とトニイがいい添えた。

「バディー・ボーレンのことを教えてほしいんです」と頼んだ。

「バディー・ボーレンはばかだ」とブーマーはいった。

飲み物が来た。ブーマーのは二杯目だ。ウエイトレスはブーマーのグラスを下げてお代わりを置き、わたしの前にはコスモポリタンを置いて、トニイを見た。トニイが小さくかぶりを振ると、ウエイトレスがテーブルを離れた。ブーマーはジャック・ダニエルをひと口飲んで笑みを浮かべた。

「神はバーボンをつくるために地にトウモロコシを生えさせたんだよな」

「バディー・ボーレンはほんとうにばかなんですか？」と、ブーマーに確かめた。

「会ったことはあるのか？」とブーマーが訊いた。

「ええ」

「じゃあ、わかるはずだ。けど、やつはわざとばかなふりをしてるんだよ。ばかな男なんだから、当然ばかなことをすると誰もが思うだろ？」

ブーマーはまたジャック・ダニエルを飲んだ。

「つまり、誰もが彼を見くびるってことね」

「そのとおり。誰もがやつを見くびるんだ」

「彼は球団を持ってますよね」

「おれのクライアントのなかにはあそこの選手もいるが、バディーはなかなか駆け引きが上手で、いつも人をはぐらかすんだ。二割七分一厘の選手にそれだけの年俸を要求するなんて、信じられないといわんばかりの顔をして」

「三割バッターの契約交渉しか引き受けないんだと思ってたよ」と、トニイがからかった。

「彼らも過去には三割を打ってるんだ」とブーマーがいい返した。「かつては、あのお粗末なナツメグズにもバリー・ボンズよりフォアボールでの出塁率が高い三割バッターがいたんだぞ」

「それはどういうことですか?」

「バッテリーも、いいバッターとはあえて勝負しないんだよ」と、トニイが説明してくれた。「ほかの下手《へた》なバッターと勝負すればいいんだから」

よくわからなかったが、話の流れを止めたくはなかった。

「バディー・ボーレンがエリン・フリントをナツメグズでプレーさせようとしているのは知ってます?」

ブーマーはまた酒を飲んだ。グラスはもう空《から》になりかけている。彼はすぐさまきょろきょろとあたりを見まわして、ウエイトレスを探した。

「ああ、そうらしいな」

「どう思います?」と訊いてみた。

「思うことはいろいろあるので、もう少し具体的に質問してくれないか?」

ひょっとすると、ブーマーも人をはぐらかすためにわざとばかなふりをしているのかもしれない。

「可能だと思います?」

ブーマーは声を上げて笑った。そのとき、たまたまウエイトレスと目が合ったようで、人差し指をくるっとまわしてグラスのほうに向けた。

「女性にしてはけっこう上手《うま》いらしいぞ」とトニイがいった。

「メジャー・リーグでプレーできると思います？」と、もう一度訊いた。

ウエイトレスがジャック・ダニエルのお代わりを持ってきたので、ブーマーは残りを飲みほしてウエイトレスにグラスを渡した。ウエイトレスはわたしとトニイを見たが、わたしもトニイもかぶりを振った。ブーマーはそれまでとは違ってちびちびと飲んだ。

「いや、もちろんだめだろう」とブーマーはいった。「この目で見たわけじゃないが、見た者はひとり残らず、あれではメジャー・リーグのピッチャーの球を打てないといってるよ」

「なぜ？」

「振りが大きくて、遅いらしい」

「それはいけないことなんですか？」

「ああ」

「で、ほかには？」

「この目で見たわけじゃないといったじゃないか。けど、彼女は女性だ。メジャー・リーグの選手の球を打った女性はこれまでひとりもいないんだよ。もちろん、男だってほとんどの者は打てないんだが」

「でも、男性には挑戦するチャンスがあるでしょ？」

「きみがウーマンリブにかぶれているのかどうかは知らないけど、つべこべいったところで、男女の一流選手どうしが勝負をしたら、ほぼすべてのスポーツにおいて男が勝つんだ」

ウーマンリブ？

「それは知ってます。だから、なにか魂胆があるんだわ」

「ああ」

「観客を増やすためですか？」

「観客を増やしてマスコミの注目を集めて、球団の価値を吊り上げて売りに出すためだ」

「バディー・ボーレンは球団を売ろうとしてるんですか？」

「もちろん」とブーマーはいった。

「値を吊り上げるためにエリン・フリントを利用してるんですか？」

「ああ」

「あなたがいうように、エリン・フリントがメジャー・リーグのピッチャーの球を打てなくても？」

「ああ」

ブーマーはジャック・ダニエルをちびちびと飲み、椅子の背に頭をもたせかけて酒が喉へ流れ込んでいく感触を楽しんでいた。

「来シーズンの年間観客動員数は、おそらく三百万人に達するはずだ」ブーマーは酒を飲み込んでからそういった。「エリン・フリントが《リージス・アンド・ケリー》やレターマンのトークショーに出演したり、バディー・ボーレンと一緒に《ピープル》誌に載ったりスポーツ番組で取り上げられたりすれば、アメリカじゅうの人間がコネティカット・ナツメグズの名前を知ることになるんだから」

「そもそも、球団経営って儲かるんですか？」

「儲かるわけないだろ。将来的にもむずかしいはずだ。景気が冷え込んでるし、よくなる見通しもないし」

「それなら、買い手だって考えるんじゃないかしら」

「ボーレンは儲かると思って球団経営に乗り出したんだよ」

「じゃあ、もともと商才がなかったわけね」

「いや、ボーレンは抜け目のない男だが、うぬぼれが強すぎるんだ。それがいけなかったんだとようやく気づいて、損失を取り戻そうとしてるんだろう」

「彼のように、儲かると思って球団経営に乗り出す人がいるかしら」

「いるさ」とブーマーはいった。

「なんてったって、ボーレンはエリン・フリントを主役に据えてベーブ・ディドリクソンの伝記映画を撮ろうとしてるんだから」とトニイが口をはさんだ。

「ほんとうか？」とブーマーが訊いた。「それは知らなかった」

「ほんとうだとも」

ブーマーはかぶりを振った。「シナジー効果を狙ってるんだな。バディー・ボーレンの考えそうなことだよ」

「要するに、エリン・フリントがメジャー・リーグでプレーすれば映画の宣伝になるってことですよね」

「もちろんそうだ」と、トニイが相槌を打った。

「そして、映画が話題になれば球場の観客数も増える」

「もちろんそうだ」と、今度はブーマーが相槌を打った。

それまではジャック・ダニエルをちびちびとすすっていたブーマーが、ごくりとひと口あおった。

「あなたはどうしていろんなことに詳しいんですか？」

「頭がいいからだよ」とブーマーはいった。「それに、野球界は意外と狭いんで、噂はすぐに伝わってくる。まあ、いくらかは推測も含まれてるが、当てずっぽうではなく経験に基づく推測だ」

「じゃあ、買い手だって同じように考えるんじゃないかしら」

「ちゃんと調べればな。けど、詳しく調べる人間は少ないんだよ。調べようにも、なにをどう調べたらいいのかわからない人間もいるはずだ。球団を買いたいなんて思っている連中はみな金持ちだ。金持ちは、自分は偉いと思い込んでるんだ。金があれば、なんだって思いどおりになると。もちろん、球団のオーナーのなかには頭のいい人間もいる。だが、ほとんどのオーナーはばかだと思って間違いない」

「なんだか嬉しそうですね」

ブーマーはにやりと笑い、またジャック・ダニエルをほんの少しすすった。

「こっちは、そのおかげでおおいに儲けさせてもらってるんだから」

13

あんなに飲んだのにまったく酔った気配もなくブーマーが帰っていくと、わたしとトニイはようやく二杯目を注文した。

「で、つぎは?」と、トニイに訊いた。

トニイはわたしにほほ笑みかけた。

「ぼくは思い出深い夜にしたいと思ってたんだけど」

「思い出づくりはあとよ。エリン・フリントのことでなにかわかった?」

トニイはブレザーの内ポケットから封筒を取り出した。

「かつてのエージェントとマネージャーの名前と連絡先だ。ふたりともまだ業界で仕事をしていて、明日ならいつでも大丈夫だそうだ。前もって電話をかけてから訪ねていくといい」

「ありがとう」

わたしは封筒を受け取ってバッグにしまった。

「ねえ、ブーマーの話はどう思う？」

トニイがまたほほ笑んだ。

「たぶんあいつのいうとおりなんだと思う。ぶっきらぼうでいいかげんな男のようだけど、ほんとうは頭がいいんだ。もっとも、誰もそうは思わないんだよな。あいつがバディー・ボーレンの魂胆を見抜いてるのはそれでだよ」

「バディー・ボーレンとブーマーは似てるから？」

「ああ」

「じゃあ、ブーマーの話は信用できるのね」

「ぼくは信用する」

「映画のことはなにか聞いてない？」

「ベーブ・ディドリクソンの映画のことか？」

「ええ」

「いろいろ聞いてるよ」とトニイはいった。「脚本はエリンを中心に描かれているらしい。でも、大幅にカットするようだ」

「どういうこと？」

「彼女の台詞を減らすんだよ。それに、感情表現が必要な場面も。代わりに、共演者の反応を捉えたシーンを増やすそうだ。どうしてもエリンが感情をあらわさなきゃいけないシーンも、うしろを向いて泣いたり、夫の肩に顔をうずめているショットに変えるんだろう。だから、エリンのクローズアップは、どれも勇ましい……しかも美しいものになるはずだ」

「それでうまくいくと思ってるわけね。夫の役はベン・アフレックが演じるらしいけど」

「いや、ベンは降りることになったんだ」トニイはそういって苦笑した。「作品の解釈に相違があるという理由で」

「どういうこと？」

「実際に意見の相違があったのかもしれないし、ベンがエリンに愛想をつかしたのかもしれない。あるいは、監督がほかの俳優のほうがふさわしいと考えたのかもしれないし、ベンがほかの作品にもっといい役で出ることになったのかも」

「代わりの俳優はもう決まってるの？」

「ああ。でも、まだ公表されてなくて、ハリウッドの超大物しか知らないんだ」

「あなたもハリウッドの超大物のひとりだから、知ってるんじゃないの？」

トニイはにやりと笑ってマーティニのオリーブをひとつ口のなかに入れ、嚙みつぶして飲み込んだ。

「知ってるとも。お呼びがかかったのはぼくのクライアントだから」

「まさか、ハル・レイスじゃないでしょ？」

トニーは笑みを浮かべたままかぶりを振った。

「ねえ、誰なの？」

トニィはおもむろに身を乗り出してわたしの左耳から髪をかき上げると、唇を近づけて俳優の名前を囁いた。

「彼なの？」

トニィは笑みを満面に広げて椅子の背にもたれかかった。

「彼なんだ」

「彼がエリン・フリントの相手役なの？」

トニィが頷いた。

「もちろん、台詞は彼に合うように書きかえることになると思うけど」

「彼がエリン・フリントの相手役を引き受けるなんて、信じられないわ」

「スターは気まぐれだからな。脚本が気に入ったというんだよ。脚本を書きかえてくれるのなら、たまには雰囲気の違う役を演じるのも面白いかもしれない」

「もちろん脚本は書きかえるんでしょ？」

「脚本家は彼を主役にしたっていいと思ってるはずだ」とトニィはいった。「おまけに、凄腕のエージェントのおかげでギャラも破格なんだよ」

「凄腕のエージェントというのはあなたのことよね。でも、彼はもうさんざん稼いだんじゃない？」

「取り巻きが大勢いるんだ。それに、子供も、別れた妻も大勢」

「それでもお金はあり余ってるはずよ」

「ぼくたちのようなレベルの生活をしているのならな。でも、彼らはスターらしい家に住んでスターらしい車に乗って、スターらしい場所に行ってスターらしいことをしなきゃ売れてないと思われる恐れがあるし、この街じゃ、売れてないというのは負け犬と同じ意味なんだ」

「あなたがそんな街に住んでるのはなぜ？」

「ショー・ビジネスの世界で仕事をするのならここに住むしかないからだよ」

「ショー・ビジネスの世界で仕事をしてるのはなぜ？」

「自分の力を試せるからだ」

「で、あなたはどのぐらい力があるの？」

トニイはにんまりとしてマーティニのオリーブをもうひとつ口に入れた。

「精力は絶倫なんだけど」

ふたりで声を上げて笑った。やがて、わたしが二杯目のコスモポリタンを飲みほすと、トニイは黙ってわたしを見た。トニイのマーティニもすでになくなっている。わたしがなにもいわずにいると、ウエイトレスがやって来た。

「お代わりをお持ちしましょうか？」

トニイはわたしを見たが、わたしがかぶりを振ったので、ウエイトレスにクレジットカードを渡した。

「勘定を頼む」

ウエイトレスがテーブルを離れた。入ってきたときはがらがらだったのに、けっこう混んできて、バー特有の静かなざわめきが聞こえる。話し声や、氷と氷のぶつかる音が。なかなかいい雰囲気だ。見つめると、トニイもやさしい眼差しでわたしを見つめ返した。ウエイトレスが戻ってきて伝票を置いていったので、トニイはそれをフォルダーから抜き取ってサインをし、チップを置いてクレジットカードをシャツのポケットにしまった。そして、無言のままテーブルの上で両手を組んだ。

さあ、いよいよだ。

どうしてこんなに取りすましているのか、自分でも不思議だった。よほど険悪なムードにおちいらない限り、わたしの部屋へ行ってトニィとセックスをすることになるのは、会う前からわかっていた。ほんとうは早く部屋へ行きたいのに、その気がないふりをしたいからだろうか？　自己防衛本能が働いているのか、それとも、母親のくだらない警告のせいだろうか？　〝気をつけなさいよ……体だけが目当てかもしれないから〟と耳元で囁く母親の声が聞こえるような気がする。わたしはトニイにほほ笑みかけた。

「部屋へ行きましょう」

「それはなかなかいい考えだ」とトニイがいった。

14

わたしたちは枕に頭をつけて、裸のままベッドの上に横たわった。カリフォルニアは夜でも暖かいので、暖房は弱にして、セックスをしたあとの心地よい気怠さに浸っていた。

「すごくよかったよ」とトニイがいった。

「わざわざ批評し合う必要はないわ」

「たしかに。でも、ほんとうによかったんだ」

「別れた夫は、これまでで最悪のセックスだって充分すばらしかったといってたわ」

「実際、そうなんだよ。ところで、彼はいまどうしてるんだ？」

「再婚したの」

「それは残念だ」

「ほんとうに残念だわ」

「じゃあ、彼とはもう完全に終わったわけだよな。きみは再婚を考えてないのか？」

「わからないわ。成り行きにまかせようと思って」

「そのほうがいい。焦る必要はないよ」

わたしはにっこりほほ笑んだ。

「いまは、再婚したいともしたくないとも思わないの」

「ぼくと結婚する気は？」

「ないわ」

「ぼくもだ。独身のほうが気楽だから」

「そうね」

「愛し合ってるかとか、浮気をしてないかとか、そんなことを考えなくてすむし」

「わたしたちは愛し合ってるわけじゃないし、わたしはあなたが誰と付き合おうと気にしないわ」

「ああ。でも、こうしてたまに会うのは楽しいよ」

「わたしたち、気が合うのよね」

「ほかに誰かいるのか？」

「男の人のこと？」

「ああ」

「特別な人はいないわ」

「今後あらわれる可能性は?」

「先のことは考えないようにしてるの。だって……成り行きにまかせようと思ってるんだもの」

肩と腰を軽く触れ合わせたまま、しばらく黙って仰向けに横たわっていた。

「泊まっていってもいいかい?」とトニイが訊いた。

「だめ」

トニイがわたしのほうを向いた。がっかりしたような顔をしている。

「だめなのか?」

「ええ、だめなの」

「どうしても?」

「あなただって泊まっていく気はないくせに」

「まあね。でも、女性はたいてい泊まっていってほしいというんだよ」

「やるだけやってさっさと帰られるのはいやだからよ。それはわかるわ。でも、わたしはそんなふうに思わないから」

「やるだけやってさっさと帰ってもいいのか?」

「それほど親しいわけじゃない男の人と同じベッドで寝るのはいやなの。それに、翌朝、ひどい顔をしてベッドから抜け出して、一緒にバスルームに入って、つまらない話をしながらお化粧をするのも」

「まったく、きみらしいよ」とトニィはいった。

ふたりとも、もうしばらくそのままベッドに横たわっていた。

「じゃあ、こうしよう。ぼくは家に帰って寝て、明日の朝、またここに来ることにする。きみはぼくと一緒に朝食を食べて、そのあとでエリン・フリントのかつてのエージェントに会いに行けばいい」

「じゃあ、そうしましょう。ここの朝食は最高よ」

「ここはなにもかも最高だよ」

わたしはトニィに腰をぶつけた。

「なんなら、もう一度どう？　別れのあいさつ代わりに」

「それもいいかもしれない。やれるかどうか、試してみよう」

ふたたび向き合って相手の背中に腕をまわした。キスをして、体もぴたりと押しつけ合った。やがて、わたしはわずかに唇を浮かせて囁いた。

「すごいわ。もう準備ができたみたいね」

トニィはわたしの背中にそっと手を這わせた。

「こんなに便利な男はめったにいないぞ」

ふたりとも、くすくす笑った。

が、そのうち笑うのをやめた。

15

エリン・フリントのかつてのエージェントはサンタモニカのモンタナ街にオフィスを構えていた。七番街との交差点から数ブロック東へ行ったところにある、化粧漆喰塗《けしょうしっくい》りの二階建てのビルの二階に。五十代前半の痩せた女性で、ブロンドの髪を細かくカールさせて縁なし眼鏡をかけていた。色白で、化粧は控え目だが、濃い紫色の口紅を塗っている。彼女は手を勢いよく動かしながら早口で話をし、面白い話をしているわけでもないのに、しょっちゅうくすっと笑った。黒いジーンズと黒い半袖のTシャツ姿で、腕は細く、爪には口紅と同じ色のマニキュアを塗っている。トリクシー・ウェッジというのが彼女の名前だった。

「はじめて会ったときは野暮ったい娘だったのよ」とトリクシーはいった。

「でも、いい体をしてたでしょ？」

トリクシーはくすっと短く笑った。

「たしかに。でも、それだけだったわ。経験もないし、コネもないし」そういって、またくすっと笑った。「ごく平凡な娘だったの」

「じゃあ、あなたが磨きをかけたんですね」

「ええ。演技指導を受けさせたり、アレクサンダー・テクニークを学ばせたりして」

「アレクサンダー・テクニーク？」

「オーストリアの俳優のF・M・アレクサンダーが考案した、無理のない姿勢や効果的な呼吸法のことよ」トリクシーはそういってまた笑った。「わたしは服の着こなしを教えたの。彼女は高価な服をいっぱい持ってたけど、どれも趣味が悪くて」そこでまた笑った。「だから、まともな服を買い与えて、TPOを教えて、どこへ出しても恥ずかしくないようにしたの」

「まるで《マイ・フェア・レディ》だわ」と思わずつぶやいた。

「えっ？」

わたしはかぶりを振った。

「同じような問題をかかえた知り合いがいたんです。で、当時、エリンはなにをしてたんですか？」

「えっ？」

「仕事のことです。仕事はしてなかったんですか？　まだ女優にはなってなかったんですよね」

「ええ、もちろん、まだ」トリクシーはそういって、またくすっと笑った。

「じゃあ、なにをしてたんですか？」

「さあ」

「本人はなにもいわなかったんですか？」

トリクシーは笑いながら頷いた。

「結婚はしてました？」

今度は笑いながら肩をすぼめた。

「彼女の住所はわかります？」

「映画会社かバディー・ボーレンのところに問い合わせたら教えてくれるんじゃないかしら」

「いえ、こっちにいたときの住所を知りたいんです」

「調べたらわかると思うけど」

「調べてもらえますか？」

トリクシーが笑いながら訊いた。

「いま？」

「ええ」

また笑った。

「じゃあ、ちょっと待ってて」

トリクシーは立ち上がってオフィスを出ていった。彼女の小さなオフィスには、机のうしろに小さな暖炉があった。暖炉といっても、本物ではなくガス暖炉で、火も入っていない。壁には俳優の写真が何枚も飾ってあって、ほとんど知らない人ばかりだったが、なんとなく見覚えのある人も二、三人いた。テレビ映画のポスターも二枚貼ってあった。ポスターの宣伝文句を読んで、壁の写真を一枚一枚眺め、窓際へ行ってしばらくモンタナ街を見下ろしていると、ようやくトリクシーが戻ってきた。

「アシスタントはハネムーン休暇中だし、ファイルはぐちゃぐちゃで」彼女はそういって、また笑った。

「でも、住所はわかったんですか？」

「ええ。ただし、もう引き払ったはずよ」

わたしが頷くと、トリクシーは住所を書いた紙を渡してくれた。

「サンタモニカよ。サン・ビセンテ大通りの近くじゃないかしら」

「探します。ほかになにか教えてもらえることはありませんか？」

トリクシーは肩をすぼめて笑った。

「男にはだらしなかったわ」

「どこにでもいるんですよね、そういう人は」

トリクシーはまた笑った。

16

エリンのかつてのマネージャーは、ビヴァリー大通りにある大手マネージメント事務所のなかの小さな部屋で仕事をしていた。痩せた中年の男性で、よく陽に焼けていて、白髪を長く伸ばしてうしろに梳《と》かしつけている。アッシュ・クロフォードというのが彼の名前だった。

「ずいぶん手を焼きましたよ」エリンのことを教えてくれと頼むと、クロフォードはそういった。「勝手なことばかりするので」

「彼女は結婚してたんでしょ？」

「ええ、そういってました。亭主に会ったことはないんだが」

「夫の名前は？」

クロフォードは人のよさそうな笑みを浮かべた。

「彼女はいつも亭主のことを〝うちの人〟と呼んでたんです」

「当時はどこに住んでたんですか？」

「サンタモニカです。たしか、七番街の近くだったんじゃないかな。何度かシャッターズ・ホテルで待ち合わせをしたことがあるんです」

「住所はわかります？」

「ええ、たぶん」

クロフォードは机の上のコンピュータで住所を調べた。

「ありました」

プリンターが動きだして、紙を吐き出した。彼はそれを渡してくれた。トリクシーに教えてもらった住所と同じだった。電話番号も書いてあったが、おそらくかけてもつながらないはずだ。わたしは紙を折りたたんでバッグにしまった。

「あなたはいつから彼女のマネージャーを？」

「最初からです。うちの事務所に来たのはデビュー前でした。エージェントも私が紹介したんです」

「誰を？」

「トリクシー・ウェッジです」

「優秀なエージェントなんですか？」

「新人なら文句はいえないでしょう」クロフォードはそういって笑った。「なんの才能もない新人なら」

「なぜ彼女のマネージメントを引き受けたんですか？」

「あの体です。あんな体をした女性はそういませんからね」

「それだけで充分だと思ったんですか？」

「ええ。ほかのことは教えればいいんだから」

「才能がなくても？」

クロフォードはまた笑った。

「映画は編集できるので」

「つまり、ごまかせるってことですか？」

「ええ。舞台じゃそうはいかないけど、映画はひとつのシーンを何度も撮るし、編集室でフィルムを切ったりつなぎ合わせたりすれば、どんなに下手な役者だって上手に見せることができるんです」

「エリンの演技もそうやってごまかしてるんですか？」

「まあね」

「驚いたわ」

「知らないほうがよかったんじゃないですか？」

「彼女が有名になるきっかけはなんだったんですか？」

「バディー・ボーレンと出会ったことです」

「どうやって出会ったんですか?」

「それは知らない。バディー・ボーレンと出会ったことも、マネージャー契約を解消するといいだすまで知らなかったんです。ボーレンに面倒を見てもらうことになったからだというので、ボーレンはプロデューサーでマネージャーではないといってやりましたよ。キツネがニワトリの面倒を見るようなものだと」

「で、彼女はなんと?」

「自分はニワトリではなくキツネだ、さようなら、って感じでした」

「彼女の新作のことは知ってます?」

「有名なスポーツ選手の伝記映画の企画を立てているという話は聞いてます」

「わたしはエリンともバディー・ボーレンとも話をしたんですが、着々と進んでいるような口ぶりでしたよ」

「さあ、それはどうだか。でも、エリンとボーレンの頭のなかではそうなんでしょう。企画さえ立てれば、あとはお定まりの手順を踏むだけなので」

「映画づくりって、そういうものなんですか?」

「まあね。届いたばかりの新車のようなものですよ。まだ運転はしてなくても、すでに自分のものとして家の前にとまってるんだ」

「それなら、乗り込んでエンジンをかけさえすれば動きますよね」

「そのとおりです。エリンもボーレンも、すでに最大の難所は越えたと思っているはずです。もっとも、エリンはまだなにもしてないでしょうけど。彼女は、エリン・フリントらしく振る舞っていればそれでいいんだから。バディーはすでに金を集め終えたんでしょう。あとは、配給の契約を結んで、監督とラインプロデューサーなりなんなり、現場を仕切る人間と製作スタッフを集めるだけだと思います。バディー自身はもう動かなくていいんです。一方、エリンはこれからがたいへんなんですよね。長いあいだ拘束されて同じ場面を何度も撮り直すのは退屈だろうし。でも、彼女はどんなシーンでもスタントを使わずに自分でやるんです。そういうのは得意なんですよ。ちなみに、ロケ地で控え室代わりに使うトレーラーハウスは彼女のがいちばん大きいので、誰もがミス・フリントと呼んでスター扱いしてくれるんです」

わたしは頷いていて、思いついたことを口にした。

「以前、結婚していたときに、業者に家の修理を頼んだことがあるんです。で、やって来た作業員が道具箱に膝当てを入れてたので、タイルを貼るときに使うのかと訊いたら、タイル貼りもできるってことをアピールするためだというんですよね」

「まさにそれと同じです」とクロフォードはいった。「なかなか鋭いですね」

「いや、そんな。ついでに付き人のミスティー・タイラーのことも教えてもらえませんか？」

クロフォードは肩をすぼめてかぶりを振った。

「彼女のことは知らないな。女性ですよね」

「ミスティーって名前の男性がいます？」

クロフォードが笑った。

「近ごろはおかしな名前が多いので」

「本名はメリッサ・タイラーです」

「聞いたことがないな。たぶん私をクビにしてから雇ったんでしょう。私がマネージャーをしてたときは付き人なんか必要なかったんです」クロフォードはそういってにやりとした。「私が付き人も兼ねてたので」

「エリンはあなたのところに来るまでなにをしてたんですか？」

「というと？」

「仕事やアルバイトのことです。毎日、どうやって過ごしてたんですか？」

「ジムに通ってたのは知ってますが」

「ほかには？」

「それしか知りません。たしか、〈スポーツクラブLA〉だったと思います」

「そこは高級なところでしょ？」

「まあね」

「サンタモニカからどうやって行ってたのかしら」

クロフォードはぽかんとした顔でわたしを見た。

「車で行ってたんじゃないですか」

「じゃあ、車を持ってたんですね」

「ええ。リトラクタブル・ハードトップのメルセデスに乗ってましたよ」

「けっして安くはないですよね」

「ええ、まあ」

「どうしてそんなにお金を持ってたのかしら」

「亭主が金持ちだったのかも」

「ひとりじゃないような気がするんですけど」

「亭主が？　かもしれない。私はよく知らないんだが」

「あなたがマネージャーをしていたときも彼女は男女同権を唱えてました？」

クロフォードが苦笑した。

「当時の彼女はスターになることしか頭になかったから、ほかのことはなにも考えてなかったと思いますよ」

「いまは男女同権論者なんです」と教えてやった。

「シュワルツェネッガーの女性版を演じてますからね」とクロフォードはいった。

「だから、実生活でも演技をしてるんだわ」

「なるほど。なんてったって、いまや彼女はスターだし」

「スターは男女同権論者なんですか？」

「スターはだいたいリベラルなんです」とクロフォードはいった。「メル・ギブソンやなんかは別だけど、表向きはみんな、男女同権、人種差別反対、同性愛者容認、戦争反対、言論および表現の自由、環境保護などを唱えてますよ。スターといったって、あなたや私のような一般人より賢くもなければ、ばかでもないんだが、自分の意見を述べる機会が多いから、注目を浴びるんです」

「たいした意見じゃないのに」

「ええ、あなたや私の意見よりすばらしいってわけじゃないのに」

「もちろん、劣ってるってわけでもないと思うけど」

クロフォードは小さなオフィスの小さな机の向こうで椅子の背に体を預け、平らな腹の上で両手を組み合わせてにっこり笑った。

「いや、いささか劣っているかも」

17

エリン・フリントがかつて住んでいたのは、サンタモニカの七丁目を山手に向かって走って左側の谷を下ったところに建つ、壁に化粧漆喰を塗ったバンガロー風の家だった。庭には花が咲き乱れ、遠くには海が見える。わたしは道端に車をとめて、玄関まで歩いていった。あたりにはカリフォルニアの香りが漂っていた。花や果樹や、落ちて踏みつぶされたオリーブや、太平洋のさわやかな潮の香りが。もう十一月で、灰色の雲に覆われたボストンの気温はマイナス三度だったのに、サンタモニカは太陽がさんさんと降り注ぎ、午後の気温は二十二度まで上がった。西海岸はまだ夏だ。

パティオには子供の三輪車が、庭にはバーベキューグリルが置いてあるのを横目で見ながら、玄関の呼び鈴を鳴らした。

ブロンドの長い髪をした大柄な女性がドアを開けた。黄色いタンクトップとショートパンツ姿で、髪はうしろでひとつに束ねている。靴ははいていない。わたしが思い描いているライン地方の若い娘のイメージにそっくりだった。

「こんにちは。サニー・ランドルという者です」と、まずは自己紹介をした。「ボストンで私立探偵をしてるんですが、エリン・フリントのことを調べてまして」

「エリン・フリントって、映画女優の？」とライン地方の娘が訊いた。「わたしたちは彼女からこの家を買ったんです」

「彼女が以前ここに住んでいたのは知ってます」と、わたしは正直に打ち明けた。

「妹さんも一緒に住んでたんですよ。もっとも、わたしたちが家を買ったときはまだエリン・フリントじゃなかったけど」

「そうなんですか。少しお話を伺ってもかまいません？」

「ええ、お入りください。コーヒーはいかが？」

「ありがとうございます。いただきます。お名前を教えてもらえませんか？」

「あら、ごめんなさい。ジェイニー・マーフィーです。ミセス・チャールズ・トレントですというべきなのかもしれないけど、いまだに結婚前の名前を使ってるので」

ライン地方の娘……ではなくジェイニー・マーフィーとわたしはキッチンに行って、天板にタイルを張ったアイランド型のカウンターに向かい合って座った。ジェイニーはカップをふたつ並べてコーヒーを注いだ。キッチンの物音で目を覚ましたのか、眠そうな顔をしたブルドッグが、なにか食べ物がもらえるのを期待してどたどたと走ってきた。

「まあ。わたしも犬を飼ってるんだけど、預けてきたから、禁断症状に悩まされてるんです。撫《な》でてもいいかしら」

「もちろん」とジェイニーがいった。「スプライトって名前なんです」

犬はわたしのそばへ来て足元に座った。わたしは床にしゃがみこんで頭を撫でた。犬は頭を撫でてもらいに来たのではなく、おこぼれをもらいに来たのだが、いやがらずにおとなしくしていた。放っておかれるよりましだと思ったのだろう。

「スプライト？　体重はどのぐらいあるんですか？」と訊いた。

「二十七キロです」

「名前は軽やかだけど、体はけっこう重いんですね」

「主人がふざけてスプライトなんて名前をつけたんです」とジェイニーがいった。「でも、とってもいい子なんですよ。娘の遊び相手にもなってくれるし」

「わたしはブルテリアを飼ってるんです」

「ビールのコマーシャルに出てくる犬ですよね」

「ええ。でも、ミニチュアで、ロージーという名前なんです」

「可愛いでしょうね」

「ええ、とっても。で、さっきの話の続きですが、あなたがたがこの家を買ったときにエリン・フリントはなんと名乗ってたんですか？」

「契約書にはエセル・ボヴェリーニと書いてありました。彼女には似合わない名前だと思ったので、覚えてるんです」

「妹の名前は？」

「イーディスです」

　わたしはスツールに戻ってコーヒーを飲んだ。スプライトはカウンターの向こう側に行ってジェイニーを見上げている。ジェイニーは陶製の容れ物からドッグビスケットを一枚出して、スプライトに食べさせた。

「イーディス・ボヴェリーニ？」

「ええ。ここはふたりの共同名義になってたんです」

「エセルとイーディスの？」

「そうです。おかしな話だけど、わたしたちもいよいよ契約書にサインするってときまでふたりの本名を知らなかったんですよ。主人は弁護士なのに、前もって調べてなかったみたいで。だから、サインをするのはしばらく延期して、この家の持ち主は間違いなくあのふたりだということとこの家が抵当に入ってないかどうか、大急ぎで調べたんです」

　ジェイニーは笑みを浮かべてスプライトにもう一枚ビスケットを食べさせた。

「弁護士なんて、そんなものよね」

「ええ、まあ。で、ふたりはなんと名乗ってたんですか？」

「エリンはエリンと名乗ってたわ、もちろん。妹のことはミスティーと呼んでたんじゃないかしら」

「ミスティー・タイラー？」

「さあ。名字を聞いた記憶はないんです。たがいに、エリン、ミスティーと呼び合ってたので。なんだか芝居がかった感じがしないでもなかったんだけど」

いずれにしても、ミスティーはずいぶん前からエリンのことを知っていたのだ。たがいがエセル・ボヴェリーニとイーディス・ボヴェリーニとして生まれたときから、ずっと。

「娘さんがいらっしゃるんですよね」

人からなにかを聞き出すときは世間話のような感じで質問するとうまくいくと、父親はいつもいっているが、そのとおりだと思う。取り調べではなく、たんに情報を得ようとしている場合はとくに。

「ええ、幼稚園に通ってるんです」

「で、ご主人は弁護士なんでしょ」

「芸能人専門のね」ジェイニーはまた笑みを浮かべた。「事務所はビヴァリーヒルズにあるんです。彼は成功とともに若くて美しい妻を手に入れたのよ」

「ご主人は幸せ者ですね」

ジェイニーはにっこり笑った。

「わたしも幸せ者だわ」

「ボヴェリーニ姉妹に関して、なにかほかにおやっと思うようなことはありませんでしたか？」

ジェイニーは肩をすぼめた。「家は下見に来たときも引っ越してきたときもきれいだったし、なにも問題はなかったわ。すべて広告どおりで」

「あなたたちが引っ越してきてからふたり宛ての郵便物が届くというようなことはありませんでした？」

「ええ。考えてみれば、それっておかしいかも。普通は届きますよね。でも、一通も届かなかったわ」

「誰かがふたりを訪ねてきたこともありませんでした？」

「あなたがはじめてよ」

「わたしもスプライトにビスケットをあげてもいいかしら」

「ええ、きっと喜ぶわ。この子は、ビスケットを食べることと寝ることと、人の顔をなめるのと抱きしめられるのが大好きなんです。いえ、抱きしめられるのはそれほど好きじゃないかも」

「あら、わたしは抱きしめられるのがいちばん好きだわ」

ふたりで声を揃えて笑った。掃除の行き届いた静かな家の明るいキッチンで、コーヒーを飲みながら女どうしでおしゃべりするのも悪くない。それも、夫が職場で仕事に励み、子供が幼稚園へ行っているあいだに。わたしはジェイニーが羨ましかった。

ほんのちょっぴり羨ましかった。

18

ロサンゼルス郡の住民の出生、死亡、および婚姻届は、五号線をウィティアよりさらに南に下ったノーウォークにある郡の書記官事務所に保管されている。わたしは夕方までそこで過ごして、エセル・ボヴェリーニが一九七〇年の四月に、イーディス・ボヴェリーニが翌年の六月にエル・セグンドで生まれたことを突き止めた。母親はロザリー・ボヴェリーニで、父親は不詳。ロザリー自身は、もしそれが同一人物なら一九五五年の生まれだが、正式に結婚したことは一度もないのか、婚姻届は見つからなかった。一方、エセル・ボヴェリーニは、一九八八年にジェラード・バスガルと結婚して届けを出している。死亡届を調べると、ロザリー・ボヴェリーニは一九八七年の十月に死亡していることがわかった。イーディス・ボヴェリーニが結婚や出産をしたという記録はなかった。エセルが出産したという記録もなかった。

ホテルに戻ったときにはもう日が暮れていた。トニイ・ゴールトからは、〝今夜は仕事で忙しいから明日会おう〟というメッセージが届いていたので、思わずにやりとした。

かわいそうに。さすがのトニイも毎晩は無理なのだろう。書記官事務所で長い時間を過ごしたわたしも、トニイには会いたくなかった。ゆっくりシャワーを浴びて肌触りのいいバスローブを羽織り、ワインを飲みながらルームサービスの夕食を食べるほうがはるかに魅力的だった。

やはり高級ホテルはすばらしく、部屋はきれいに整えられていて、ベッドのカバーもめくってあった。おまけに、アイスバケットには氷が入っている。わたしはさっそくシャワーを浴びて、ゆったりとした白いバスローブを羽織った。袖は長すぎるのでまくり上げなければならなかったが、バスローブはわたしの体をすっぽりと包み込んでくれた。ミニバーのワインをグラスに注ぐと、窓際の肘掛け椅子に座ってウィルシャー大通りの向こうに広がるビヴァリーヒルズを眺めた。ベッドサイドテーブルにはテレビのリモコンが置いてあったが、テレビはつけなかった。

出生、結婚、そして死亡の記録は無言のうちに多くのことを教えてくれた。ただし、ミスティー・タイラーことイーディス・ボヴェリーニを殺した人物の名前は教えてくれなかった。けれども、彼女と姉がこれまでどんな人生を送ってきたかということについては多少わかった。どうやら、エリンことエセルは母親が十五歳のときに婚外子として生まれたらしい。その先も、両方の名前を挙げながらわかったことを頭のなかで整理しようとしたものの、面倒くさいので、とりあえず、ふたりのことはエリンとミスティーと呼ぶことに決めた。ふと笑みがもれたのは、婚外子というのは奇妙な呼び方だと思ったからだ。考えてみれば、いま現在はわたしも〝婚外〟状態だ。それはともかく、エリンの母親は三十二歳で死に、そのときエリンは十七歳だった。そして、十八で結婚している。エリンが子供を産んだという記録は、少なくともロサンゼルス郡には残っていない。エリンとミスティーは、それぞれ十七と十六のときにみなしごになったわけだが、エリンは翌年にジェラード・バスガルと結婚したのだ。電話帳で調べたが、バスガルという名前は載っていなかった。ただし、調べたのはロサンゼルスとそれより西の地域の電話帳だ。

時計を見た。東海岸では午後九時四十五分。受話器を取って、マサチューセッツのパラダイスにかけた。

「サニー・ランドルです」と、当直の警官に告げた。「ストーン署長はもうお帰りになりました？」

「はい」

「自宅の電話番号は教えてもらえませんよね」

「ええ、申し訳ありませんが」

「じゃあ、伝言をお願いできますか？　シーチェイスの事件のことで話があるんです。ストーン署長に電話をかけて、いまからいう番号にかけ直してほしいと伝えてもらえます？」

一瞬、沈黙が流れた。

「もう一度、名前を教えてもらえますか？」

「サニー・ランドルです。ストーン署長はわたしのことをご存じですから」

「あなたのことはみんな知ってますよ。家にいるかどうかわからないけど、とにかくかけてみます」

わたしはホテルの電話番号を教えて礼をいい、受話器を置いてワインを飲んだ。

エリンとミスティーが過酷な運命を背負って生きてきたのは間違いない。でも、どうして過去を隠そうとするのだろう？　なぜ姉妹だということまで隠していたのだろう？　エリンは有名になる前から高価な服を着ていい家に住んで、しかもメルセデスに乗っていたというのだから、金はあったのだ。その金はどうやって手に入れたのだろう？　母親の遺産を相続したとは考えられない。だとすると、夫が金持ちだったのだろうか？　謎はいくつもあるが、あらたになにかがわかるとまた別の謎が浮かび上がってくる。ただし、ひとつだけはっきりしたことがあった。映画女優のエリン・フリントは大嘘つきだということだ。

ワイングラスが空になったのでお代わりを注ごうとすると、電話が鳴った。なんと、パラダイスのジェッシイ・ストーンからだった。

「寝てらっしゃるところを起こしてしまったんじゃなければいいんですが」

「目はまだぱっちり開いてるよ」とジェッシイはいった。

「わたしもです。じつは、ロサンゼルスに来てるんですが、わかったことを報告しておこうと思って」

ジェッシイは黙ってわたしの話に耳を傾けた。

そして、わたしが話し終えるのを待って口を開いた。「ジェラード・バスガルがどういう男なのかわかればいいんだが」

「ええ、わたしもそう思ってたんです。あなたはいまでもこっちで顔が利きます？」

「そっちにいるときだって顔は利かなかったよ。クロンジェイガーという警部に頼めばいい。殺人課の課長だ。勤務中に酒を飲んでいたおれをクビにしたのは彼だが、人間味のあるいい警官だ。電話をかけて、きみが訪ねていくといっておくよ」

ジェッシイはわたしに秘密を打ち明けたのだ。勤務中の飲酒が原因でクビになったことを。

「その人はダウンタウンにいるんですか？　本部のパーカー・センターに？」

「ああ。パーカー・センターの三階にいる」

「バスガルには前科があるんでしょうか？」

「前科がなければ、ロサンゼルス市警の膨大なデータベースも役に立たないんだが」

「とにかく当たってみる価値はありますね」

「たとえバスガルに前科がなくても、クロンジェイガーがなにか探り出してくれるだろう」

「じゃあ、明日の朝、会いに行きます」

「向こうの都合が悪いようなら電話する」とジェッシイはいった。「電話がなければ、明日行ってくれ。ちゃんと話をしておくから」

わたしはジェッシイに携帯の番号を教えた。ジェッシイも自分の携帯の番号を教えてくれた。まるで、これから交際をはじめるカップルのように。

「ついでにもうひとついっておくが、そっちの署長はボストンの出身なんだ」

「ええ、そうですよね。忘れてました。こっちへ移ったのは、わたしの父がまだ警察にいたときだったんです。すばらしい人物だと、父はいつもいってました」

「ああ、そうらしい」

「じゃあ、クロンジェイガー警部が会ってくれなかったら……」

「大丈夫だ。電話をかけておくから」

わたしはジェッシイ・ストーンともう少し話がしたかった。もう少し彼の声を聞いていたかった。けれども、なにを話せばいいのかわからなかったし、向こうも世間話をする気はなさそうだったので、電話を切った。

知り合ったばかりなのにどうしてこんなにジェッシイのことが好きになってしまったのだろうと考えながら、二杯目のワインを飲んだ。飲みほすと、ルームサービスのメニューを手に取ってなにを注文するか考えた。メニューにはそれぞれの料理の詳しい説明が書いてあったので、助かった。なんであれ、はっきりしているほうがいい。

19

クロンジェイガー警部は窓のある広いオフィスにいて、わたしが入っていくと、机の前に出てきて握手をしてくれた。背が高くて手足がひょろ長く、髪は真っ白で、筋の通った男らしい鼻をしている。肌は陽に焼けていて、見るからに健康そうだ。握手をするときはわたしの手を強く握ったが、大げさな感じはしなかった。

「よろしく頼むといって、ジェッシイ・ストーンが電話をかけてきたんだ。いいやつだよ、ジェッシイは」

「勤務中にお酒を飲んでいたせいであなたにクビにされたといってましたよ」

クロンジェイガー警部はかすかに笑みを浮かべて机の向こうに戻り、わたしに椅子をすすめて自分も腰をおろした。わたしは彼と向き合って座った。

「職務上の秘密だからノーコメントだ」と警部はいった。「もう立ち直ったはずだと思うんだが」

「少なくとも、お酒の量は減ったようです」

「それはよかった。有能な警官なのに、酒で一生を棒に振るのは惜しいからな」

「彼はわたしがここへ伺った理由を話しました？」

「いや。あんたは頭がよくて、おまけに美人だから、きっと気に入るといっただけだ」

「まったく」

「やつのいったとおりだよ。で、なにか頼みでも？」

「ジェッシイとわたしは同じ事件を調べてるんです」そういって、クロンジェイガー警部に詳しく説明した。

「エリン・フリントか」わたしの話を聞いて、クロンジェイガー警部がつぶやくようにいった。「演技は下手だが、ルックスは抜群だよな」

「エセル・ボヴェリーニというのが彼女の本名のようなんですが、ジェラード・バスガルという男と結婚していたことがあるんです」

「で、その男を探したいから手を貸してくれというんだな」

クロンジェイガー警部はどことなくわたしの父親に似ていた。外見は似ていないが、おっとりとしたところが似ているのだ。ふたりとも、長い警官生活のあいだにさまざまな経験をしたせいで、角が取れて丸くなったのかもしれない。

「わたしの父も警官だったんです」

「ボストン市警の？」

「ええ。あなたと同じく警部で、殺人課の課長をしてました」

「もう退職したのか?」

「はい」

クロンジェイガー警部がにやりと笑った。

「そりゃそうだよな」

警部は受話器を手に取ると、ひとことふたこと話をして受話器を置いた。しばらくすると、ヒスパニックの女性がきびきびとした足取りで部屋に入ってきた。センスのいい服を着て、白髪まじりの髪を洒落《しゃれ》たスタイルにまとめている。警部は立ち上がってその女性を迎えた。

「エレイン・エスタレーラだ」と紹介してくれた。「こっちはサニー・ランドル」

たがいに、「はじめまして」と声をかけ合った。

「サニーはジェラード・バスガルという男を探してるんだよ、エレイン。データベースを調べたらなにかわかると思わないか?」

エレインがわたしのほうを向いてほほ笑んだ。

「いまのは、〝コンピュータは苦手だから、調べてくれないか、エレイン?〟という意味よ」

クロンジェイガー警部もわたしも笑みを浮かべた。エレインがサイドテーブルの前へ歩いていってキーボードを叩くと、画面が明るくなった。

「名前以外にわかってることは？」とエレインが訊いた。

「結婚してるらしいので……」警部がわたしを見た。

「エセル・ボヴェリーニと結婚してるんです。一九八八年に」

エレインはコンピュータの前に立ったまま、ふたたびキーボードを叩いた。魅力的な女性で、しかも感じがいい。髪は白いが、もしかすると意外に若いのかもしれない。

しばらくしてエレインがいった。「あったわ」

「なにが？」とクロンジェイガー警部が訊いた。

エレインは画面を見ながら読み上げた。

「一九八六年、生活扶助費受給。一九八八年、生活扶助費受給。一九八八年、暴行容疑で逮捕。一九九一年、麻薬の不法所持および密売容疑で逮捕。一九九四年、恐喝容疑で逮捕」

「どれも若いころのことだよな」とクロンジェイガー警部がいった。

「ミセス・バスガルのほうは？」と、わたしが訊いた。

「とくになにもないわ」とエレインはいった。「ジェラード・バスガルは、その後も暴行や恐喝で逮捕されていて……ちょっと待って。殺人容疑でも逮捕されてるわ――一九九七年と一九九八年に。証拠不充分で不起訴になってるけど」

「それなりに出世したんだな」と、クロンジェイガー警部が皮肉を口にした。

「かなりの大物になったのかもしれないわ」と、エレインも調子を合わせた。「一九九九年以降は一度も逮捕されてないようだから」

「あるいは更生したのかも」とわたしがいった。

「かもしれん」と、クロンジェイガー警部が相槌を打った。

エレインはなおもコンピュータの画面を見つめている。

「常習犯罪者取締班は彼をマークしているみたいよ。二〇〇〇年からずっと」

「じゃあ、更生したわけじゃないのかもしれませんね」と、わたしは前言を翻《ひるがえ》した。

「責任者は誰だ？」とクロンジェイガー警部が訊いた。

「常習犯罪者取締班の？　ドリーン・ビラップスよ」

「ドリーンに電話をかけてくれ」

エレインがにっこり笑った。「電話をかけるだけでいいのかしら」

「受話器のどこに向かって話をすればいいのかさえ教えてくれたら、自分でしゃべる」

と、クロンジェイガー警部が切り返した。

エレインはコンピュータの横の電話を使い、相手が出ると、「ビラップス警部ですか？　クロンジェイガー警部と代わります」といって、机の上の電話を指さした。

クロンジェイガー警部が受話器を取った。

「ドリーンか？　ああ……ああ……ハーヴィーは元気か？……そりゃよかった。で、息子は？……ＵＣＬＡに？……まだ中学生だとばかり思ってたよ……ああ、わかってる……ありがとう、彼女も元気だ……じつは、大好きなコンピュータで調べたら、あんたらがジェラード・バスガルって男に興味を持ってるのがわかって……ああ、画面に映し出されてるよ……もちろん、エレインにちょっと手伝ってもらったんだが……ああ……ああ……畜生、いや、すまない……ああ……なるほど、たいした出世だな……ああ。じつは、ボストンからサニー・ランドルという美人の私立探偵が来てるんだが、詳しい話を聞きたければ直接そっちへ電話をするようにいってもかまわないか？　ああ、電話番号はエレインに教えてもらうよ……もちろん、わかっていることだけでいい。おれのところへ送ってくれたら、サニーに渡すよ……ありがとう、ドリーン。ああ、あんたもな」

クロンジェイガー警部が受話器を置いた。

「これでいいか？」

エレインはにっこり笑って頷いた。警部は椅子の背にもたれた。

「やはりバスガルは出世して、いまじゃヴァレーの売春婦を取りまとめてるらしい」

「というと？」と、わたしが訊いた。

「サンセット大通りより北の売春婦の元締めをしてるんだよ。さあ、西はサウザンド・オークスから東はパサディナあたりまでだろうか」

「エセル・ボヴェリーニの話は出ませんでした？」

「出なかった」

「バスガルの住所はわかりました？」

「ああ」クロンジェイガー警部が住所を書いた紙を渡してくれた。

「ベル・エアーに住んでるのなら、会いに行ってきます」

「誰かに案内させるよ」

「道はわかります」

「いや、うちの誰かと一緒に行けば駐車スペースを探す手間も省けるし、なにかと便利だぞ」

「大丈夫です」

「警察だといえば、向こうも会わないわけにはいかないし」クロンジェイガー警部はわたしを説得しようとした。

「そのほうが安全よ」と、エレインも警部に加勢した。

「ソルを呼んでくれ」とクロンジェイガー警部がいった。

「バスガルは危険な男なんですか？」とエレインに訊いた。

「わたしは警官じゃないし、よくわからないわ」とエレインはいった。「でも、ポン引きはだいたい女をばかにしてるから」

「おれはあんたに頭が上がらないのに」とクロンジェイガー警部がつぶやいた。

エレインはそのとおりだといいたげに頷いて、受話器を手に取った。

クロンジェイガー警部はエレインにほほ笑みかけたあとでわたしを見た。「殺人事件の関係者に会いに行くときは、その人物が犯人だという可能性もあるんだぞ、ミズ・ランドル」

「じゃあ、ソルと一緒に行きます」

20

　そういうわけで、サンセット大通りのはずれにあるベル・エアーをめざしてダウンタウンをあとにした。一緒に行ってくれることになったソル・エルナンデスは、大学時代にテレビで見ていた《マイアミ・バイス》のキャステロ警部に似ていた。キャステロ警部をセクシーだという女子学生は大勢いて、わたしもそのひとりだった。

「ソル・エルナンデスというのがフルネームなの？」

「みんな、ソラリオを縮めてソルって呼ぶんです」

　空高く昇った太陽がぎらぎらと照りつけるなか、車はドジャースのホーム球場があるチャベス・ラヴィーンを通りすぎてシルバー・レイクのほとりを走り、ようやくハリウッドに入った。カリフォルニアは街なかでも花や木が多くて、土のにおいがする。《ロサンゼルス・タイムズ》の朝刊に載っていた天気予報によると、ボストンは雪で、七、八センチ積もるらしい。

　思わずため息が出た。

サンセット大通りを西へ西へと走ってウエスト・ハリウッドまで来ても、ありがたいことにソルは黙っていた。スターの家を指さして、あれは誰それの家だと教えたりはしなかった。ビヴァリーヒルズに差しかかるとさらに緑が増し、ベル・エアーのゲートを抜けてビヴァリー・グレン大通りに入ったときは、タヒチに来たような錯覚におちいった。車は坂道をのぼり、壁に白い化粧漆喰を塗って真っ赤なタイルで屋根を葺《ふ》いた大きな家の立派な玄関の前でとまった。

「そうとう稼いでるみたいね」

「売春婦の元締めですから」

わたしはソルと一緒に車を降りて、玄関へ向かった。ソルはクリーム色の綿のジャケットの胸ポケットに身分証明書を差して、バッジがよく見えるようにしていた。ベルはわたしが鳴らした。ドアはなかなか開かず、物音も聞こえなかったが、誰かがドアの向こうからのぞいているのは気配でわかった。やがて、チェーンをかけたままドアが開いて、わずかな隙間から男が顔をのぞかせた。男は陽に焼けていて、スキンヘッドのようだった。

「ロサンゼルス市警のエルナンデス部長刑事だ」とソルが名乗った。「ジェラード・バスガルと話がしたい」

「令状は?」と、ドアの向こうの男が訊いた。

「ちょっと話をするだけだ」

「令状もないのになかに入れろっていうのか？」

「そんなに令状がほしけりゃ、取りに行って大勢連れて戻ってきて、おまえらをひとり残らずパトカーに押し込んで署に連れてってやる」

男は面白がっているような声で唸った。

「おいおい、おっかなくて小便をちびっちまったじゃないか」

「エリン・フリントのことで話があると、ミスタ・バスガルに伝えてもらえないかしら」と、わたしが男に頼んだ。

「あんたは誰だ?」と男が訊いた。

「マーガレット・サッチャーよ。さっさとジェラードを呼んできて」

男はわたしをにらみつけてドアを閉めた。

「マーガレット・サッチャー?」とソルが訊いた。

「サニー・ランドルより迫力があると思って」

「まあ、たしかに」と、ソルも納得してくれた。

しばらくするとふたたびドアが開いて、ドアの向こうに先ほどの男が立っていた。太ってはいるものの、わたしの父親がよくいう〝固太り〟だ。青い地に赤い大きな花模様をプリントしたぶかぶかのスポーツシャツを着て、裾をズボンの外に出している。シャツの下に拳銃を隠しているのだろう。

「入れ」と男がいった。

広い家のなかはごちゃごちゃとしていて、郊外のショッピングモールに来たような気安さを覚えた。

「素敵な家ね」とソルにいった。「豪華なのにアットホームな感じがして」

ソルはなにもいわずに笑みだけ浮かべた。

バスガルはアトリウムにいた。ガラス張りの洒落《しゃれ》た部屋で、西には海が、南と東にはロサンゼルスの街が見える。その日はスモッグがかかっていなかったので、そこからの眺めはじつに美しかった。

「すごいわ」と、わたしは驚きをそのまま口にした。

「なかなかのもんだろ?」とバスガルが自慢した。「この眺めをひとりじめにしたくて大枚をはたいたんだ」

「売春婦が体を売って稼いだ金をだろ」とソルがいった。

バスガルはにやりとした。

「連中はいい思いをしてるんだから」そういいながらソルを見た。

「きさまはロス市警のエルナンデスだよな」続いてわたしを見た。「けど、あんたはマーガレット・サッチャーじゃない」

わたしはにっこりほほ笑んだ。

「そういえばなかに入れてもらえるんじゃないかと思って。ほんとうの名前はサニー・ランドルで、エリンに雇われた私立探偵です」

バスガルは背が高く、エリン・フリントと並んでもけっして見劣りしないように思えた。しかも、スポーツ選手のような引きしまった体をしている。肌は陽に焼けて浅黒く、黒い髪はスポーツ刈りにして、ひげもきれいに剃っている。アトリウムの両端には、大きな絵をイーゼルにのせて飾ってあった。一枚は、道着を着て武道の形《かた》を練習しているバスガルの絵だ。もう一枚は、〝女戦士〟に扮したエリン・フリントが申しわけ程度の布きれを身にまとい、光り輝く肌を露出して短い槍でライオンと格闘している絵だった。

「エリンはどうしてる？」とバスガルが訊いた。「元気にしてるのか？」

「彼女の付き人のミスティー・タイラーが殺されたんです」

バスガルが頷いた。

「ミスティーを知ってるんですか？」

「いや」

エリンと結婚していたバスガルが妹のミスティーを知らないなどということはありえない。けれども、嘘をついたことにはたいして意味がないのかもしれない。バスガルのような男は、よほどの理由がない限り警官にほんとうのことを話しはしないはずだ。バスガルにとってはわたしも警官と同じようなものだから、ほんとうのことを話す必要はないと思ったのかもしれない。

「あなたはエリンと結婚してましたよね」と訊いてみた。

「いまでもしてるよ」とバスガルはいった。

「でも、一緒には暮らしてないでしょ」

バスガルが頷いた。

「女と一緒に暮らすのはなにかと厄介なんだよ、サニー」

「わかるわ。でも、具体的にはなにが原因で、つまり、その、別居することになったんですか？」

「あいつがおれを見捨てたんだよ。おれはあいつを拾って服や車を買い与え、サンタモニカに家まで買ってやったんだ……なのに、あいつはさっさと映画のプロデューサーに乗り換えて出ていきやがった」

わたしは驚いたふりをして青い大きな目を見開いた。

「この家を捨てて？」

「いや、この家を買う前の話だ」

「ここはいつ買ったんですか？」

「五、六年前だったかな。忘れたよ。そんなことを覚えてたって、なんの役にも立たないからな」

「その映画プロデューサーの名前は？」

「バディー・ボーレンだ。そいつがエリンを〝女戦士〟に仕立て上げたんだ」

「あなたは彼女を引き止めなかったんですか？」

「もちろん引き止めたさ。けど、世の中に女はいっぱいいるが、自分はたったひとりだろ？　だから、女より自分のほうが大事だと悟ったんだ」

「彼女を愛してたんですか？」

「もちろん愛してた。いまでも愛してるよ」

「でも？」

「おれは現実的な男なんだ。いつまでもくよくよしてたってしょうがないじゃないか。それに、女には不自由してないし」

「彼女はおまえのもとで働いてたのか？」とソルが訊いた。

バスガルは驚いたような顔をして一瞬ソルを見つめた。

「ああ、そうだ。おれが、住むところのない哀れな女をただで家に置いてやるような男に見えるか？　エリンもエリンの妹もおれのもとで働いてたんだ」

「エリンの妹がミスティー・タイラーなんですよ」とわたしがいった。

「イーディスのことか？　そうだよな。新しい名前を知らなかったんだよ。あのふたりには上客ばかりまわしてたんだ。まともな客ばかりを。映画関係者も大勢いたよ。SMやきわどいプレーはさせなかった。バディー・ボーレンも客のひとりだったような気がするが、よく覚えてない」

「そんなはずはないだろ」とソルが詰め寄った。「以前はおまえが女たちを管理してたんだから。いまは違うようだが」

「おれはもう足を洗ったんだ。それはきさまも知ってるはずだ。いまはイベント企画会社を経営してるんだよ」

「おまえはポン引きだ」とソルがいった。「昔はただのポン引きだったが、いまじゃ大物ポン引きだ。けど、ポン引きであることに変わりはない」

「手厳しいな」とバスガルがいい返した。「どうだ、あんたもやってみないか、サニー？　いい金になるぞ」

「イベントの企画会社で雇ってくれるってこと？」

「週に四日か五日、夜に数時間働くだけでいいんだから、楽な仕事だ」

わたしはかぶりを振った。

「せっかくだけど、やめておくわ。できれば、もう少しエリンとミスティーの話をしてもらえないかしら」

「どっちもなかなかいい名前だよな」バスガルはそういって笑った。「いや、知り合ったときは、ふたりともたいしたことなかったんだ。まだガキで。たしかエリンは十八で、どこへ行くにも妹を連れ歩いてたよ。服のセンスも悪かったし、まともにしゃべることもできなかったんだぜ。それに、なんにも知らなかったし」

「ふたりとはどうやって知り合ったんですか？」

「ウエスト・ハリウッドのクラブで向こうが声をかけてきたんだ」

「あなたを誘おうとして？」

「まあな」バスガルはにやりと笑った。「おれがそれまで一度にふたりの女と、それも姉妹とやったことがあると思うか？」

「あるんですか？」

「いや、姉妹と同時にというのはなかった。けど、ふたりはただ者じゃないような気がしたんだよ。とくにエリンは。野暮ったいことは野暮ったかったんだが、エリンはすでにけっこういい体をしてて、磨けばなんとかなると思ったんだ。ほかのことはともかく、おれは女を知りつくしてるから」

ソルは窓辺に立って先ほどのスキンヘッドの男を見つめ、スキンヘッドの男も部屋の入口に立ってソルを見つめていた。バスガルは服の下まで見すかすような目つきでわたしを見た。

そして、ふたたびにやりと笑った。「おれは女を知りつくしてるから」

「おまえが知りつくしてるのは売春婦だろ?」とソルがいった。

バスガルはわたしにほほ笑みかけた。

「同じことさ」

「で、あなたはふたりに、その……仕事の世話をするようになったんですか?」

「ああ」

「その後、エリンと結婚したんですよね」

「結婚するつもりはなかったんだが……」バスガルは両手を広げて肩をすぼめた。「とにかく、おれは彼女に服と化粧と髪型を変えさせて、高級な店に連れていって注文のしかたを教えたんだ。専属のトレーナーもつけた。おまけに大学にまで行かせたんだぞ。つまり、彼女に磨きをかけたんだよ」

「ミスティーは?」

「妹のほうか? 妹はいつもエリンにくっついてたよ。金魚の糞みたいに、四六時中」

「それでその、立ち入ったことを訊くようだけど、あなたはミスティーとも関係を持ってたんですか?」

「関係?」バスガルはわざわざ訊き返してにんまりとした。「どういう関係のことをいってるんだ?」

「ミスティーとも寝たんですか?」

「こりゃ驚いた。ずいぶんはっきりいうんだな」

「どうなんですか？」

「もちろん妹とも何度か寝たさ。けど、愛してはいなかった」

「エリンのことは愛してたんですね」

「さっきそういったじゃないか。エリンのことは愛してたし、いまでも愛してる」

バスガルとはそのあともしばらく話をしたが、ほかにはなにも聞き出すことができなかった。

21

ダウンタウンへ戻る車のなかで、ソルがいった。「おれが下手《したで》に出てたら、もう少しなにか聞き出せたかもしれませんね」

「たぶん同じだったと思うわ」

「いや、違ってましたよ。ああいうときに相手を怒らせたらおしまいだから」

「こっちがどんな態度で接したって、バスガルはあれだけしか話さなかったはずよ」

ソルが頷いた。

「かもしれない」

「バスガルを知ってたの？」

「以前は風紀課にいたんで、よく知ってるんです」

「じゃあ、教えて」と頼んだ。

「われわれが目をつけるようになったのは九〇年代のはじめです――もちろん、バスガルがポン引きになったのはその何年も前だろうけど――やつは、ウエストサイドで高級コールガール専門の派遣ビジネスを展開してるんです。やつのところの女はみんなルックスがよくて、高級な服を着て、上品なしゃべり方をするんですよ。この街には高級コールガールになれる素質を持った女性が大勢いるので、これだと思った女性をスカウトしてきて、磨きをかけて、いろいろと教育して、金持ちの客のところへ派遣してるんです」

「この街にはお金持ちも大勢いるものね」

ソルが頷いた。

「ええ、金はあるが道徳心のない人間が大勢」

「おまけに、理性を持ち合わせていない人間が」と、わたしが付けたした。「でも、バスガルはどんなふうに商売をしてるの？　どうやって客に女性を紹介してるの？」

「たいていはホテルの従業員を通してです。ウエストサイドには高級ホテルが何軒もあって、金持ちがいっぱい泊まりにきますから。バスガルは、ドアマンやベルボーイやバーテンや、ときにはコンシェルジェに客を紹介してもらって手数料を払ってるんですよ。やつから手数料を受け取っているリムジンの運転手も大勢います」

「タクシーの運転手には頼んでないのね」

「ええ。タクシーで来るような客は相手にしないんです」

「一種のシナジー効果ね。金持ちの客は高級コールガールを望み、高級コールガールを揃えておけば金持ちの客が来るわけだから」

「ただし、ルールがあるんです。車のなかでフェラチオはしない、パーティーへの出前はしない、AVには出演しないというルールが。そういうことをしたほうが手っ取り早く稼げるんだけど、ルールを破った女たちは、ぶん殴られたあげくにクビになるんです」

「バスガルがぶん殴るの？」

「以前はやつがやってたんですが、いまは子分がいるので」

「彼は暴行容疑で何度も逮捕されてるわよね」

「血の気の多い男ですから。でも、一介のポン引きだったころに問題を起こした客を殴って逮捕されたというのがほとんどなんです。自分のところの大事な商品を守ろうとして。それでも、刑務所《ムショ》には一度も入ってません」

「じゃあ、なぜいまだにマークされてるの？」

「縄張りを広げようとしてるからですよ。いま現在、やつが高級コールガールを派遣してるのはウエストサイドとヴァレー地区だけなんですが、ベンチュラ郡にも進出するつもりでいるようです。おまけに、もっと規模を拡大しようともくろんでいるという噂もあって……さらに縄張りを広げるとか、麻薬やギャンブルにも手を出すってことだと思うんですが、はっきりしたことはわかりません。わかってるのは、このあたりを牛耳っているデル・リオって男と、ここのところやけに親しくしてるってことだけで」

「そのデル・リオって男にも会ったほうがいいかしら」

「だめです」

「だめなの？　どうして？」

「まず、あなたがデル・リオを怒らせてしまったら、おれにはあなたを守ることができないし、クロンジェイガー警部だってどうすることもできないからです。そもそも、あなたの依頼人の妹は首の骨を折られたんですよ。それも、ここから三千マイル離れたところで。首の骨を折るなんて、デル・リオのスタイルじゃない。やつが直接手を下す場合は、頭に一発ぶち込むなりなんなり、もっとスマートな方法を選ぶはずです。もちろん、自分が疑われるような証拠はなにひとつ残さずに。それに、デル・リオに会ったってなにもわかりませんよ」

「会えば、バスガルのことがもう少しわかるんじゃないかしら」

ソルがわたしにほほ笑みかけた。

「彼に会うのは無理ですよ。たとえ会えたところで、なにもしゃべらないはずです。仮にしゃべったとしても、すべてでたらめです。だから、デル・リオに会うのは諦めたほうがいい」

「わかったわ」

「とにかく、バスガルはいずれデル・リオの機嫌を損ねるはずです。バスガルは無鉄砲だし、野心が強すぎるんで、いずれなにかトラブルを起こして殺されるでしょう」

「デル・リオの機嫌を損ねたというだけの理由で？」

「ええ」

しばらく会話が途切れた。

「バスガルがあんなことをいうなんて、おかしくない？」と訊いてみた。

「いまでもエリン・フリントを愛してるといったことですか？」

「ひょっとすると、あれは本心なのかもしれないわ」

「もしそうなら、雨が多いことで有名なインディアナポリスにも雨が降らなくなりますよ」とソルが切り返した。「たとえ夏でも」

「じゃあ、なぜあんなことをいったの？　おかしいじゃない。女性と売春婦は同義語だと思っていたり、エリンを愛していながらエリンの妹とも寝たというのは、とっても彼らしいと思うの。でも、自分を捨ててほかの男のもとへ走った女をいまでも愛してると打ち明けるなんて、彼らしくないと思わない？」

「自分の気持ちをわかってほしかったんじゃないですか？」

「わたしたちに？　彼もそこまでばかじゃないわ。たとえ自分の気持ちをわかってほしいと思っていたとしても、わたしたちにってわけじゃないわよ」

ソルが頷いた。

「たしかに」

「それに、エリンの絵が飾ってあったでしょ」

「おれたちを部屋に通す直前に飾ったのかも」

「どうしてそんなことをするわけ？」

「わかりません。おれにわかるのは、あの救いようのないくそったれ野郎が人を愛するわけがないってことだけです」

わたしはソルを見た。

「個人的な恨みでもあるの？」

「ええ」

「なにがあったのか話してくれる？」

「だめです」

わたしはにっこり笑ってかぶりを振った。ダウンタウンはもうすぐだ。

「だめなことが多いのね」

22

リッチーがロージーをスパイクのところまで連れてきてくれていたおかげで、サウス・ボストンのアパートではスパイクとロージーがわたしを出迎えて、キスをしてくれた。スパイクのキスは一度だけで、愛情はこもっていたものの、情熱的ではなかった。ロージーは何度もペロペロとわたしの顔をなめた。スパイクがリースリングのボトルを開けたので、窓辺に座って一緒に飲んだ。わたしは、いつも食事のときに座る幅の広い特注の椅子に座った。その椅子ならロージーも一緒に座れるからだ。わたしの帰りを待ちわびていたロージーは、さっそくとなりに座った。たぶん、わたしとスパイクがワインを飲みながらなにか食べるのを期待してもいたのだろう。

「機内食は出たのか？」とスパイクが訊いた。

「形容しがたいパスタがね」

「じゃあ、想像しないほうがよさそうだな」

「ずいぶん待った？」

「リッチーが四時ごろロージーを連れてきたから、そのあとすぐここに来たんだ」

「時間つぶしにわたしの服を着たりしなかったでしょうね」

「着たかったんだが、サイズが合わないんで」

「よかった」

「土産話《みやげばなし》を聞かせてくれ」

わたしはロサンゼルスでのことをスパイクに話した。途中でリースリングをもう一本開けたために、話し終えたときにはかなり酔いがまわっていた。

「エリンは売春婦だったんだ」とスパイクがいった。

「ええ。ミスティーと姉妹だというのを隠してたのは、それでだと思うわ。それに、名前を変えたのも。過去を知られたくなかったのよ」

「彼女は男の手を借りて何度も生まれ変わったわけだ。最初はそのポン引きで……」

「ジェラード・バスガルって名前なの」

「つぎはバディー・ボーレン」

「バスガルとは結婚してるのよ」

「けど、いまはボーレンと一緒に暮らしてるんだろ?」

わたしは黙って頷いた。

「そのポン引きはどうなんだ?」

「どんな男かってこと?」

「ああ」

「よくいるタイプよ。うぬぼれが強くて、冷淡で、女性を完全に見下してるの。でも、いまだにエリンを愛してるっていうのよね。だから、わけがわからなくて」

「世の中にわからないことはいっぱいあるさ」

「なにもかもわかればすっきりするのに」

「けど、退屈だぞ」

「とにかく、彼は女性を利用して金儲けをしてるのよ」

「好きでやってる女もいるんだよ」

わたしは女だ。売春についてどう思うかとたずねられたときに女性としてどう答えるべきか、ちゃんと心得ている。だから、それを口にした。

「売春は犯罪よ。売春婦たちは被害者だわ」

「被害者と呼んでもいい売春婦も少しはいるはずだ」とスパイクはいった。「いや、けっこう大勢いるかもな。駐車場で男の一物をしゃぶらされるのは、誰だっていやだろうし。けど、好きでやってる売春婦もいるのはあんただって知ってるだろ?」

わたしはワインを飲んでロージーを見た。ロージーはわたしたちの話にまったく興味がなさそうだった。

「それは……ええ、たしかに」と認めた。「高級売春婦にはそういう人が多いわよね。高価な服やゴージャスなレストランやホテルや、それに、お金が大好きって人が。もちろん、セックスも大好きなのよね。お願いだから、ケンブリッジのお上品な人たちにはわたしが〝セックス〟なんて言葉を平気で使うなんていわないでね。たまには用事でケンブリッジへ行くこともあるから」

「たぶんエリンもそうだったんだよ」とスパイクはいった。「彼女とボーレンとの関係を考えると、それはいまでも変わってないんじゃないか？」

「たぶん」

「そうね」

「そのバスガルって男は、ほんとにエリンを愛してるのかもしれないぞ」

「あんただっていまはすました顔をしてるけど、向こうでまたトニイ・ゴールトと淫らな真似をしてきたはずだ」

「淫らな真似なんかしてないわ。妬《や》いてるの？」

「あいつがこっちへ来たときに一度会っただけだから」とスパイクはいった。

「あなたはけっこう好みがうるさいものね」

スパイクはにやりとした。

「おれだってあんたのことはよく知ってるんだ。あんたが尻軽だってことも」

「お尻が軽いわけじゃないわ。乗りがいいのよ」

23

南カリフォルニアから戻ったばかりのわたしにとって、十一月下旬のパラダイスはカンフル注射の役目を果たした。パラダイスの空は灰色で、ちらちらと雪が舞い、大西洋から冷たい風が吹いてくる。車はパラダイス署の脇の駐車場にとめて、署長のジェッシイ・ストーンに会いに行った。

「カリフォルニアから帰ってきたんです。情報交換しませんか?」

「昼飯はまだだろ?」とジェッシイが訊いた。

「ええ」

「おれもまだなんだ。昼飯を食べながら情報交換をしよう」

「いいですね」

わたしたちは〈デイジーズ〉というレストランまで歩いていった。その店のオーナーは、愛嬌に富んだ目をした大柄な女性だった。ジェッシイがわたしを紹介すると、彼女はわたしたちをテーブルに案内し、メニューをふたつ置いてテーブルを離れた。

「ここのサンドウィッチはけっこういけるんだ」とジェッシイがいった。「パンは自家製だし」

わたしはライ麦パンのツナ・サンドを注文した。ジェッシイは、コーンミール・パンとロブスターのクラブハウス・サンドを注文した。飲み物はふたりともマンゴー・アイスティーにした。

「クロンジェイガーはどうだった？」とジェッシイが訊いた。

「いろいろ助けてもらいました。いい人ですね」

「まあな。エレインにも会ったか？」

「ええ。とても頭がよさそうで」

「ああ。それに性格もいい」

「まるで彼女が捜査の指揮をとっているみたいですよね」

ジェッシイが頷いた。

「エレインはそう思ってるし、クロンジェイガーも彼女にそう思わせてるんだ。クロンジェイガーの見た目はどうだった？」

「落ち着いた感じで、髪が白くて、でも、とても健康そうでした」

「髪は以前から白かったんだ。で、なにかわかったか？」

「わたしが先に話すんですか？」

ジェッシイが頷いたので、わたしはエリンとミスティーについてわかったことを話した。ジェッシイは黙ってわたしの話に耳を傾けた。わたしが話しているあいだはアイスティーを飲むだけで、サンドウィッチには口をつけなかった。

「きみは、そのバスガルという男がほんとうにいまでもエリンを愛してると思ってるのか?」わたしが話し終えるのを待って、ジェッシイが訊いた。

「バスガルはそう思ってるはずです」と答えた。

ジェッシイが頷いた。

「当人だって、どうなのかよくわからないこともあるからな」

わたしは上品にサンドウィッチをかじって上品に嚙みながら、ちらっとジェッシイを見た。人があまりしゃべらないと、なにか理由があるのだろうかと思ってしまう。たいていは思い過ごしなのだが、思い過ごしではないこともたまにある。

「普通、ポン引きは自分のところの売春婦を愛したりしませんよね」

「ああ、普通はな。しかし、ポン引きのことを愛してると思っている売春婦だっているだろうし、売春婦を愛してると思っているポン引きだっているはずだ」

「そうじゃないとわかってるのに、そう思い込んでしまうんでしょうね」

「ああ」

「じゃあ、嫉妬に駆られたバスガルが、自分を捨てたエリンに仕返しするために飛行機に乗ってやって来てミスティーを殺したのかしら」

「その可能性もある」

「バスガルは武道をやってるようなんです」

「じゃあ、簡単に首の骨を折る方法を知っていた可能性はある。で、それを試してみたのかもしれない」

「練習するだけじゃ満足できなくて？」

「練習と実践は違うんだ」

「こっちでもなにかわかりました？」とジェッシイに訊いた。

「いや、たいして」とジェッシイはいった。「べつに驚くことじゃないが、指紋からはなにもわからなかったんだ。シーチェイスの連中は、ボーレンも含めて、全員ジムを使っているし、ジムのマシンを設置した人間や清掃員もいるし」

「アリバイは？」

「アリバイもあやふやだ。ミスティーの死亡推定時刻には、ほとんどの者がひとりでいたんだ。非番で、たまたま誰かと一緒にいたという者もいるが、みんな鉄壁のアリバイがあるわけじゃない。それはきみにもいえることだが」

「わたしも疑われてるんですか？」

「いや、そういうわけじゃない」

「容疑者は何人か挙がってるんですか？」

「いいや」

「カリフォルニアで集めた情報はどういうふうに使うつもりですか？」

「きみが集めてきた情報だからな。きみはどんなふうに使いたい？」

ジェッシイはようやくサンドウィッチを食べた。わたしはそのあいだに考えた。

「エリンを呼んで、情報の出処は明かさずにわかったことを突きつけてみたらどうでしょう」

「エリンを呼べばボーレンもついてくるはずだ」

「それに、おそらく弁護士も」

「おそらくな。きみも立ち会いたいか？」

「ええ」

「彼女の過去をほじくり返してきたのは自分だと名乗る気はないな」

「ありません」

「彼女はミスティーを殺した犯人を探してくれといってきみを雇ったんだから、きみの仕事は犯人探しだ」

「でも、エリンが妹を殺したという可能性もありますよね」

「きみはエリンがやったと思ってるのか？」

「その可能性は低いと思います。エリンはこれまでずっとミスティーの面倒を見てきたんだし」

　ジェッシイが頷いた。

「もしエリンがやったのなら、きみがどうするか知りたいんだが」

「彼女は、犯人を探してくれといってわたしを雇ったんですよ」

　ジェッシイは「ああ」といって、またサンドウィッチにかぶりついた。

「ほかになにかわかったことはないんですか？」と訊いてみた。「役には立ちそうになくても、なにか面白いこととか」

　ジェッシイはサンドウィッチをよく嚙んで飲み込んでから、アイスティーを飲んだ。

「ロイ・リンデンと話をしたんだ」

「野球のコーチの？」

「そうだ」

「どんな話をしたんですか？」

「共通の知り合いが何人かいるので、その連中の話をしてからエリンの話をしたんだ」

「彼はエリンのことをどんなふうにいってました？」

「いわゆる公式見解を述べただけだ」

「つまり、エリンはメジャー・リーガーとして立派にやっていけるといったんですね」

「まあな」

「でも？」

ジェッシイがかぶりを振った。

「ほんとうは無理なんですね」

「ロイは無理だと思っているようだ」

「なぜですか？」

「彼女にはメジャー・リーグのピッチャーの球が打てないからだ」

「守備は大丈夫なんですか？」

「たぶん。ロイの話じゃ、外野に飛んできた球を追いかけることはできるし、取ることもできるようだ。けっこういい肩をしてるらしいが、メジャー・リーグの外野手はみな肩がいいからな。走塁は問題ないようだが」

「でも、打てないんですね」

「ロイも打てないとはいわなかったが、そう思ってるのは間違いない」

「彼はいつからエリンに野球を教えてるんですか？」

「彼女がボーレンのところへ来てからだ」

「じゃあ、昨日や今日にはじまったことじゃないんですね」

ジェッシイが頷いた。

「どうしてコーチのロイ・リンデンと共通の知り合いがいるんですか?」

「おれもロイもパシフィック・コースト・リーグでプレーしてたんだ」

「それって、野球のリーグですよね」

「ああ」

「有名なチームにいたんですか? つまり、その、わたしが知ってるようなってことですけど」

「アルバカーキーのトリプルAだ」

「トリプルAってなんですか?」

「メジャー・リーグのひとつ下のリーグのことだ」

「メジャー・リーグには上がれなかったんですか?」

「肩を痛めて、球が投げられなくなったんだ」とジェッシイはいった。「おれはショートだった」

「残念でしたね。野球はいまでも好きですか?」

「好きだ」

「肩を痛めなかったらメジャー・リーグに上がってたと思います?」

「ああ」

「オフィスに野球のグローブが置いてありましたね」

「町のソフトボール・チームに入ってるんだ」

「ソフトボールならまともに投げられるんですね」

「ソフトボールならまともに投げられるんだ」

「今度、エリンが練習してるのを一緒に見に行きましょうよ。毎朝、ロイ・リンデンとタフト大学で練習してるんです」

「練習を見に行けばなにかわかるのか?」

「さあ。でも、エリンがメジャー・リーグで通用するかどうか、自分の目で見極めるのも悪くないと思いますけど」

「百聞は一見にしかずというからな」

「まさにそうです」

「それに、きみと一緒なら楽しいだろうし」

 わたしはジェッシイにほほ笑みかけた。

「それはどうかしら」

 ジェッシイが眉を上げた。

「きっと楽しいはずだ」

 顔が熱くなった。下心があって誘ったわけではないからだ。ウエイトレスが来てアイスティーを注ぎたしてくれたので、人工甘味料を入れて飲んだ。ジェッシイはじっとわたしを見つめている。なにを見るときでもそんな目つきをするのかもしれないが、ジェッシイに会いに行こうと決めたときに念入りに服を選んでよかったと、ひそかに胸を撫でおろした。わたしが悩みぬいた末に選んだのは、袖口に大きな折り返しのついた白いシャツと黒い綿ビロードのジャケットで、それにグレーのジーンズとショートブーツを合わせて、シャツは裾を出して着た。ブーツのヒールはもう少し高いほうがよかったのだが、探偵としては動きやすい格好がいちばんだし、ハイヒールをはかなくてもけっこう格好よく見えた。ハイヒールをはくと、精いっぱいドレスアップしてきたように見える反面、くだけた感じもするので、むずかしいのだ。とにかく、その日の服装にはわれながら満足していた。

「もちろん、警官になる前の話ですよね……肩を痛めたというのは」

「ああ」

「この町へ来たのはどうしてなんですか?」

「結婚生活が破綻して、酒に溺れて、クビになったからだ」

「クロンジェイガー警部にクビをいい渡されたんでしょ? でも、どうしてこの町へ?」

「雇ってもらえることになったからだよ」とジェッシイはいった。

「お酒はもう飲んでないんですか?」

　なぜそんなことを訊くんだろう？

「ああ、いまは」

「奥さんとは離婚したんですか？」

「一応は。だが、もう一度やり直そうとしているところだ」

「奥さんもそのつもりなんですか？」

　これも、わたしには関係のないことだ。

　ジェッシイが笑みを浮かべた。「彼女はいまボストンに住んでいるので、ときどき行ったり来たりはしている」

「で、なんとかなりそうなんですか？」

「いや、先のことはわからない」

「わたしも離婚したんです」

　なぜそんなことをいう必要があるんだろう？

「きれいさっぱりと？」

「ええ、たぶん。相手は再婚しましたから」

「でも？」

「でも、その、まだ完全に関係を断ち切ったわけじゃないんです」

　ジェッシイが頷いた。

「子供は?」

「いません」

「おれも子供はいない」

いつのまにか、ずいぶん立ち入った話になってきた。寝るときはベッドのどちら側がいいか、朝食の卵料理はなにが好きか、寝るときは裸か……と訊いているのとさして変わらない。

「犬を飼ってるんです」と、わたしがいった。

ジェッシイが頷いた。

「おれも犬は好きだ」

24

エリンは浮かない顔をしてパラダイス署にやって来た。わたしを見てもあまり嬉しそうではなかった。考えてみれば、彼女が嬉しそうにしているのは一度も見たことがないような気がする。それはともかく、彼女にはバディー・ボーレンと弁護士がふたり付き添ってきた。ひとりは赤ら顔の大柄な男性で、もうひとりは、その男性より少し若い理知的な感じの女性だった。

「呼び出した理由を聞かせて」エリンはそういいながら集会室に入ってきた。何人か付き添ってくるのはわかっていたので、集会室で話をすることにしたのだ。一行が入ってくるなりジェッシイは立ち上がり、全員に椅子をすすめて、ふたたびテーブルの反対側に腰をおろした。

「ジェッシイ・ストーンだ」と、彼のほうから弁護士に挨拶した。「彼女はサニー・ランドル。詳しい紹介は必要ないと思うが」

「ええ」と、男性の弁護士がいった。

弁護士はそれぞれ自己紹介をした。男性はトーマス・ハマーと名乗った。女性はベベ・アブロンと名乗った。

「あんたは逮捕されたわけじゃない」と、ジェッシイがエリンに説明した。「殺人の容疑をかけられているわけでもない」

「じゃあ、あなたはスターとやるのが好きだからわたしを呼び出したの？」と、エリンが食ってかかった。

「スターなら誰でもいいというわけじゃない」とジェッシイがいい返した。「来てもらったのは、いくつか確認しておきたいことがあったからだ」

「どうして彼女がここにいるの？」とエリンが訊いた。

「あんたが、犯人を探してくれとミズ・ランドルに頼んだからだ」とジェッシイはいった。「おたがいに目的は同じだし、敬意を表して呼んだんだ」

ベベ・アブロンが身を乗り出してハマーになにやら耳打ちすると、ハマーが頷いた。

「とりあえずストーン署長の話を聞こう」とハマーがいった。

「いいわ。でも、彼はわたしを呼び出しておおいに楽しんで、あとで部下とビールを飲みながら面白おかしく話して聞かせるはずよ」

ジェッシイが頷いた。

「まあ、それが最大の役得だ。じゃあ、さっそく話をはじめるが、その前にエセル・ボヴェリーニというのは誰なのか教えてもらいたい」

エリンは顔をこわばらせてジェッシイを見つめた。弁護士ふたりに、あるいはバディー・ボーレンに、あるいはその三人全員に助けを求めたかったのか、一瞬、視線をそらしたが、すぐにまたジェッシイを見た。

「わからないわ」

「じゃあ、イーディス・ボヴェリーニは？」

「わからない」

「ふたりを知らないのか、それとも、詳しいことは思い出せないのか、どっちだ？」

「だから、わからないといってるでしょ。どうしてそんなことを訊くの？」

「あとで部下に面白おかしく話して聞かせるためだ」とジェッシイはいった。「ミスティー・タイラーはあんたの妹だったのか？」

「そんな……いったい、なんの話？」

「あんたはジェラード・バスガルという男と結婚してるのか？」

エリンは膝を震わせ、椅子に座ったまま肩を落としてうつむいた。やがて泣きだして、両手に顔をうずめた。

「やめて。わたしを質問攻めにするのはやめて」

「頼むよ、ジェッシイ」とバディー・ボーレンが口をはさんだ。「いったい、どういうことだ?」
　ベベ・アブロンがボーレンの腕に手をのせた。
「ミズ・フリントと話をしたいので、席をはずしてもらえませんか、ストーン署長?」
とハマーが訊いた。
「わかった」とジェッシイが答えた。
　ベベがふたたびハマーに耳打ちすると、ハマーもふたたび頷いた。
「バディー、悪いが、あなたもミズ・ランドルも席をはずしてもらえないだろうか」と
ハマーがいった。
「おれはここにいる」とボーレンが拒んだ。「きさまはおれに雇われてるんだぞ。指図
するのはやめてくれ」
　エリンが激しく泣きじゃくった。
「出てって。みんな出てって」
「大丈夫か、エリン?」とボーレンが訊いた。
「さっさと出てって」エリンは、しゃくり上げながら喘《あえ》ぐようにいった。
演技ではなさそうだった。彼女にそんな演技力はない。ボーレンとジェッシイとわた
しは席を立ち、エリンと弁護士ふたりを残して部屋を出た。
　三人でジェッシイのオフィスへ行った。

「どうしてエリンにあんなことを訊くんだ？」と、ボーレンが怒りをぶつけた。

「手がかりを探しているだけだ」とジェッシイがかわした。

ファイル・キャビネットの上には相変わらず野球のグローブが置いてある。別れた妻の写真はない。希望が湧いてきた。

「ボヴェリーニとかジェラードとか妹だとかいうのはなんだ？」とボーレンが詰め寄った。

「いずれエリンがみずから話すはずだ」とジェッシイはいった。

「いま知りたいんだ」

「気持ちはわかる」

「いったいどういうことなんだ？」

「とにかくエリンが話すのを待とう。それを聞いたうえで、あんたがエリンと話し合えばいい」

「いいか、ストーン。エリン・フリントはおれが見いだしてスターにしたんだ。だから、おれには知る権利がある。どういうことなのか、さっさと説明してくれ」

「エリンとはどうやって知り合ったんだ？」とジェッシイが訊いた。

「おれを取り調べるつもりか？　あんたにくだらんことを吹き込んだのはどこのどいつだ？」とボーレンが喚《わめ》いた。

ジェッシイはかぶりを振った。

「この際、正直に話します」と、わたしがあいだに割って入った。「いろいろ調べたら、エリンの本名はエセル・ボヴェリーニで、ミスティーは実の妹だということがわかったんです。エリンが十八歳のときに、ロサンゼルス郡でジェラード・バスガルという男と結婚していることも」

「あんたが調べたのか？」とボーレンが訊いた。

「ええ」

「あんたはおれたちが雇ったんだぞ」

「わかってます。ミスティーを殺した犯人を突き止めるのがわたしの仕事だということも。だから、突き止めようとしてるんです」

「そのためにエリンのことを調べたというのか？」

「エリンだけでなく、関係者全員のことを調べるつもりです」と説明した。「残念ながら、わたしには科学的な捜査をする知識も技術もないので、関係者を洗うしかないんです」

「いいか、お嬢さん、あんたは即刻クビだ」とボーレンが一方的に告げた。

「お嬢さんとはな」とジェッシイがつぶやいた。

わたしはジェッシイにほほ笑みかけた。

「わたしの正式な依頼人はあなたじゃないから、クビにすることなんてできないはずよ」とボーレンにいい返した。

「金を払ってるのはおれだ」とボーレンがいった。

「すでに受け取った小切手にはエリン・フリントとサインしてあったけど」

「それはもともと誰の金か、知ってるのか？」

「いいえ。知りたいとも思わないわ」

「このアマが……」

「バディー」とジェッシイがたしなめた。

声を荒らげたわけではなかったが、それまでとは違って冷ややかな響きがこもっていた。

ボーレンがジェッシイを見た。ボーレンがためらうことなどめったにないはずだが、明らかにためらっているようだった。

「それ以上いったら身柄を拘束しなければならなくなる」とジェッシイが警告した。

「なんだと？」

「場合によっては留置場でひと晩過ごしてもらうことになるかもしれない。夜中に房のなかで転んで怪我をすることだってあるから、気をつけてくれ」

「おれを脅すのか？」とボーレンが凄《すご》んだ。

ジェッシイがわたしを見た。

「どう思う？　あれは脅しか？」

わたしは笑みを浮かべてゆっくり頷いた。ボーレンはわたしとジェッシイをにらみつけた。そのときドアにノックの音がして、ハマーが顔をのぞかせた。

「ミズ・フリントが話をするといっている」

25

エリンの目は腫《は》れぼったくて、顔も紅潮していたが、もう泣いてはいなかった。べべ・アブロンはエリンのとなりに座って、エリンの腕に手を置いていた。ハマーはエリンのうしろの壁際に腕を組んで立っていた。

「すまないが、途中で口をはさまずにミズ・フリントの話を聞いてほしいんだ」とハマーがいった。「質問があれば、彼女の話を聞いたあとにしてもらいたい」

ボーレンにはまだジェッシイの脅しが効いているようだった。わたしとジェッシイはなにもいわなかった。エリンは、組み合わせてテーブルの上にのせた手をじっと見つめている。べべがエリンの腕をそっとさすって頷いた。

「わたしの本名はエセル・ボヴェリーニよ」と、エリンが小さな声で話しはじめた。「妹も本名はイーディス・ボヴェリーニだったんだけど、ミスティー・タイラーと名乗ってたの」

ボーレンはぽかんと口を開けてハマーを見た。が、ハマーが唇に人差し指を当てたので、そのまま口を閉じた。

「わたしは十八のときに母親に死なれて、翌年にジェラード・バスガルと結婚したの。離婚届は出してないから、ジェラードとはまだ結婚してることになるわ。わたしが結婚したときにイーディスは十七で、彼女もわたしたちと一緒に暮らすことになったんだけど、ジェラードは妹の面倒も見てくれたわ」

エリンはそこで言葉を切って深呼吸をした。べべはふたたびエリンの腕をそっとさすった。

「わたしたちは三人で商売をはじめたの」と、エリンが先を続けた。

ぽつりぽつりとしたしゃべり方だった。

「ジェラードが段取りをつけて……彼は高級ホテルの従業員と知り合いだったから、わたしたちは客と一緒にそのホテルへ行って……ジェラードはいい客ばかりを選んできて……それに、問題が起きてもすぐに駆けつけられるところにいてくれて……若い女が好きな客もいるから……そうこうしているうちに、ほかのホテルへも行くようになって……どれも高級ホテルばかりで……客のなかには映画界の大物も大勢いて……やがて、ジェラードはほかにも若い女を雇って手を広げて……わたしとイーディスは特別な客だけを相手にするようになったの」

「エリン・フリントと名乗るようになったのは？」と、ハマーが壁際に立ったまま訊いた。

「エリン・フリントという名前はジェラードが考えたの」とエリンはいった。「はじめて客の相手をしたときに」

「どうして名前を変えたんだ？」と、ふたたびハマーが訊いた。

「よくわからないけど、姉妹だと知って喜ぶ客もいたのよ。わたしたちふたりを同時に相手にしたがる客も。でも、いやがる客もいたんだと思うわ。だから、両方の名前を使い分けてたの。ジェラードがそうしろといったのよ」

「で、ジェラードを、その……彼のもとを飛び出したのはなぜだ？」とハマーが訊いた。

「バディーと出会ったからよ」

部屋に沈黙が広がった。エリンは相変わらず自分の手を見つめている。

「なにか質問は？」とハマーがうながした。

べべはもうエリンの腕をさするのをやめていたが、手は腕の上に置いたままだった。

「バディー・ボーレンとはどこで知り合ったの？」と、わたしが訊いた。

「ホテルで」エリンはうつむいたまま、抑揚のない声で答えた。

「やめろ」とボーレンが止めた。

「もうみんな知ってることでしょ、バディー」とエリンがいった。

「くそいまいましいマスコミに知れたら、おまえはおしまいなんだぞ」とボーレンがエリンを脅した。

「マスコミに知れる恐れはない」とハマーがなだめた。「それに、たとえ知れたって、それですべてが終わりになるとは限らない」

「黙れ。きさまも彼女も」――ボーレンはベベのほうへ顎をしゃくった――「即刻クビだ」

ハマーはうんざりしたような表情を浮かべた。ベベは面白がっているようだった。ボーレンはふたりにこれまで何度クビを言い渡したのだろう？

「依頼人を守るのが弁護士の仕事じゃないか」とボーレンがいった。「なのに、売春婦だったことをべらべらしゃべれと彼女に入れ知恵するとは」

「わたしが売春婦だったことはあなたも知ってたでしょ」とエリンが静かにいった。

一瞬、わたしはエリンを好きになりかけた。

「うるさい」とボーレンが怒鳴った。

「ミスタ・ボーレン」と、わたしが口をはさんだ。

「黙れ」

「落ち着いてください」と、わたしはボーレンをたしなめた。「成功するはずのプロジェクトがうまくいかなくなった原因を探っているわけじゃないんですよ。わたしたちは殺人事件の犯人を突き止めようとしてるんです。隠さずになにもかも話してもらわないと」

「人の秘密を暴き出すのがあんたの仕事だからな」とボーレンが嫌味をいった。

「わたしの仕事は犯人を突き止めることです。DNAや指紋や硝煙反応も事件を解決する手がかりにはなるものの、いちばん大事なのは被害者の人間関係を――つまり、被害者が誰とどこでどういう関係を築いていたかを――調べることなんです。エリン、あなたはミスティーを殺した犯人を突き止めたいんでしょ？　突き止めたくないのなら、はっきりそういって。でなきゃ、わたしはいまのやり方で調査を続けるつもりだから」

「冗談じゃない」とボーレンが呻《うめ》いた。

「どうするのがいいか、一緒に考えよう」と、ハマーがボーレンに提案した。「いまここで決める必要はない」

ボーレンは手を振ってハマーの提案を突っぱねようとしたが、途中で手を止め、ハマーを見てそっと頷いた。

「わかった。わかったよ」

ジェッシイはエリンを見つめていた。エリンはすっかり青ざめ、肩を落としてうつむいている。

「訊きたいことはまだいっぱいあるんだが、べつにいまじゃなくてもいいので」

ジェッシイはそういってエリンにほほ笑みかけた。

「今日はもう帰って酒でも飲むといい」

エリンはちらっとジェッシイを見て頷いた。

「そうするわ」

「じゃあ、帰ろう」ボーレンはそういうなり戸口へ向かった。エリンと弁護士もあとに続いた。弁護士は、出ていく前にわたしとジェッシイに握手を求めた。ハマーは名刺までくれた。

「やさしいんですね」ふたりだけになってから、わたしがジェッシイにいった。

ジェッシイはにやりとした。

「バディー・ボーレンの弁護士にはなりたくないな」

「あのふたりはよくやってますね」

「ああ。それにしても、あのべべとかいう女の弁護士はほとんどしゃべらなかったな」

「ええ」

「物静かで、思慮深そうだった」

「弁護士にはそういう一面も必要なんですよ」

「しかし、あれでロースクールを卒業できたとは驚きだ」

26

ジェッシイとわたしは、タフト大学で練習しているエリンの様子を見に行った。エリンは黒いタンクトップとグレーの短パンにアディダスのスパイクをはいて、ストラップで大きさを調節できる黒い野球帽をうしろ前にかぶっていた。タフト大学の男子学生が数人、交替で打撃投手をつとめ、コーチのロイ・リンデンは、組んだ両手の上に顎をのせてバッティング・ケージの縁に寄りかかっていた。バッティング・ケージの脇には、バディー・ボーレンの用心棒がふたり立っていた。

「月曜日にまた二時間ほど彼女と話をしたんだ」とジェッシイがいった。

エリンが力いっぱい打ち返した球がネットを大きく揺らした。エリンは得意げな表情を浮かべてリンデンを見た。

「いいぞ」とリンデンが褒《ほ》めた。「ナイス・バッティングだ」

「いまのなら、どんなに大きい球場でも場外ホームランね」とエリンも自賛した。

「きちんと脇を締めて振り抜けば飛ぶんだ」とリンデンはいった。

「で、どうでした？」とジェッシイに訊いた。

「もう、もとに戻ってたよ」とジェッシイがいった。

「エリン・フリントに戻ってたってことですか？」

「ああ」

エリンがつぎに打った球はピッチャー・ゴロになった。

「力んじゃだめだ」とリンデンがアドバイスした。「コンパクトなスイングを心がけたほうがいい。ボトムハンドでリードして、トップハンドは添えるだけにしろ」

「もう少し高い球を投げさせて」とエリンが注文をつけた。

「気に入らない球は打たなきゃいい」

「じゃあ、わたしはなにをするの？　じっと突っ立ってるだけ？」

「たしかにもとに戻ったみたいだわ」と、わたしは思わずつぶやいた。

「月曜日はバディーがついてこなかったんだ」とジェッシイがいった。「エリンと、このあいだの女の弁護士だけだった」

エリンはまた力いっぱいバットを振った。

「いいぞ」と、リンデンがまた褒めた。「いまのは芯《しん》に当たってたからな。上出来だ」

「ミスティーに恨みを抱いている人間に心当たりはないし、誰がやったのか見当もつかないと繰り返すんだよ、彼女は。自分がメジャー・リーグでプレーするのを阻止したい人間が間違ってミスティーを殺したんだと、まだそう思っているみたいで」

「ああ、バッターボックスに立ってるだけでいいんだ」と、リンデンがエリンにいった。

「バットは振るな。ピッチャーの手元をよく見るんだ」

「ピッチャーが手から球を離さずに、じっとここに突っ立ってるの？」

「打たなきゃ退屈だわ」とエリンが文句をいった。

「たしかに」と、リンデンが理解を示した。

「エリンは、彼女がメジャー・リーグでプレーするのを阻止しようとしている人間にも心当たりがないと？」

「ことによるとメジャー・リーグの選手かもしれない」とジェッシイがいった。

わたしは黙って頷いた。

「しかし、まずは球をよく見ないと」と、リンデンがエリンにいって聞かせている。

「神経を集中すれば、ピッチャーが手から球を離すのが見えるはずだ」

「打つときに球が見えれば、それでいいじゃないの」エリンはなかなか納得しない。

リンデンはそうとう忍耐強いようだ。

「早く球が見えたら球種もわかるし、打つかどうか考える時間もできるじゃないか」と説明しているのが聞こえる。

ジェッシイは話をしながらピッチャーを見つめていた。彼もリリースポイントを捉えようとしているのだ。

「エリンは大学へ行ったという話だが、彼女にとってはそのころがいちばん幸せだったんだろうな」

「本人がそういったんですか？」

ジェッシイはうっすらと笑みを浮かべてかぶりを振った。

「見えた」とエリンが叫んだ。

「あれではだめだ」とジェッシイがいった。「遅すぎる」

「どうして大学へ行ってたころがいちばん幸せだったとわかるんですか？」とジェッシイに訊いた。

「なんとなくそう思っただけだ」

ジェッシイはピッチャーから目をそらさず、球がピッチャーの手から離れるたびに小さく頷いた。ただし、本人は頷いていることに気づいていないようだった。

「大学でバスケットボールやソフトボールをしていたというんだから。それに陸上競技も」

「デートはどうだったのかしら」

「デートはそれほどしてなかったはずだ。男子学生のほとんどは年下だし、彼女はあの体格だからな。誰だって誘うのに二の足を踏むよ」

「しかも、彼女はすでにバディー・ボーレンと一緒に暮らしてたし」と、わたしが付けたした。

ジェッシイはまたピッチャーのリリースポイントを捉えて頷いた。依然としてエリンより気づくのが早い。

「たがいに浮気をしてはいけないという取り決めを交わしたのかどうかはわからないが」とジェッシイがいった。

「取り決めは交わしたのかもしれないけど、守ってないのかも」

「きみの持ち球は？」と、リンデンがピッチャーに訊いた。

「速球とカーブです」とピッチャーが答えた。「チェンジアップも投げられるんですけど、コントロールがいまいちなんで」

「じゃあ、適当におりまぜて投げてくれ。コントロールは気にするな。変化球にも目を慣れさせておきたいんだ」

「ふたりとも姉妹だってことを隠してたのがやっぱり気になるんですよね」とわたしがいった。

ジェッシイはピッチャーを見つめたまま頷いた。

「ミスティーが死んでもいまだに隠してるわけでしょ？　エリンはミスティーが自分の

妹だってことをまだ公式に認めてないんですから」

「彼女たちは自己否定を貫いて生きてきたんだ」とジェッシイがいった。

「見えたわ」と、またエリンが叫んだ。

「リリースポイントがわかれば、ピッチャーが手を離した瞬間に球がどんなふうに回転するかもわかるようになるはずだ」とリンデンがいった。

「球の回転なんて見えないわよ」と、エリンがまた文句をいった。

「集中すれば見えるさ」とリンデンがなだめた。

「自己否定を貫く？」と、わたしはジェッシイに訊き返した。「あなたはほんとうに警官なんですか？」

「神はエリンにあの肉体をお与えになったんだ」とジェッシイはいった。「神の思《おぼ》し召しに従って生きていくには、ほかのことはすべて否定するしかなかったんだよ」

「妹の存在も？」

「妹は、自分たちが姉妹だということを知ってたんだから」

「でも、他人のふりをしたって妹は知ってたわけでしょ」

「だから、すべてを否定したんだよ」

わたしは一瞬ジェッシイを見つめた。ジェッシイもちらっとわたしを見た。

「じつは、セラピーを受けてるんだ」とジェッシイが打ち明けた。

「別れた奥さんとのことで？」と訊いた。

「それもある」

「わたしもです」と打ち明けた。

「別れた亭主とのことで？」

「それもあります」

ジェッシイが笑みを浮かべた。

「で、成果は？」

「受けてよかったと思ってます」

ジェッシイが頷いた。

しばらく沈黙が流れた。けれども、気詰まりな沈黙ではなかった。セラピーを受けているると打ち明けたのも、こうして一緒にいるのも、おたがいにごく自然なこととして受け止めているような気がする。わたしたちがスタンドの座席に座ると、エリンがバットを放り投げてバッティング・ケージを出た。

「球の回転なんて見えないわ」とエリンはいった。「あなただって見えてないはずよ」

「春のキャンプがはじまるのは三月だから、まだ時間がある」とリンデンが励ました。

「気休めはたくさん」エリンは吐き捨てるようにそういって、ロッカールームへ向かった。

用心棒たちはきょろきょろとあたりを見まわしながらエリンのあとを追った。リンデンはわたしたちに手を振って体育館を出ていった。ジェッシイとわたしだけがスタンドに取り残された。

「球の回転なんて見えるんですか？」

「ああ。回転具合から球種も予測できるんだ」

「あなたにも見えるんですか？」

「バッターボックスに立てばな。ここからは見えない」

体育館はがらんとしていて、広い空間に自分たちしかいないせいか、肩を寄せ合って座っているような感じがした。静けさもジェッシイとの親密感を深めた。

「きみと亭主はどうしてうまくいかなくなったんだ？」とジェッシイが訊いた。

「いまだによくわからなくて」と、わたしは正直にいった。「ただ、わたしもいけなかったんだと思います」

「きみのどこがいけなかったのか、おれにはよくわからないよ」

「そういわれると、少しは気が楽になるけど」

ふたたび沈黙が流れた。

ジェッシイはわたしを見ずにいった。「おれの場合は、妻が浮気をしたんだ」

「それはつらいですね」

ジェッシイが頷いた。

「一度だけじゃなく？」

「ああ、何度も」

「それが原因で信頼関係が崩れてしまったんですか？」

「ああ」

ふたりとも、またしばらく黙り込んで、誰もいない体育館を眺めた。

「別れた夫は再婚したんです」

「それもつらいだろうな」

今度はわたしが頷いた。どこかから、ドアが開く音と閉まる音が聞こえてきたが、そのせいでよけいに静けさが際立った。わたしは急に自分の服装と体を意識した。

「なんだか緊張してきたわ」

「おれもだ」

「でも、それを楽しんでもいるんです」

「おれもそうかもしれない」

わたしたちはたがいを見つめた。戸惑いを覚えることも身構えることもなく、目の前にいる相手をただじっと見つめた。

「どういうことなのか、よくわからないんですけど」

「ああ。しかし、なんらかの意味はあるはずだ」

「自分の気持ちに素直に従ったほうがいいのかも」とわたしはいった。「そのうちわかるかもしれないし」

「あわてる必要はない」

「別れた奥さんとのことはどうするんですか？」と訊いてみた。

「わからない」

「それも、そのうちわかるかもしれませんね」ずいぶん考えてから、そういった。

27

わたしは、ブライトンのソルジャーズフィールド・ロードのパーキングエリアにとめたシルバーのメルセデスのバックシートにリッチーのおじのフェリックスと一緒に座ってチャールズ川を眺めていた。フェリックスの運転手は、車の左側のフェンダーにもたれてたばこを吸っていた。

「わざわざ、すみません」

「おれはあんたのことが好きなんだよ、サニー」とフェリックスはいった。「たとえリッチーと別れても」

フェリックスは、《スター・ウォーズ》に出てくるダース・ベイダーに声が似ている。リッチーの新しい奥さんのことは好きかどうか、訊いてみたかった。

「リッチーは元気にしてます？」

「ああ、元気にしてる」

リッチーの話をするためにフェリックスを呼び出したわけではなかった。フェリッククスは、リッチーの父親のデズモンドとともにボストンでアイルランド系のギャング組織を率いている。さまざまな戦略を練り上げるのはデズモンドの、それを実行に移すのはフェリックスの役目だ。フェリックスは残虐な男だが、意外にやさしいところもあって、わたしはなぜか彼が好きだった。

「いま関わっている事件のことで、このあいだ父と話をしたんです」と切り出した。

フェリックスは、すっかり髪が白くなった大きな頭を振って頷いた。かつて警官だったわたしの父親を知っているのだ。

「にわか成金は、たいてい、その……ギャングとつながりがあると父はいうんです」

「おれのようなギャングとな」とフェリックスはいった。

「あなたのような人はほかにいませんよ」

フェリックスが頷いた。

「バディー・ボーレンという男を知ってます?」

「噂は聞いたことがある」

フェリックスは分厚い手を組み合わせて、突き出してはいるものの、脂肪ではなく筋肉の塊のようなお腹の上にのせていた。息をするたび手がわずかに上下に動くが、それ以外はどこも動かさずにじっと座っている。

「どんな男か、教えてもらえますか?」

「やつはギャンブラーだ」とフェリックスはいった。

「どういう意味ですか？」

「派手に稼いで派手に使い、金儲けのためなら危ない橋も平気で渡るという意味だよ。そういうときは、おれやデズモンドのような人間と組むことも厭《いと》わない」

「じゃあ、ボーレンと組んでなにかしたことがあるんですか？」

「おれやデズモンドが？　いや、それはない。おれは、つまりその、たとえ話をしただけだ」

「でも、ボーレンと組んだことのある人物を知ってるんですか？」

「調べりゃわかるだろう」とフェリックスはいった。「なにを知りたいんだ？」

「なんでもいいんです。ボーレンの屋敷で女性が殺されて、わたしは犯人を突き止めようとしてるんです」

「じゃあ、調べてやるよ。誰か、あんたを困らせてるやつがいるのか？」

「たとえば？」

「知ってるのにしゃべらないやつとかだ。なんなら、しゃべらせてやるぞ」

わたしはフェリックスにほほ笑みかけた。

「ありがとうございます。でも、そういう人はいないので」

フェリックスは窓の外に目をやって、きらきら光る灰色の川面を眺めながら頷いた。

わたしはなにもいわなかった。フェリックスもなにもいわなかった。しばらくすると、フェリックスが顔を横に向けてわたしを見た。わたしは彼の視線の重みを感じた。まるで、のしかかってくるようだった。

「あんたは元気でやってるのか、サニー？」

「ええ、なんとか」と答えた。

「いまでもまだロージーを飼ってるのか？」

「ええ」

「あんなおかしな犬は見たことがない。昔は、リッチーがときどき店に連れてきてたな」

「ロージーはいまでもリッチーに会いに行ってるんです。毎週、かならず」

フェリックスは頷き、ふたたび窓の外に目をやって川を眺めた。しばらく沈黙が続いた。

やがて、川を見つめたままフェリックスがいった。「リッチーは父親になるんだ」

急に息ができなくなった。

やっとの思いで、「ほんとうに？」とだけいった。

「女房が妊娠したんだ。四カ月だそうだ」

「知りませんでした」

身も心も凍りついてしまったようだった。フェリックスの太い声はうつろに響いた。

「どっちか、もうわかってるんですか？」わたしの声は、遠くから聞こえてくる蚊の羽音のようだった。

「男だ」その声もよく聞き取れなかった。

わたしはなにもいわなかった。フェリックスはわたしの太腿に手をのせて、軽く叩いた。

「あんたが訊くから教えてやったんだぞ」

わたしは頷いて車のドアを開けた。運転手はたばこを投げ捨てて飛んできて、ドアを押さえてくれた。

「ありがとうございました」

「調べて、なにかわかったら連絡する」

わたしが車を降りると、運転手がドアを閉めた。わたしは自分の車に乗り込んでドアを閉め、とりあえず深呼吸をしようとした。となりにとまっていたメルセデスは、パーキングエリアからソルジャーズフィールド・ロードへ出ていった。メルセデスが西のニュートン方面へ向かうのはバックミラーで確認したが、そのあとは涙で目がぼやけてなにも見えなくなった。

28

スパイクとわたしは、ほかに予定がない限り毎週火曜日の夜に一緒に食事をしている。今回は、わたしのアパートでスパイクのつくってくれた全粒粉のミートボール・スパゲティを食べて、買ってあったケンダル・ジャクソンのリースリングを飲んだ。ロージーは幅の広い椅子にわたしと一緒に座っていたので、スパイクは冷ましたミートボールを皿に入れてロージーの前に置いた。ロージーはそれをぱくりと食べた。わたしはワインを飲んだ。

「探偵をしてるといろんなことを学ぶのよね」と、わたしがいった。

「じゃあ、長いあいだやってるとかなり物知りになるよな」

「たぶん」

わたしはまたワインを飲んだ。ケンダル・ジャクソンのリースリングはいちばんのお気に入りだ。

「で、今日はなにを学んだんだ?」とスパイクが訊いた。

スパイクはワインを飲まずに、ジャック・ダニエルのオン・ザ・ロックを飲んでいた。ロージーは小さな目でわたしたちを見つめている。今度はどっちがミートボールを分けてくれるか、探りを入れているのだ。

「ここのところずっとエリン・フリントのことを考えてたの」とわたしがいった。

「彼女のファンは大勢いるよ」とスパイクが茶化した。

「でも、なんだか哀れで」

わたしはまたワインを飲んだ。

「彼女はつくり上げられた偶像だからな」

「あなたは好き？」と、スパイクに訊いてみた。

ワイングラスが空になったので、注ぎたした。

「おれはいつも相手役の男優のほうに目を奪われてるから」とスパイクはいった。「彼女のどこがそんなに哀れなんだ？」

またワインを飲んだ。

「だって……」

ワインを飲みながらしばらく考えた。

「彼女はすばらしい体をしてるでしょ。引きしまった、とても美しい体を。それに、スターだし、大金を稼いでるし。おまけに、女性初のメジャー・リーガーになるかもしれないのよ」

　またワインを飲んだ。

「でも、ぜんぜん幸せじゃないみたいで。だから哀れなの」

「彼女の映画は何本か見たが、やっぱりおれはゲイなんだと再認識したよ」

「彼女には演技力がまったくないのよね」

「ああ、これっぽっちも。となると、彼女はなにに頼ればいいんだ？」

「頼れるのは、ルックスと金持ちの男たちのお情けだけなのよ」

「じゃあ、片方がなくなるともう一方もなくなるわけだ」

　スパイクは、ウイスキーの入った背の低いグラスをテーブルの上でゆっくりまわした。スパイクの手は分厚い。ロージーは、グラスをまわすスパイクの手を期待を込めて見つめている。

「だから、どっちもたいして頼りにならないってことね」

　スパイクが頷いた。

「彼女はルックスで勝負してるからな。ルックスが衰えたら……」

　最後までいわずに肩をすぼめた。

「誰にも相手にされなくなるわ」と、わたしがあとを引き継いだ。

「バディー・ボーレンはどうなんだ？」

「ボーレンも見捨てるはずよ」

「妹は死んじまったし、ほかには誰もいないのか？」

わたしは小さく頷いた。

「ロサンゼルスのポン引きはいまでもエリンを愛してるといってるけど」

さりげなくスパイクの反応を探った。

「それはあまりあてにならないな」

「まあね」

スパイクはちびちびとジャック・ダニエルを飲んで、わたしがまたワインを注ぎたすのを眺めていた。

「金はあるのに、かわいそうな女だ」

「ロッカールームで彼女の裸を見たときは、あんな体になれるのなら寿命が五年短くなってもいいと思ったんだけど」

「美貌で幸せは買えないってことか？」

「諺《ことわざ》に嘘が多いのは知ってるけど、間近で見てると——お金も美貌も手にしていながら幸せではない彼女を見てると——その諺どおりなんだと思うわ」

「それはおれにも当てはまるよな」とスパイクがいった。

「ルックスだけじゃなくて、ほかにもなにかないとだめなのよね——才能とか技能がないと。そういうものは永遠になくならないから」

「あるいは、本気で愛してくれる相手とか」とスパイクがいった。

わたしはそれを聞いて頷いた。すでに酔いがまわってきていたが、もっと酔いたかった。ロージーはアーモンド形の黒い目でわたしを見つめている。ロージーの目を見ていると、モディリアーニの絵を思い出す。

「そうね」

そっとロージーの頭を撫でた。とつぜん涙が込み上げてきた。いけない。泣いてしまいそうだ。スパイクがこっちを見ていたので、うつむいた。なんとかこらえようとして深呼吸をしたが、だめだった。深呼吸もまともにできなかった。

「泣きたけりゃ泣けばいい」とスパイクがいった。「おれの前でなら泣いたって平気だろ?」

「ロージーが不安がるわ」

まともにしゃべることさえできなくなった。

「ロージーはミートボールに気を取られてるから、派手に泣いたって気にしやしないよ」

「わかってる」

ついに涙がこぼれた。わたしは両手に顔をうずめて、肩を震わせながらおいおい泣いた。

スパイクは静かに椅子に座って、ジャック・ダニエルを飲みながらわたしを見ていた。ロージーもおとなしくしていた。わたしは五分ほど泣いた。五分も泣くなんて、どうかしている。しばらくはなにもしゃべらずに、そっと呼吸を整えた。

「リッチーに子供が生まれるの」

「ほんとうか?」

わたしは黙って頷いた。スパイクもわたしも、そのままじっと座っていた。わたしはまたワインを飲んだ。

「おれも、〝試合は終わるまで終わっちゃいない〟とかいう名言を信じてたんだ」ずいぶんたってから、スパイクがいった。

わたしは、グラスのなかのワインのぴくりとも動かない縁を見つめて肩をすぼめた。

「けど、もう終わったんだな」とスパイクがいった。

「たぶんね」

29

ジェッシイは、スタイルズ島へ渡る橋のふもとにある灯台のそばに車をとめた。西には港が、東にはどこまでもはてしなく続く大西洋が見える。十二月に入ったばかりのその日は雪が舞っていた。寒くないように、ジェッシイはエンジンをつけっぱなしにしていた。フロントガラスのワイパーもゆっくりと動いている。ちらちらと舞う雪と灰色の海は絵になる取り合わせだ。

「じゃあ、情報交換をしよう」とジェッシイがうながした。

「ええ」

「犯人の目星はついたか?」

「証拠はないんです」と、わたしは正直にいった。「関係者のなかから完全に白だと思える人を除外すると、何人か残ったというだけで」

「おれのほうもそうだ」

「まずはエリン」と、わたしがいった。

ジェッシイが頷いた。

「つぎはバディー・ボーレン」

ジェッシイがまた頷いた。

「そしてジェラード・バスガル」

「バスガルというのはロサンゼルスのポン引きだよな」とジェッシイが確認した。

今度はわたしが頷いた。

「あと、名前のわからない人たちも」

「そこまではおれと同じだ。ほかには？」

「笑われるかもしれないけど、野球のコーチだって完全に白だとはいいきれないと思うんです。エリンのパーソナルトレーナーも、バディー・ボーレンの屋敷の警備員でアリバイのない人たちも、コックもメイドも……」

「それに、パラダイスの電話帳に載っている最初の三百人も」

「もちろん、そのなかの誰かが犯人だという可能性もありますよね」

「まあ、電話帳を調べるのは捜査が行き詰まったときのために残しておこう」とジェッシイがいった。

わたしはにっこり笑った。「鍵をなくして、いくら探しても出てこなかったら、冷蔵庫やトイレのタンクのなかをのぞくのと同じかしら」

ジェッシイが頷いた。

「バスガルは武道をやってるんですけど」

「三千マイルも離れたところにいるんだぞ」

「飛行機に乗れば六時間ですよ」

ふたりともしばらく黙り込んで、雪がどんよりとした灰色の海へ落ちていくのを眺めた。

「エリンが犯人だという可能性もあると思います？」と、思い切って訊いてみた。

「彼女は体格がいいし、力もあるからな」とジェッシイはいった。

「たしかに、ボーレンより力がありそうですね」

「しかし、いくつかの要素が重なれば力は必要なかったはずだ」

「たとえば、犯人がミスティーの首を右にねじろうとしたときに彼女がたまたま左を向いたとか？」

「ああ」

「じつは、もうひとつ可能性があって。バディー・ボーレンのようなにわか成金はギャングとつながりがあるかもしれないと、父がいうんです」

ジェッシイが頷いた。

「これは内緒にしておいてほしいんですが」

「別れた夫のおじはボストンの犯罪組織の一員なんです」

「いいとも」

「フェリックス・バークのことだろ?」

「驚いたわ。わたしのことはなにもかも知ってるんですね」

「まだ知らないことがあるかどうか、そのうち一緒に確かめよう」

わたしは一瞬考え込んだ。いったいどういう意味だろう?

「とにかく、フェリックスはバディー・ボーレンにギャングとのつながりがあるかどうか調べて、なにかわかれば知らせてくれることになってるんです」

「いまだに親戚付き合いをしてるんだな」

「フェリックスはギャングの一員で、冷酷な殺し屋でもあるんですが、わたしは彼が好きだし、彼もわたしのことを気にかけてくれてるんです」

「きみが彼を怒らせない限りはな」

「じゃあ、怒らせないように気をつけます」

海は静かだ。風がないので、波もない。船の姿もカモメの姿も見えない。見えるのは、ちらちらと舞う雪だけだ。ジェッシイは車のハンドルに両手をのせ、わたしは両手を組み合わせて膝の上に置いていた。なにも見えないのに、ふたりとも海を見ていた。ふたりとも黙り込んでいた。

「別れた奥さんとはどうなってるんですか？」と、わたしが沈黙を破って訊いた。

ジェッシイはわたしを見て長いあいだ考え込んでいた。

「よくも悪くもなってない」

「うまくいってるんだとばかり思ってたのに」

ジェッシイが肩をすぼめた。「うまくいきかけてたんだが、いまはそうじゃないんだ」

「ごめんなさい。でも、さしつかえなかったら詳しく聞かせてもらえませんか？」

「あまり話したくないんだが」

わたしは黙って待った。

「当たり前かもしれないが、こういう話はこれまで妻としかしたことがなくて……」

ジェッシイはまた肩をすぼめた。わたしはほんの少し彼のほうへ体を寄せたが、なにもいいはしなかった。

「しかし、話したいとは思ってるんだ」ずいぶんたってから、ジェッシイがようやくいった。

顔をこっちに向けて、真正面からわたしを見た。

「きみには話したいと。でも、まだ話せない。いま、ここでは」

「話せるようになったら話してください。そのときは、わたしも自分の話をします」

ジェッシイがわたしにほほ笑みかけた。

「同病相憐《あわ》れむというわけだ」

いつのまにか雪が激しくなってきた。やがて、降りしきる雪とともに一羽のセグロカモメが姿をあらわして、フレンチフライでも落ちてないかと探しているのか、徐々に高度を下げながらしばらく車の上を旋回していた。が、そのうち車の脇におりて、頭を振りながらひょこひょことあたりを歩きまわりはじめた。表情のない黒い目で必死に餌を探しているセグロカモメを見ていると、ふとロージーのことを思い出した。しかし、車のそばにはフレンチフライもポップコーンも、オレンジの皮もパンくずも落ちていなかったようで、セグロカモメはふたたびどこかへ飛び去った。

30

　わたしはロージーと一緒にアンドルーズ・スクエアにある〈ダンキンドーナツ〉の駐車場へ行って、男をひとり連れたフェリックスに会った。フェリックスは運転席に座り、もうひとりの男は助手席に座っていた。わたしとロージーはうしろに乗り込んだ。リードをはずすと、ロージーはすぐさまフロントシートに飛び移り、助手席の男を押しのけるようにしてフェリックスの膝の上に座った。

「それはなんだ？」と助手席の男が呻いた。

「ロージーだよ」とフェリックスが教えた。「おれはこいつが好きなんだ」

　ロージーはさかんに尻尾《しっぽ》を振ってフェリックスの大きな胸を叩いた。フェリックスはロージーを撫でた。助手席の男は犬が嫌いなようだったが、たいていの人間がそうであるように、フェリックスの機嫌を損ねるようなことはいわなかった。

「彼女はサニーだ」と、フェリックスがわたしを紹介した。「こいつはエディーだ。バディー・ボーレンのことをよく知ってるんで、これから話をさせる」

エディーは小柄で、青白い顔をしていた。毛糸の帽子をかぶって、ピーコートを着ている。

「おれから聞いたってことは内緒にしといてくれるよな」とエディーが念を押した。

「ああ」とフェリックスが請け合った。

「つくり話じゃないでしょうね」と、一応、わたしも念を押した。

「こいつにつくり話をするだけの脳味噌はない」とフェリックスが保証した。

「それはあんまりじゃないか」とエディーが文句をいった。

フェリックスは独特な笑い方をした。

「さあ、知ってることをサニーに話せ」

ロージーはハンドルとフェリックスの胸にはさまれるような格好で座っていた。フェリックスは相変わらずロージーを撫でている。エディーはまっすぐ前を向き、〈ダンキンドーナツ〉の入口のドアを見つめて話しはじめた。

「ムーン・モナハンという男がいて、パッツィー・ラングという高利貸しのもとで取りたて屋をしてたんだが、ある日、パッツィーがいなくなって、ムーンが商売を引き継いだんだ」

「パッツィーはなぜいなくなったんですか？」と、わたしが訊いた。

エディーは肩をすぼめた。「なにかあったんだよ。とにかく、ムーンは商売を引き継ぐなり精を出して客を増やし、多くの利息を稼ぐようになった。ムーンに借りた金を踏み倒すやつはいないからな。やつは稼いだ金をとりあえず貸倉庫に保管しておいて、金を洗浄する方法を探しはじめた」

「あなたはどうしてそれを知ってるんですか？」

足を突っ立ててフェリックスの膝の上に仰向けに寝ころんだロージーは、フェリックスにお腹を撫でてもらってだらりと舌を垂らしている。

エディーはふたたび肩をすぼめてかぶりを振った。

「ムーンにはいとこがいた。ロサンゼルスで弁護士をしてるアーロウ・ディレイニーって男だ。そいつがムーンに映画への投資を仲介したんだ」

「どうやって？」

エディーは〈ダンキンドーナツ〉の入口を見つめたままかぶりを振った。

「ハリウッド・インベストメント・チームとかいう会社を通じてだ。その会社は金を集めていて、ムーンは貸倉庫に保管してある金をなんとかしたいと思っていた」

エディーが両手を広げた。

「だから、たがいにひと目で恋に落ちたんだ」

ロージーはフェリックスの膝の上で眠ってしまったようで、かすかな寝息が聞こえてきた。フェリックスはロージーを撫でるのをやめて、彼女のピンク色のお腹の上に大きな手をそっとのせている。

「じゃあ、そのムーンって男は映画に投資したんですね」

「ああ。つぎからつぎへと投資して、やがて、バディー・ボーレンの映画にも金を出すことになった」

「どの映画にですか？」

「それは知らない」とエディーがいった。

「一本だけじゃなく、何本もの映画に？」

「それも知らない。知ってることはもうぜんぶ話した」

「じゃあ、いまでもまだつながりがあるかどうかは知らないんですね」

「ああ、知らない」

「さっき、ムーンに借りた金を踏み倒すやつはいないといいましたよね。それはなぜですか？」

「なぜみんなきちんと返すのかってことか？」

「ええ」

エディーが振り向いて、はじめてわたしの顔を見た。

「たとえば、あんたがムーンに金を借りたとしよう。で、その金を返さなかったら、誰かが催促に来るんだ。それでも返さなかったら、また誰かが来てあんたをちょいと痛い目にあわすはずだ。けど、骨を折ったりはしない。これはまだ警告みたいなもんだからな。けど、それでも返さなかったら、またまた誰かがやって来て、今度はあんたの犬を撃ち殺すだろう。そのつぎは、あんたの亭主か母親か知り合いを狙うことになる。ただし、殺しはしない。痛い目にあわすだけだ。で、亭主か母親か知り合いに、痛い目にあわなきゃならない理由を説明するんだ。もしかすると誰かが肩代わりしてくれるかもしれないからな。肩代わりしてくれない場合もあるが、いずれにしろ、あんたは責任を感じることになる。連中は引き続きあんたのとこへもやって来て、また痛い目にあわすはずだが、金を返せなくなったら元も子もないんで、徹底的に痛めつけはしない」

「わたしを殺しはしないわけ?」

「ああ、金を返すまでは」

「でも、ほかの人は殺すのね」

「ああ、遅かれ早かれそういうことになるはずだ。それに、金を返せばあんたも殺される」

エディーは人差し指で喉を掻き切る真似をした。

「じゃあ、払わないほうがいいわけね」

「そう思うんなら払わなきゃいいさ」とエディーはいった。「おれなら、なんとか工面して払うけどな」

「逃げたらどうなるんですか？　行き先を知らせずに引っ越したりしたら？」

「ムーンはなんとしてでも探し出すさ。誰かあんたの行方を知ってる者がいたらかならず聞き出すだろうし、知ってる者がいなくても探しつづけるだろうよ。そのために何人か雇ってるんだから」

「あんたとしては、やつを殺すしかないんだ」とフェリックスがいった。

「手下まで殺すとなると、そう簡単にはいかないさ」とエディーが反論した。

フェリックスはまた独特な笑い方をした。ロージーが目を開けてフェリックスを見た。

「しかし、不可能なわけじゃない」とフェリックスがいった。

エディーは肩をすぼめて〈ダンキンドーナツ〉の入口のほうへ向き直った。

わたしは「ロージー？」と声をかけて、リードを見せた。ロージーは体を起こしてリードを見つめ、フェリックスの分厚い胸をよじのぼるようにしてバックシートに戻ってきたので、すばやくリードをつけた。

「あんたがいまの話の裏を取ろうとするのはわかってるよ」とフェリックスがいった。

「けど、ムーン・モナハンの機嫌を損ねるようなことになる恐れがあるときはおれに知らせろ。ひとりでやつと渡り合うのは無理だ」

「大丈夫です」

「いや、ムーン・モナハンをいたぶったらなにをしでかすかわかったもんじゃない。かならず知らせるんだぞ」

フェリックスがわたしを見た。わたしはこくりと頷いた。

「ありがとうございました」とうしろから声をかけると、エディーが頷いた。わたしはロージーを連れて車を降りた。フェリックスは、わたしが自分の車に乗り込んで走り去るまで車を出さなかった。

31

ヴェロニクとかいう名前のアシスタントに二日がかりで何度も電話をかけて、ようやく月曜日にトニイ・ゴールトと話をすることができた。トニイがヴェロニクから伝言を聞いて電話をかけてきてくれたのは、東海岸標準時の午後六時だった。寒い日で、わたしはキッチンのカウンターに座って白ワインを飲んでいた。

「ごめん、ごめん、ごめん」わたしが受話器を取るなり、トニイが謝った。「仕事が忙しくて、かけ直す時間がなくて」

「つまり、わたしより仕事のほうが大事なわけね」といい返した。

「ぼくはハリウッドのエージェントだぞ」

「ハリウッドのエージェントにしてはタフよね」

「いや、きみには負けるかも」

わたしはワインをひと口飲んだ。「ハリウッド・インベストメント・チーム（Hollywood Investment Team）について知ってることを教えて」

トニイが笑った。「ヒットのことか？」

「ヒット？」

「頭文字はＨＩＴだろ？　わざとそういう名前をつけたんだよ」

「なるほど」

「投資の仲介会社だったんだ」

「過去形で話すのには理由があるの？」

「経営してたのは、弁護士のアーロウ・ディレイニーとグレッグ・ニュートンって名の財務屋だ。たしか、本名はヌータンジアンとかいうらしいんだけど」

「それならニュートンのほうがいいわね」

「まあな。詳しいことは知らないんだが、この夏、ふたりとも何者かに撃ち殺されたんだ。だから、いまでも会社があるかどうかは定かじゃない」

「アーロウ・ディレイニーっていったわよね」

「ああ、そっちは弁護士だ」

「まだ会社があると仮定して、業務の内容を具体的に説明して」

「資金集めに苦労している映画を見つけて、映画のスポンサーになりたがってる投資家との橋渡しをするのが主な仕事だ」

「映画のスポンサーになるとどんなメリットがあるの？」

「スポンサー側の弁護士の腕によるよ。利益の何パーセントかを配当として受け取るという契約を結んでしまったら、なんのメリットもないはずだ。《風と共に去りぬ》だってまったく利益がなかったように見せかけることのできる会計士もいるから」

わたしはまたワインを飲んだ。

「スポンサーにとってはどういう契約を結ぶのがいちばんいいの?」

「売り上げの何パーセントってことにすればいいんだ。できればバックエンドも含めて」

「バックエンド?」

「国外での配給権やなんかのことだよ。作品によっては、製作に入る前に投資家が国外配給権を買うこともある。製作会社はそれを元手に映画をつくって、国内での劇場興行収入に期待し、一方、投資家は外国に配給権を売って元手を回収するんだ」

「投資家はほかの権利を買うこともできるの?」

グラスが空《から》になったので、お代わりを注いだ。

「ああ。テレビ放映やビデオ化や、ノベライゼーションなどの権利も」とトニイがいった。

「よその国が買ってくれなかった場合はどうなるの? それに、ほかのメディアも買ってくれなかった場合は?」

「そのときは、抜け目がないはずの投資家が大損をすることになる」

「じゃあ、リスクがあるわけね」

「ああ。株だってリスクはあるんだから」

「でも、みんなそれを承知で映画に投資してるわけ？」

「いや、そうじゃない。こまかいことを確認せずに契約する人間もいるんだよ。どうしても映画に投資したいと思ってたら、やり手の実業家だって、相手が拒まない限りどんなに不利な条件でも同意するはずだ」

「ヒットの評判はどうだったの？」

受話器の向こうでトニイがくすっと笑った。

「オスカーに輝くような映画に投資してたわけじゃないからな」

「どんな映画に投資してたの？」

「ポルノだ。それに、ケーブルテレビで流してるような、名前を聞いたこともない俳優を使って撮った映画や自主製作の映画にも、田舎のアートシアターでたった一度だけ上映する、素人《しろうと》が趣味でつくった映画にも」

「投資家を騙《だま》すようなこともしてたわけ？」

「もちろん。でも、彼らだけが特別なわけじゃないよ」

わたしはまたワインを飲んだ。

「この国は堕落しきってるわね」

「ぼくの仕事はそのおかげで成り立ってるんだ」

「で、ディレイニーとニュートンはどこで殺されたの？」

「それは知らない」

「オフィスはどこにあったの？」

「ハリウッドのどこかだけど、ちょっと待ってくれ」

誰かと話をするトニイの声が聞こえてきた。「ヴェロニク、ローロデックスにまだヒットのカードが差し込んであるかどうか見てくれないか？……ディレイニーとニュートンだ……ああ、それだ……書いてくれ……ありがとう」

トニイが電話口に戻ってきた。

「オフィスがあったのはハリウッドのガウアー通りだ」

「助かるわ」

「このあいだの事件となにか関係があるのか？　バディー・ボーレンとエリン・フリントが絡んでる事件と」

「ええ、もしかすると」

「それだけしか教えてくれないんだな」

「それだけしかわかってないのよ、いまのところはまだ」

「でも、いずれ突き止めるってことだろ？　ぼくはきみのそういうところが好きなんだ。自信に満ちあふれてるところが」トニイはそのあとしばらく黙り込んだ。「またこっちへ来るのか？」

「ええ、場合によっては」

「そうなるといいんだけど」

「そうね」

三千マイルを結ぶ電話線にふたたび沈黙が流れた。

「ほかには誰とも付き合ってないのか？」とトニイが訊いた。

「ええ、残念ながら」

「チャンスがなかったからか？」

「ええ、残念ながら」

「じゃあ、早くこっちへ来たほうがいい」

「もちろん、あなたもほかには誰とも付き合ってないんでしょ？」

「ぼくはハリウッドのエージェントだぞ」

「質問を撤回するわ」

「でも、さっきぼくのことをタフだといったよな」

「だって、それが唯一の魅力なんだもの」

32

また例の精神科医のところへ行った。定期的に通うのはもうやめていたが、来たくなったら来ればいいといわれていた。彼女のところへ行くのは楽しみでもあった。話をすると気持ちが落ち着くからだ。彼女はなんでもわかっているので、たとえわたしの話を黙って聞いているだけでも、帰るときには悩みが解決したような気になった。

診療所の玄関のドアには小さなネームプレートがついていて、〈スーザン・シルヴァマン〉とだけ書いてある。肩書きや学位は書いてない。わたしはなかに入って待合室の椅子に座り、心を癒《いや》すホワイトサウンドを聞きながら《ニューヨーカー》を眺めた。先にセラピーを受けていた患者が帰っていくのがわかっても目を上げずにうつむいていると、ドクター・シルヴァマンが待合室に出てきてわたしを手招きした。ドクター・シルヴァマンはグレーのツイード・ジャケットを着て黒いスラックスをはいていた。豊かな黒髪は艶《つや》やかで、化粧もごく自然で、まさに非の打ち所がない。女性の精神科医が仕事のときにふだんより地味な格好をするのは知っているが、それでも彼女はわたしがこれまで出会ったなかでいちばん素敵な女性だ。外出するときはどんな格好をするのだろうと、またもやひとりで想像した。

「リッチーの奥さんが妊娠したんです」と、わたしは出し抜けにいった。「男の子なんですって」

「それで？」と、ドクター・シルヴァマンが先をうながした。

「もう終わりですよね」

「どうして？」

「リッチーにはもはやわたしが必要ないからです。欲しがっていた息子が生まれるんですから。彼のことはよくわかってるんです。もう気持ちが揺らぐことはないと思います」

「人生、なにが起きるかわからないわ」とドクター・シルヴァマンはいった。

「いつかわたしのところへ戻ってくるかもしれないから、望みは捨てるなってことですか？」

「あなたは彼が戻ってくるのを望んでたの？」

「ええ、まあ」

「でも、もうそんな望みを抱きつづけるのは不適切なことだと思ってるのね」

「不適切？　精神科医はどうしてみんなそういういい方をするんですか？」

「なるべく中立な立場でいたいからよ」

「適切か不適切か判断するときも？」

「人間の言動には、なんらかの原因から必然的に生じるものもあれば、そうでないものもあるの。わたしたち精神科医の仕事は言動を分析することで、適切かどうか判断することじゃないから」

「そんなの詭弁《きべん》だわ」

ドクター・シルヴァマンはわずかに首をかしげただけでなにもいわず、わたしが先を続けるのを待った。

「じつは、ちょっと気になる男性がいるんです」と、思い切って打ち明けた。

ドクター・シルヴァマンが頷いた。

「パラダイスの警察署長なんです」

ドクター・シルヴァマンはふたたび頷いた。

「離婚してるんですが、縒《よ》りを戻そうとしてるみたいで」

また頷いた。

「彼と付き合うのは不適切なことなんでしょうか？」と、ドクター・シルヴァマンに訊いた。

「あなたはどう思うの？」と、ドクター・シルヴァマンが訊き返した。

「わたしが先にたずねたのに」

ドクター・シルヴァマンが笑みを浮かべた。

「もし不適切なことだったらどうするの？」

「彼は別れた奥さんとやり直そうとしてるんだから、邪魔はしたくないんです」

「あなたは、その人があなたに惹《ひ》かれてると思ってるの？」

「ええ」

「あなたもその人に惹かれてるの？」

「ええ、そう思います」

ドクター・シルヴァマンはじっと椅子に座っている。膝の上にのせた両手も動かさず、わたしの話の続きを待っている。

「彼にどちらかを選ばせればいいのかしら」と、ついにわたしがいった。

ドクター・シルヴァマンはまた笑みを浮かべた。

「手段を選ばないっていいますよね……恋と戦争は」

ドクター・シルヴァマンは眉を上げたが、なにもいいはしなかった。

「彼の奥さんのことは気にしなくていいんでしょうか？」

「気になるの？」

「それが……どんな人なのかも知らなくて」

ドクター・シルヴァマンが頷いた。

「だから、べつに気にしてないのかもしれません」

もう何度も通っているので、ドクター・シルヴァマンの目つきを見ただけで、〝気にする必要はないわ〟といっているのがわかった。

「じゃあ、いったいなにを気にしてるのかしら」

ドクター・シルヴァマンが笑みを浮かべた。わたしはしばらく黙り込んだ。ドクター・シルヴァマンはわたしがなにかいうのを待っている。

「ヒントをください」と頼んだ。

「あなたがなにを気にしているのかはわからないけど、誰だってもっとも気になることがあるはずで、それがなにかはわかるでしょ」

「自分自身のことですよね」

ドクター・シルヴァマンがにっこり笑った。わたしはじっと座っていた。ふたりともなにもいわなかった。

しばらくして、わたしがいった。「たしかに、わたしが気にしてるのは自分のことです。彼にのめり込んだら、リッチーのことを忘れてしまうんじゃないかと思うと、不安で」

ドクター・シルヴァマンがどうやってそれをわたしに伝えたのかはわからない。彼女はなにもいわなかったし、なんらかのシグナルを送ったようにも見えなかった。けれども、〝たぶんそうなるかもしれない〟と思っているのはわかった。

33

「昨夜、またクロンジェイガーが電話をかけてきたんだ」とジェッシイがいった。わたしたちは〈グレー・ガル〉というレストランで港が見える窓際の席に座っていた。

「それで?」と、わたしが先をうながした。

「ディレイニーとニュートンはどちらも九ミリ口径の銃で撃たれている。ディレイニーは胸に四発と頭に一発。ニュートンは胸に三発と頭に一発」

「頭の一発は至近距離から撃たれたものですか?」

「ああ。とどめを刺すためだ。オフィスからはコンピュータと書類がなくなっていたらしい」

「オフィスに書類が置いてあったのはたしかなんですか?」

「引き出しがふたつついたファイル・キャビネットがあったものの、なかは空っぽだったそうだ」

「犯人は、書類を調べられたら足がつくと思ったんでしょう」

ジェッシイが頷いた。ウエイトレスがメニューを持ってきたので、わたしもジェッシイもアイスティーを注文してからメニューを見た。

「ここはなにがおすすめですか?」とジェッシイに訊いた。

「眺めだ」

「なるほど」

ウエイトレスは、アイスティーを運んできたついでに料理の注文を取ってテーブルを離れた。

「クロンジェイガーは税務書類も調べたようだが、なにも出てこなかったみたいだ」とジェッシイがいった。

「バディー・ボーレンの名前は出てこなかったんですか?」

「ああ」

「ムーン・モナハンの名前も?」

「ああ」

「じゃあ、もちろんエリン・フリントの名前もですよね」

ジェッシイが頷いた。「ディレイニーとニュートンの会社は数年前から大幅な赤字を出していたようだ」

「税務申告書はごまかせますから」とわたしがいった。

「それはおれも知っている」

「でも、裏帳簿があるはずです。でないと、自分たちもわからなくなるから」

「コンピュータがなくなってファイル・キャビネットも空っぽだったのは、それでかもしれないな」

ウエイトレスがシェフ・サラダをふたつ運んできて、アイスティーを注ぎたしていった。空はどんよりと曇っている。海の水は灰色で、冷たそうだ。港には数隻のボートがひっそりと繫留されている。港の向こうにはパラダイス・ネックが伸びていて、バディー・ボーレンの広大な屋敷があるスタイルズ島が湾の入口を半分近くふさいでいる。

「わたしのつかんだ情報が正しければ、重要参考人のふたりはボストンにいるわけだから、話を聞くことができますね」

「たぶんなにもしゃべらないだろう」とジェッシイはいった。

「でも、突つけばなにか出てくるかもしれないし……やってみないことにはわからないでしょ？」

「それに、向こうがなにかばかなことをしでかす可能性もある。そのときは、さっさと捕まえればいいんだ」

「やってみるだけの価値はありますね」

「どっちが先だ？」とジェッシイが訊いた。

「まずはモナハンです」

「いいだろう。どこにいるかわかってるのか？」

「おじのフェリックスに教えてもらいます」

ジェッシイがにやりとした。

「それにしても驚きだな。父親が元警官で、おじは犯罪組織の一員だとは」

「おじといっても、別れた夫のおじですから。でも、わたしのことを気に入ってくれてるんです」

「そうだろうな」とジェッシイはいった。

「モナハンは危険な男だと、おじに警告されたんですが」

「おれも一緒に行く」

「モナハンをいたぶったらなにをしでかすかわからないから、会いに行くときはかならず知らせろともいわれたんです」

「なるほど」

「べつに、いたぶるつもりはないんですけど」

「しかし、おれたちもなにをしでかすかわからないからな」とジェッシイがいった。

「おじのフェリックスに知らせてもいいですか？」

「好きなようにすればいい。きみの元亭主のおじなんだから」

「知らせるだけ知らせておきます」とわたしはいった。

それからしばらくはふたりとも話をせずに、べつにまずいわけではないがそれほどおいしくもないシェフ・サラダを食べた。が、そのうち飽きてきたのでフォークを置き、ナプキンで口を拭いてリップグロスを取り出した。

「かまいませんか？」と、一応、訊いた。

「ああ、かまわないとも。女性は美しいほうがいい」

わたしはリップグロスを塗り直してジェッシイを見た。

「最近、調子はどうですか？」

「最悪だ」

「別れた奥さんが原因なんですか？」

「ああ」

わたしはしばらく黙り込んだ。それ以上訊く気はなかった。話したくなったら話してくれるだろうし、それはわたしも同じだ。

「でも、お昼はアイスティーなんですね」

「まだ、いまのところは」とジェッシイはいった。

34

フェリックスが電話をかけてきて、ムーン・モナハンのチェスナット・ヒルの住所を教えてくれた。「一緒にムーンに会いに行くお巡りだが――優秀なのか？」

「ええ、優秀だと思います」と、わたしはいった。

「田舎のお巡りなのに？」

「以前はロサンゼルスで殺人課の刑事をしてたんです」と教えた。

「ムーンはお巡りを恐れてないからな」

「あなたのことは？」

「おれのことも恐れちゃいないよ」

「州警察の警官も何人か連れていくつもりでいるんです。そのほうが威圧感があるでしょ」

「わかった。あんたはおれの身内だとムーンに知らせておくよ」

「わたしたちが行くことは内緒にしておいてほしいんですけど」

フェリックスはいつものように奇妙な笑い方をした。

「あんたはおれとデズモンドの身内だってことを、それとなく知らせておくだけだ」

「ありがとうございます」

「ムーンを甘く見ちゃだめだぞ」とフェリックスが釘を刺した。「あいつはおれのことさえ屁とも思ってないんだから」

「ちょっと謙遜しすぎじゃないですか？」

「とにかく用心しろ」

わたしは「わかりました」といって電話を切った。

ムーン・モナハンは池のほとりに建つ煉瓦造りの大きな家に住んでいた。わたしは、ジェッシイが運転するパラダイス署のパトカーでモナハンに会いに行った。州警察のパトカーもついてきた。モナハンの家は道路に面して建っていて、幅は広いがそれほど長くないドライブウェイの先には、車が二台入るガレージがあった。ジェッシイは、ドライブウェイにとまっていたBMWのスポーツカーのとなりにパトカーをとめた。州警察の警官は、Uターンしてきてモナハンの家の前の道路に車をとめた。

「なんていったんですか？」と、わたしがジェッシイに訊いた。

「モナハンにか？　やつとは話をしてないんだ。やつの弁護士に、捜査中の事件のことでムーンに会いたいといったんだよ。モナハンが関わっているという証拠はないが、二、三、たずねたいことがあるからと。パラダイスまで来てもらって取調室で話を聞くのは気の毒だから、こちらから出向くとまでいって」

「パラダイス署に取調室なんてあるんですか?」

「ない」

家政婦がわたしたちをなかに入れて、居間に通してくれた。モナハンは弁護士と一緒に居間にいた。弁護士は赤ら顔の太った男で、ふさふさとしたシルバーグレーの髪をオールバックにしていた。グレーのグレンチェックのスーツと白い襟のついたブルーのシャツを着て、赤いネクタイを締めている。ブリーフケースを脇に置いていたので、ひと目で弁護士だとわかった。一方、モナハンもすぐにわかった。背は六フィート五インチか六インチと、かなり高く、手は大きくてごつごつしていて、指が長く、指の付け根の関節が盛り上がっている。肌は日光に当たったことがないのではないかと思うほど白く、ほとんど白に近いプラチナブロンドの髪は長く伸ばして、細長い頭に貼りつけるような感じでうしろに梳《と》かしつけている。わたしたちが入っていくと、弁護士は立ち上がったがモナハンは立たなかった。「ミスタ・モナハンの代理人のフランシス・クラフだ」と弁護士が自己紹介した。

「ジェッシイ・ストーンだ」と、こちら側も自己紹介をした。「彼女はサニー・ランドル」

モナハンは、ブルーなのかどうかも定かでない薄い色の目でわたしたちを見た。

「かけてください」と、弁護士のクラフが椅子を勧めた。

ジェッシイはそれを無視した。

「ムーンと呼んでもかまわないか？」

「なんとでも好きなように呼べ」とモナハンがいった。

モナハンの声は小さくて、かすれていて、しかも抑揚がなく、まるで人工声帯をつけているようだった。

「あんたは映画界と関わりを持ったことがあるのか、ムーン？」とジェッシイが訊いた。

「いや、ない」

「映画に投資したことは？」

「ない」

「バディー・ボーレンという男を知ってるか？」

「知らない」

「われわれは、あんたがバディー・ボーレンのつくった映画に投資したというたしかな情報をつかんでるんだ」

「ほんとうか？」

ジェッシイが頷いた。

「証拠を示せ」

「私の依頼人になんらかの容疑がかかっているのであれば……」と、クラフが異議を唱えかけた。

「フランシス」とモナハンが止めた。「話はおれがするから、静かに聞いてろ。おれの権利が侵害されたときは抗議すればいい。それ以外のときは黙ってろ」

「わかった」

「ほかにもなにか知りたいことがあるのか?」と、モナハンがジェッシイに訊いた。

「アーロウ・ディレイニーという男を知ってるか?」と、ジェッシイがモナハンに訊いた。

ジェッシイは、モナハンの前に立ってモナハンを見下ろしながら話をしていた。わたしはドアを開けたままにしてある戸口に立って、ドアの枠にもたれていた。

「いや、知らん」

「あなたのいとこなのに」と、わたしがいった。

「名前を聞いたこともない」

「じゃあ、ニュートンは? グレッグ・ニュートンは知ってるか?」とジェッシイが続けた。

「ヌータンジアンを縮めてニュートンにしたんですって」と、わたしがふたたび戸口から口をはさんだ。

「そんなやつは知らん」と、モナハンは白を切った。

「いま何時か知ってるか？」とジェッシイが訊いた。

「いいや」

「そこまで徹底してると、見事としかいいようがないな」とジェッシイが褒《ほ》めた。「ところで、仕事はなにを？」

「仕事はもうやめた」

「以前はなにをしてた？」

「べつになにも」

「じゃあ、どうやって生活してるの？」と、わたしが訊いた。

モナハンが薄笑いを浮かべた。

「年金で生活してるんだ。それに、少しは蓄えもあるし、株も持ってる」

「それなら、なんとかやっていけるかもしれない」と、わたしがいった。

「あんたのことは知ってるよ」と、モナハンがわたしに声をかけた。「バーク一家の身内だってことは。だが、それでおれからなにかを引き出そうと思ってるのなら大間違いだぞ」

「わたしの欲しいものなんて、なにも持ってないくせに」といい返した。

モナハンがわたしをねめつけた。ジェッシイはモナハンの視線を遮るようにわずかに左に身を寄せて、モナハンをにらみ返した。ふたりとも、まばたきひとつせずににらみ合った。

「ど田舎のへぼ警察署長なんて、怖くもなんともないんだからな」とモナハンがいった。

モナハンをにらみつけていたジェッシイが笑みを浮かべた。

「そりゃ残念だ。怖がると思ってたんだが」

35

わたしは、ミスティーが殺されたシーチェイスのジムでエリン・フリントと一緒にエクササイズをした。エリンは裾を短く切った黒いタンクトップを着て、ショートパンツをはいていた。わたしはだぶだぶのグレーのTシャツを着て、スウェットパンツをはいていた。エリンとエクササイズをするときにボディラインを強調する服を着ても意味がない。ジムの入口の両側には警備員がひとりずつ立っていた。

「ムーン・モナハンという男の人を知ってる?」と、わたしはエリンに訊いた。

「ムーン? もちろん知ってるわ。バディーと一緒にわたしの最初の映画をプロデュースしてくれたのよ」

「ほんとに? すごく背の高い男の人でしょ? 髪は、まるで漂白したようなプラチナブロンドの」

「ええ。彼はミスティーと付き合ってたの」

「ミスティーは彼が好きだったの?」

「ううん。嫌ってたわ」

「じゃあ、なぜ付き合ってたの？」

「バディーにいわれたからよ」

「どんなふうに？」

「バディーがどういったかってこと？」

わたしは黙って頷いた。

「映画を完成させるにはムーンの力が必要だから、付き合えっていったの」

エリンは、四つん這いになって片脚をうしろに伸ばしながらウェイトを押し上げる、ヒップアップのためのエクササイズに励んでいた。片方の脚が終わるともう一方の脚で同じことを繰り返し、それが終わると、そのままの格好でわたしを見た。

「それに、ミスティーだって売春婦だったから、どうってことなかったのよ」

わたしはふたたび頷いた。エリンはまだ四つん這いのままだ。

「じつは」やや間をおいてエリンがいった。「わたしも何度かムーンと寝たの」

「で、どうだった？」

そんなことを訊くのはいやだったし、べつに知りたいわけでもなかった。けれども、ムーン・モナハンのことから話題がそれるのは避けたかったし、ほかには訊くことが思い浮かばなかった。

「婦人科の検診を受けてるみたいだったわ」とエリンはいった。

「なにも感じなかったってこと？」

「そうよ、そのとおり。まったくなにも感じなかったの」

「あなたがムーンと寝たのも映画のため？」

「もちろん」

エリンはヒップアップのエクササイズを再開した。つらそうな様子は微塵もなく、楽々とウェイトを押し上げている。

「楽しんでたわけじゃないわ」

「誰となら楽しいの？　バディー？」

どこへ話を持っていこうとしているのか、自分でもよくわからなかったが、話が途切れてしまうよりましだ。

「バディー？　バディーと寝るのが楽しいと思う？」とエリンが訊き返した。

「さあ、それはなんともいえないけど。じゃあ、誰？」

エリンは体を起こして床に座り、マシンにもたれかかって長い脚を広げた。

「誰と寝るのが楽しいかってこと？」

頷いた。

「なぜそんなことを訊くの？」

「捜査のためよ」

エリンは床に座ったまま考え込んだ。

「思いつかないわ」と、ようやくいった。「あなたはどうなの？」

「これまでのところは全員楽しかったわ」

「全員？」

「といっても、そんなに大勢じゃないけど」と、正直に打ち明けた。「しばらく結婚してたし」

「でも、別れたんでしょ？」とエリンがいった。

「ええ」

「じゃあ、誰と寝てもいいわけね」

ようやくエリンが本音を口にするようになったので、このまま話を続けたかった。けれども、自分のセックス・ライフを彼女に話して聞かせる気にはなれなかった。

「好きな人は何人かいるわ」と、わたしはいった。「ときどきその人たちと楽しい時間を過ごしてるの。もちろんセックスをするのも楽しいけど、それがすべてじゃないから」

「まあ……羨ましい」とエリンがいった。

「あなたはセックスを楽しんだことがないの？」と訊いてみた。

「わたしは母親が死んでからずっと働いてきたのよ」

エリンは床の上で脚を大きく開いたまま両手を広げた。

「この体を武器にして」

わたしはエリンにほほ笑みかけた。「すばらしい武器だわ」

「まあね」とエリンはいった。

「ムーン・モナハンは映画のことに詳しいの？」

「ぜんぜん。彼が詳しいのはお金のことだけよ」

エリンが笑った。

「でも、ショー・ビジネスに憧れてたの。最初の《女戦士》のときは毎日セットにあらわれて、そのへんをうろついて、手当たりしだいに女優に声をかけてたのよ。バディーは怒り狂ってたわ。ほかのみんなも腹を立ててたの。目障りだし、邪魔になるし。まるで素人《しろうと》の見学者みたいで」

「でも、彼はその映画に投資したんでしょ？」

「ええ。プロデューサーの肩書きを与えるという条件で」とエリンはいった。

「いくら投資したの？」

エリンが肩をすぼめた。

「知らないわ。バディーに訊いて」

「モナハンの力というのはお金のことだったのね」

「そうよ」

エリンは立ち上がって背中をそらすと、上半身の筋肉を鍛えるマシンのほうへ歩いていきながら、面白くもないのに声を上げて笑った。

「ボヴェリーニ姉妹はまたもやお金のために体を売ったことになるわけね」

「でも、お金を手に入れたのはボーレンでしょ?」

「ええ、もちろん」

「じゃあ、ボーレンはポン引きだという類推が成立するわね」

「類推ってどういう意味かよくわからないけど、バディーはポン引きになっても成功すると思うわ」

「ジェラード以上に?」

「バディーと比べたら、ジェラードは……なんといえばいいのか……情があったというか……はるかに人間味があったわ。バディーは血も涙もない金の亡者よ」

「モナハンとはまだ付き合ってるの?」

「ううん。一本目を撮り終えたあとに会ったのが最後よ」

「一本目って、《女戦士》のこと?」

「ええ。ムーンはお金を出してたから、撮影が終わってもしばらくはちょくちょくやって来て、わたしかミスティーのどちらかと——ときには両方と——セックスしてたの。彼はダブルヘッダーも好きだったから。でも、そのうち姿をあらわさなくなって、それと同時にバディーもムーンの話はしなくなったわ」

「《女戦士》は儲かったの？」

「儲かったわ。大ヒットしたんだから」

「いくら儲かったか知ってる？」

「そこまでは知らないけど、バディーは儲かったといってたわ」

「バディーと一緒になってからジェラードからなにか連絡があった？」

「《女戦士》の封切り日には花を届けてくれたわ」

「やさしいのね、ジェラードは。じゃあ、彼は連絡先を知ってたわけね」

「バディーと一緒にいるのは知ってるから。でも、なぜそんなことを訊くの？」

「捜査のためよ」と繰り返した。「なにがどこでどんなふうに役に立つかわからないから」

「じゃあ、教えてあげるわ」とエリンがいった。「犯人はわたしに野球をさせたくなくて、ほんとうはわたしを殺すつもりだったのに、間違ってミスティーを殺したのよ」

「こんなに警備が厳重なのはそれでなの？　あなたを守るためなの？」

「当然でしょ。ミスティーは殺されたのよ」

「わたしはそれ以前の話をしてるの。あなたが女優だってこともバディー・ボーレンが大金持ちだってこともわかってるわ。でも、この屋敷の警備はミスティーが殺される前から厳重だったから……なぜなのかなと思って」

エリンは肩をすぼめてグラビトロンの台にのぼり、両手でバーを握って懸垂《けんすい》をはじめた。

「わたしはスターよ」と彼女はいった。

「警備がこんなに厳重になったのは《女戦士》が公開されてから？」

「さあ。たぶんそうだと思うけど、その前も警備員はいたわ。それに、バディーの運転手や身の回りの世話をする人たちも二、三人」

「《女戦士》が公開されてからは？」

「たしかに人数が増えたわ」

「有名になるとたいへんね」

「今年の夏にメジャー・リーグでプレーしたら、わたしはもっと有名になるはずよ」

「怖くはないの？」と訊いてみた。

「彼らのことなんて、なんとも思ってないわ」とエリンはいった。「わたしはやるの。なんとしてでも」

「彼ら？」

「彼らというのは、みんなのことよ」

「みんなといっても、男性のことでしょ?」

「世の中のすべての男のことよ」

36

「トニイ・ゴールトが教えてくれたんですが、業界のことをよく知らずに映画に投資すると、利益の何パーセントかを配当として受け取るという契約を結んでしまう場合もあるそうです」と、わたしはジェッシイに話した。

「なるほど」

ジェッシイがボウルに水を入れてオフィスの床に置いてくれたので、ロージーは大きな音を立てて水を飲んだ。

「それに、ハリウッドには《風と共に去りぬ》だってまったく利益を上げていないように見せかけることのできる会計士がいるんですって」

「だから、売り上げの何パーセントかをもらうという契約を結んだほうがいいんだ」

「そういえば、あなたはロサンゼルスに住んでたんですよね」

「それに、妻は女優だった——大女優というわけではないが」

「それも忘れてたわ。じゃあ、よくご存じなんですね」

「ロサンゼルスの住人なら誰でも知ってるよ」とジェッシイはいった。

ロージーはまだ水を飲んでいる。

「でも、いとこを信用してるボストンの高利貸しならそんなことは知りませんよね」

「ああ、ばかな高利貸しなら」

「ムーン・モナハンはばかなんですか？」

「やつがあそこまでのし上がったのは欲深くて冷酷だからだ。頭がいいからじゃない」

「じゃあ、ばかな高利貸しが映画に多額の投資をしたとしましょう。その男は、映画に投資すればついでにマネーロンダリングもできると考えたんです。おまけに、かなりの配当が手に入るし、女優とも親しくなれると」

「この犬はいつまで水を飲んでるんだ？」

「おしとやかにちびちびと飲んでるから、時間がかかるんです」

ジェッシイが頷いた。ロージーはなおも水を飲みつづけた。

「ムーン・モナハンが《女戦士》とかいう映画に大金を投資したとして、その金はどうなったんだ？」

「会計士がごまかすまでもなく、まったく利益がなかった可能性もあるし、バディー・ボーレンがモナハンから金を騙《だま》し取った可能性もあります」

「あのバディー・ボーレンが？」

「あくまでも仮説ですから。いずれにせよ、モナハンには期待していた配当が入らず、元手も戻ってきませんよね」

「そんなことになったら誰だって腹を立てるが、高利貸しなら怒り狂うはずだ」

「でしょうね」

「で、きみのおじのフェリックスが連れてきたエディーって男の話を信じるなら、モナハンは金を返さない客を生かしておいて、まわりの人間を殺すんだな」

「それに、エリンの話を信じるなら、モナハンはエリンともエリンの妹とも寝てたそうです」

ロージーが水を飲むのをやめた。ジェッシイがロージーを見た。

「もういいのか？」

「この子は節度をわきまえてますから」

ロージーはジェッシイの机の角をまわってこっちに出てくると、わたしの椅子の下にごろんと横向きに寝ころんだ。小型犬なのに筋肉質なので、脇腹の筋肉がつっかえて、上になったほうの足は二本とも宙に浮いている。

「ようやく容疑者の目星がついたな」とジェッシイがいった。

「とりあえず、ひとりは」

「おれは、ロサンゼルスにいる黒帯のポン引きも怪しいと思ってるんだが」

「彼は予備に置いておきましょう」

「ベンチウォーマーってわけだな」

「もちろん、誰に対しても決め手となる証拠はないんですが」

ジェッシイが頷いた。「それに、もし《女戦士》が利益を上げていたら、おれたちの推理も揺らぐし」

「決算報告書を押収できるといいんだけれど」

「押収する正当な理由はあるのか？」

「いいえ」

ジェッシイは黙っている。

「なにか知らないか、あるいは、なにか調べがつくことはないか、もう一度トニイ・ゴールトにたずねてみます」と、わたしがいった。

ジェッシイが頷いた。彼はロージーを見つめて考え込んでいるようだった。

「中華料理は好きか？」とジェッシイが訊いた。

「ええ」

「今晩、うちで一緒に食べないか？」

「喜んで」と返事をした。

37

　ジェッシイは港のそばのコンドミニアムに住んでいた。リビングの奥には海に突き出した小さなバルコニーがついていて、手前にあるミニバーのうしろの壁には、飛んできた球をダイビングキャッチしようとしている野球選手の大きな白黒写真が掛けてあった。

「あれは誰？」とジェッシイに訊いた。

「オジー・スミスだ」

「あなたじゃないってことはわかったけど」

「メジャー・リーグのユニフォームを着てるからか？」

「ええ。それに、黒人だし」

「たしかに」

「どうしてあの写真を飾ってるんですか？」

「おれがこの目でそのプレーを見たなかでは最高のショートだからだ」とジェッシイはいった。「マーティニをつくったら飲むか？」

「オリーブを入れて、氷はなしで」とリクエストした。

ジェッシイはミニバーへ行き、シェイカーでマーティニをつくってふたつのグラスに注いだ。わたしのグラスにはオリーブを入れて、自分のグラスには氷とレモン・ツイストを入れた。

「家のなかを案内してもらえないかしら」と訊いてみた。

「案内するほど広くはないんだが」

そういいながらも、ジェッシイはミニバーのあるリビング兼ダイニングからキッチンへ行って、ベッドルームと、そのとなりのバスルームも見せてくれた。どこもきちんと片づいていて、ベッドルームのナイトテーブルにはきれいな女の人の写真が置いてあった。

「別れた奥さんですか？」

「ああ」

一緒にリビングに戻った。

「天気のいい日はここの小さなバルコニーで酒を飲むと気持ちがいいんだ」とジェッシイはいった。

「お酒を控えてるんじゃなければね」

ジェッシイはマーティニをひと口飲むと、グラスの縁越しにわたしにほほ笑みかけた。

「あるいは、責任のあるおとなとしてちびちび飲むのなら」

「で、どうなんですか？」

ジェッシイはグラスを下げて笑みを満面に広げた。

「ずっと飲んでなかったんだ」

わたしはバルコニーの向こうの港と、港の明かりを眺めた。

「ここでの暮らしは気に入ってます？」

ジェッシイがわたしのとなりに立った。が、しばらくはなにもいわなかった。

「ああ、たぶん気に入ってるんだと思う」と、ようやくいった。

「ロサンゼルスとはずいぶん違うでしょ？」

「ああ」

「ここだと、仕事にもそれなりのやりがいを感じることができるんじゃないかしら」

「ああ」

わたしたちはマーティニのグラスを手に並んで立って、静かに港を眺めた。

「ロサンゼルスのような大都会では、底に穴のあいたボートから水を汲み出すのが関の山だ」とジェッシイがいった。「ボートが沈むのは防げても、穴をふさぐことはできない」

「事件が多すぎるからですよね」

「ここではそんなに事件が起きないし、たとえ大きな事件が起きても、それを解決すれば町は元に戻る」

「だから町に愛着が湧くんですよね。ロサンゼルスに愛着を覚えるのはむずかしいわ」

「ああ」

ふたりともマーティニを飲んだ。月が出ていたので、海面が見えた。海の水は冷たそうで、人を拒絶しているように見えるが、永遠とはどういうことなのか教えてくれているような気もする。

「小さな町だと自分の町のように思えるけど」

「警官をやめたのはそれでか？」とジェッシイが訊いた。

「ええ、たぶん。それに、組織で働くのは向いてなかったみたいで」

「わかるよ」

わたしのグラスが空《から》になると、ジェッシイはそれを持ってミニバーへ行って、お代わりをつくってくれた。ジェッシイのマーティニはまだ半分残っていた。もっとも、氷がいっぱい入っているので、はっきりとはわからなかった。ジェッシイがマーティニのお代わりを持って戻ってくると、ふたたび一緒に港を眺めた。

「あなたはやっと自分の居場所を見つけたんですね」

ジェッシイはしばらく考えていた。

「ほかには行くところがなかったんだ。おれはいまだに酒と格闘しながらむなしい私生活を送っている。パラダイスの警察署長がお似合いなんだよ」

「私生活というのはセックス・ライフってことじゃないでしょ？」

「ああ、違う」

わたしはソファのほうへ歩いていって端に腰掛けた。ジェッシイはバルコニーへ出るフレンチドアの前に立ったまま、振り向いてわたしを見た。

「セックスで私生活のむなしさを解消することはできませんよね」と確かめた。

「ああ。だが、まぎらすことはできる」

ジェッシイはソファの向かいの椅子に座ってマーティニを飲んだ。迷っているのが手に取るようにわかった。

「ジェンがまたおれを裏切ってるんだ」

瓶のなかから魔神が出てくるのを見ているような錯覚におちいったわたしは、頷いただけでなにもいわなかった。

「話すから聞いてくれ」

ジェッシイは立ち上がり、マーティニのお代わりをつくってふたたび椅子に座った。

「ジェンは一緒になった直後から浮気をしてたんだ。最初はまったく気づかなかった。そのうち気づいたが、おれが悪いんだと思ったんだ。大酒飲みだし、しがないお巡りだし。それにおれは、自分が彼女に対して抱いているのと同じ思いを彼女にも抱いてほしいと思っていた。無意識のうちに彼女を縛りつけようとしてたのかもしれない。まあ、悪いところはほかにもいろいろあったんだが」

「わかってるのなら、悪いところを直せばいいのに」

「きみもセラピーを受けてるんだな」とジェッシイがいった。「もちろん、自分の悪いところは直そうとしたさ。いまでも努力は続けている」

ジェッシイはしばらく間をおいてマーティニを飲んだ。

「じつは、ジェンの相手の男を突き止めたんだ。こっちへ来たばかりのころに、あとをつけて」

「彼女はこっちにいたんですか?」

「こっちに来たんだ」

「ロサンゼルスから?」

ジェッシイが頷いた。

「お天気アナの仕事を得たんだ。チャンネル3で」

「ジェン・ストーンですよね。知ってるわ」

「気象予報士でもないのに、ここに低気圧があってここに前線があってといいながら天気図を指し示しているのがジェンだ」

「あなたを追いかけてボストンへ来たんですか？」

「ああ」

「強い絆で結ばれてるんですね」

「困ったときはおれを思い出すらしい」

「気持ちはわかるわ」

「彼女も長いあいだセラピーを受けてたんだ」

「でも、あまり効果はなかったんですか？」

　ジェッシイは肩をすぼめた。

「ジェンは去年、ヨットレースの特別番組のためにボストンからパラダイスに来て、しばらくここに泊まってたんだ。けっこういい雰囲気だった。だからおれは、なんとか危機を乗り越えたんだと思っていた」

　ジェッシイはちらっと自分のグラスを見たが、飲みはしなかった。ついでにわたしのグラスも見たが、まだ少し残っていた。

「特別番組の収録が終わると、彼女はボストンのアパートに戻った。別々に暮らして、ときどき会うことにしたんだ。おたがいにほかの人とは付き合わないということだけ約束して」

　ジェッシイが黙り込んだので、わたしはマーティニを飲みながら待った。ジェッシイはまた自分のグラスに目をやったが、今度も飲みはしなかった。

「ジェンが付き合うのは利用価値のある男だけなんだ。プロデューサーとかキャスティング・エージェントとか、テレビ局の局長とか、ニュース番組のディレクターとか」

わたしは無言で頷いた。早くもジェンの存在感に圧倒されてしまい、まるで彼女が部屋にいるような気がした。

「いまは新しい局長とやってるようだ」

ジェッシイの声には刺々《とげとげ》しさがあった。わざとそういういい方をしたのもわかった。わたしもそんなふうにいったことが何度かあるからだ。どうして知っているのかとか、それはたしかなのかと訊きたかったが、訊かなかった。わたしには関係のないことだし、そんなことを訊くのは悪いと思ったからだ。

「もう限界なんですか？」

ジェッシイはゆっくり頷いた。

「ああ、もう限界だ」

わたしも頷いた。なにもいえなかった。ジェッシイはマーティニをひと口で飲みほして、空になったグラスをしばらく眺めていたが、やがてコーヒーテーブルの上に置いた。わたしも残りを飲みほした。

「お代わりは？」とジェッシイが訊いた。

「いいえ、もうこれで」と断わった。「食事のときにワインでも」

ジェッシイは頷いてにっこり笑った。嬉しくてしょうがないという笑みではなかったが、たしかに笑った。

「オーケー。おれの話はこれで終わりだ。きみも話すか？」

「話さないといけないようですね」

38

わたしはリッチーの話をした。リッチーとの結婚と離婚と、彼の再婚の話をした。

「それで、新しい奥さんは妊娠してるんです」

ジェッシイが頷いた。

「じゃあ、もう終わったのか？」

「ええ」

わたしもジェッシイも、空のグラスを前に置いたまましばらく黙って座っていた。

「つまり、おれたちはふたりとも激しく落ち込んでいるわけだ」とジェッシイがいった。

「だから、慰めを求めてるんですね」と、わたしがあとを続けた。

「ただ、気をつけないと、ものごとを必要以上に深刻に受け止めてしまう恐れがある」

「それはおたがいにわかってるはずだわ」

「それに、慰め合うのは悪いことじゃない」

「あるいは、復讐するのも」

ジェッシイが笑みを浮かべたので、わたしもほほ笑み返した。しばらくはそのままじっと座っていたが、やがて見つめ合った。

「慎重に進めたほうがいいかしら」と訊いてみた。

「おれはセックスをするべきだと思うが」とジェッシイがいった。

「でも、慎重にでしょ」

「いますぐ結婚はしないと、前もって決めておこう」

「了解」

ジェッシイが立ち上がったので、わたしも立った。ふたたび見つめ合ってから、たがいの背中に腕をまわしてキスをした。それだけで終わらないのはわかっていた。さあ、これからよ、と心のなかでつぶやいた。

「ソファの上で抱き合ってからのほうがいいか?」

「その必要はないわ」

「わかった」

わたしたちは一緒にベッドルームへ移動した。

「布団のなかに潜り込むほうがいいか?」

「いいえ、動きにくいから」

ジェッシイは頷いてシャツのボタンをはずしはじめた。わたしも服を脱いだ。脱ぐことになるかもしれないというのは、服を選ぶときから考えていた。もしかすると、ひそかに期待していたのかもしれない。シャツは床の上に脱ぎ捨てた。Tバックのショーツやフリルのついたスカート、それに踵《かかと》の高いミュールをはいてくるつもりはなかった。それでは、〝あなたとやりたいの〟と叫んでいるのと同じだ。けれども、おばさんっぽい白い綿のパンティーやハッシュ・パピーの靴をはくのもいやなので、脇にファスナーのついていないお洒落《しゃれ》なロングブーツをはいてきた。ただし、問題は脱ぐのに時間がかかることだ。フロントボタンのジーンズも脱ぎにくいので、それはやめて、スカートにした。スカートならすぐに脱げるし、いざとなったら、ブーツは手伝ってもらえばいいと思ったからだ。だから、ブラとスカートだけでベッドに腰掛けた。

「手伝ってもらえる？」

ジェッシイは黒い格子柄のボクサーショーツ一枚になった。それほど大柄ではないが、胸も腹部も筋肉が発達していて、とくに腹筋はくっきりと割れている。ジェッシイはわたしを見てにやりとした。

「そのつもりだったんだな」

「ずいぶん迷ってたの」

ジェッシイがブーツを引っぱってわたしが背中をそらすと、なんとか片方は脱げた。同じようにしてもう片方も脱ぐと、ジェッシイがわたしのふくらはぎに手を這わせた。

「でも、脚の毛は剃《そ》ってきたんだ」

「迷ってたっていったでしょ」

ジェッシイはわたしのブーツを椅子の前にきちんと揃えて置いた。彼は背中にも筋肉がついているが、毛深くはないのでほっとした。

わたしは立ってスカートのファスナーをおろし、そのまま床の上に脱ぎ捨てた。

「黒い下着をつけてるのに、迷ってたというのか？」とジェッシイが訊いた。

「たしかに黒いし、ハイレグよ。でも、リボンやレースやフリルはついてないし、透けてもいないわ」

「なかなかセンスがいい」

わたしはブラのホックをはずして、紐《ひも》を肩から腕へとすべらせた。

「脚を剃ってきたからその気があると思われちゃったのね」と、ひとりごとのようにいった。「それはわたしも考えたわ。脚を剃るのはセックスをする気でいるからなのかと」

「で、結局剃ったんだ」

「ええ」

「大事なのはそこだよ」

「まあね」

センスがいいと褒《ほ》められた黒いパンティーはウエストの内側に両手の親指を突っ込んで引き下げて、脚を抜いた。ジェッシイもボクサーショーツを脱いだ。ちらっとたがいを見たつぎの瞬間には、申し合わせたかのようにくすくす笑いながらふたり同時にベッドの上に飛び乗った。そして、強く抱き合ってキスをした。キスはずいぶん長いあいだ続いた。キスをしながら体をまさぐり合った。が、そのうちジェッシイが手の動きを止めてごろんとベッドの上に仰向けになった。

「どうしたの？」

「儀式を忘れてたんだ」

ジェッシイはナイトテーブルに手を伸ばして、ジェンの写真を裏向けた。

「これでいい」

そういってわたしのほうを向いた。

「脚を剃るのと同じ？」と訊いた。

「たぶん」とジェッシイは答えた。

それからは、かなり長いあいだ会話らしい会話をしなかった。

39

　ふたりとも裸のままベッドの上に横たわって、はずんだ息を整えた。シーツも毛布もとうの昔にずり落ちて、わたしの服の上に覆いかぶさっている。わたしはジェッシイの肩に頭をもたせかけていた。わたしもジェッシイもうっすらと汗をかいていた。息の乱れは多少おさまった。どこか遠いところへ行ってやっと戻ってきたような感じがした。

「すごくよかったよ」とジェッシイがいった。

「激しかったわね」と、いい返した。

　おたがいに笑みを浮かべ、かすかに喘《あえ》ぎながらじっとしていた。

「ジェンと結婚した当初はいつもそうだったんだが……」

「いつもすごくよかったの？」

「ああ」

「誰にでもそういってるんじゃない？」

「まあな。でも、今日は最高だった。嘘じゃない」

「わかってるわ」

ジェッシイのコンドミニアムは落ち着いた静けさに包まれていた。かすかに漂う潮の香りも、すがすがしくて心地いい。わたしは額でジェッシイの顎をさすった。

「あなたもひげを剃ってたのね」

「こうなることを期待してたんだ」と、ジェッシイは素直に認めた。

「ベッドもきれいに整えてあったし」

「備えあれば憂いなしというからな」

部屋のなかは明るかった。電気を消さなかったからだ。ジェッシイの呼吸はようやく元に戻った。わたしの呼吸も元に戻った。

『清潔で、とても明るいところ』という題の短篇を知ってる？」

「いや、知らない」

「大学時代に読んだの。そのときは意味がよくわからなかったけど、いまはわかるような気がするわ」

「セックスがテーマか？」とジェッシイが訊いた
「違うわ。テーマはやすらぎだと思うの。あるいは癒《いや》しだと」

ジェッシイはしばらく黙り込んだ。わたしも黙っていた。

やがてジェッシイがいった。「こうしてるとやすらぐよな」

「ええ」

ジェッシイは左の腕でわたしの肩を抱き、右手はわたしのお腹の上にのせていた。キッチンからは、冷蔵庫のモーターが回っている音がかすかに聞こえてくる。外からは車のドアを閉める音が聞こえてきた。わたしは顔でジェッシイの顎をそっとさすりつづけた。

「鍵はロサンゼルスにありそうだ」とジェッシイがいった。

「えっ？」

「ミスティーの殺人事件のことだよ。関係者はみなロサンゼルスとつながりがあるじゃないか」

わたしは声を立てずに笑った。が、ジェッシイは気づいたようだった。

「ロマンティックなムードがぶち壊しだな」

「警官と寝るときにロマンティックなムードなんか期待してないから」

「その代わり、ほかの面は期待できるはずだ」

「ええ、期待どおりだったわ」

ふたりで声を揃えて笑った。

「でも、考えてみてくれ」と、ジェッシイが話の先を続けた。「エリンもミスティーも以前はロサンゼルスにいたんだし、バディー・ボーレンもいた。それに、三人ともロサンゼルスの投資仲介業者を通じてムーン・モナハンとつながってるじゃないか」

「エリンの面倒を見ていて、のちにエリンと結婚したポン引きもまだロサンゼルスにいるし」

「その男はミスティーの面倒も見てたんだろ？」

「ええ。だからエリンともミスティーともつながってるわけでしょ。で、エリンとミスティーはバディー・ボーレンとつながっていて、ボーレンはムーン・モナハンと、ムーン・モナハンはディレイニーとニュートンとつながってるのよね」

「それから……」

「わかってるのはそこまでだけど、もう少し調べたほうがいいかもしれないわ」

「ああ、そのほうがいい」

ジェッシイはそっとわたしの下腹部へと手を動かした。

「あなたは……クロンジェイガー警部に……訊いてみて。わたしは……エリンに……探りを入れるから」

「探りを入れて突き合わせよう」

ジェッシイの手はどんどん下へと動いていく。

「ねえ……もう一度……する？」

「そのつもりだ」

「嬉しい」

結局、中華料理を食べたのは明け方だった。ジェッシイが電子レンジで温めてくれたので、港の向こうに突き出しているパラダイス・ネックにゆっくりと朝陽が昇るのを眺めながら、ダイニングルームのテーブルで朝食代わりに食べた。

40

わたしはロージーと一緒に〈スパイクの店〉に行って、入口のそばのテーブルについた。犬を連れて入ってはいけないことになっているのだが、オーナーと親しいロージーは例外だ。店は勤め帰りの客で混んでいたので、スパイクもバーのカウンターに立って手伝っていた。わたしはダイエット・コークを注文してメニューを見た。ここでは、よほど変わったものを注文しない限りそこそこのものが出てくる。ロージーはわたしのとなりに座って、ドッグビスケットが出てくるのをじっと待っていた。いつも誰かが持ってきてくれるからだ。

しばらくすると、袖の赤いグレーのウォームアップ・ジャケットを着たずんぐりとした男が店に入ってきた。頭を剃り上げてふさふさとした口ひげを生やしたその男は、ウエイトレスを押しのけるようにして歩いてきて、わたしの前に座った。ウォームアップ・ジャケットの胸には赤い糸で〈Hurricanes〉と刺繍《ししゅう》してある。男は手も分厚くて、ボディビルダーのようだった。ロージーはドッグビスケットが出てくるのを期待して男を見つめたが、ドッグビスケットは出てこなかった。

「サニー・ランドルだな」と男がいった。

「ええ。この子はロージーよ」

「そんなことはどうでもいい。あんたがこそこそ嗅ぎまわってる理由をムーンが知りたがってるんだ。教えてくれ」

「このあいだ本人に説明したわ」

「お巡りと一緒に来たときにだろ？」

「そうよ」

「お巡りはなにもしゃべらないだろうが、あんたならしゃべるんじゃないかと思って、わざわざ来たんだ。ムーンにあれこれしつこく訊いたのはなぜだ？」

「わたしはもともと男好きなの。それに、ムーンは格好いいし」

「ふざけんな。店の外へ引きずり出してぶん殴るぞ」

「そんなことできると思う？」

男はテーブルの向こうから片手を伸ばしてわたしの顔をつかんだ。カウンターの奥にいるスパイクが男を見たのはわたしも気づいていた。

「できるとも。あんたをブタみたいにキーキー泣かせてやるよ。楽しみだな」

男はわたしの顔を揺すって手を離した。スパイクがカウンターの奥から出てくるのが見えた。

「おとなしく話すか、泣き叫びながら〝やめて〟と懇願するか、あんたはどっちがいいんだ？」

わたしは笑みを浮かべた。男はようやく、なにか巨大な物体が近づいてくる気配を感じたようだった。スパイクの姿を実際に目にしたときにはその大きさに面くらったはずだと思うが、ギャングは銃を持っている。

「誰だ、きさまは？」と男が訊いた。

「スパイクだ」

「失せろ。おれはこの女と話をしてるんだ」

スパイクがわたしを見た。

「こいつはおれに失せろといったのか？」

わたしはにっこり笑って頷いた。

「見かけどおり、不愉快な野郎だ」とスパイクがつぶやいた。

「おれを怒らせたらどういうことになるか、知らないようだな」と男が凄んだ。

スパイクはじっと男を見つめている。男はいきなり立ち上がってスパイクの胸を押した。が、なにも起きなかった。スパイクはぴくりとも動かなかった。

「なるほど。どうなってもいいんだな」

そういうなり、男は左フックを繰り出した。スパイクは右腕でなんなくそれを受け止めて、左手で男のシャツをつかんだ。男がよろめくと、すかさず男の股間に右手を差し入れて男の体を自分の胸のあたりまで持ち上げてから、仰向けに床に叩きつけた。スパイクはそれほど機敏なようには見えないが、あっという間の出来事だったので、男も茫然としている。スパイクは男の喉元に片足をのせた。

「拳銃を持ってるのか?」

意識はあったものの、頭が正常に働く状態ではなかったようで、男はなにもいわずにスパイクをにらみつけた。

「持ってるのなら出せ。おれがきさまの首の骨を折っても正当防衛ってことになるからな」

男は助けを乞うかのように両手を広げた。スパイクは腰をかがめて男の体をまさぐり、ウォームアップ・ジャケットの下から短銃身のセミ・オートマティックを取り出した。それを自分のポケットに突っ込むと、男のシャツを引っぱって上半身を起こした。

「また彼女をわずらわせるようなことをしたら、きさまをまっぷたつにへし折ってボストン湾に投げ込んでやる」と、スパイクは静かにいった。

急に筋肉の制御ができなくなったのか、男は首をがくんと前に倒して頷いた。スパイクは男を立ち上がらせた。店内は静まり返っている。スパイクは男を店の入口まで連れていき、ドアを開けて一緒に外に出て、二分ほどたってからひとりで戻ってきた。わたしはテーブルの下で握りしめていた拳銃をそっとバッグに戻した。

「みんなに酒のお代わりをつくってやってくれ。店のおごりだ」と、スパイクがバーテンにいった。

そして、わたしのテーブルに来て座った。

「さっきの男はタクシーに放り込んだよ」

ロージーはスパイクを見て、ドッグビスケットを持っているかどうか探った。スパイクは持っていなかった。が、ロージーの物欲しげな視線に気づいてウエイトレスに身ぶりで伝えると、ウエイトレスが持ってきてくれた。

「あの男のことを話してくれ」とスパイクがいった。

41

話をしている最中にウエイトレスがそばに来た。スパイクは空になったわたしのグラスに目をやった。

「お代わりは?」とスパイクが訊いた。

「ダイエット・コークを」と、わたしがいった。

スパイクは眉を吊り上げた。

「ジャック・ダニエルのオン・ザ・ロックとダイエット・コークだ」

わたしはふたたび話しはじめた。スパイクは最後まで黙って聞いていた。

「じゃあ、あんたはそのポン引きとのあいだになんらかのつながりがあると思ってるんだな。ポン引きの名前はなんだったっけ?」

「ジェラード・バスガルよ」

「そうそう、そのジェラードとムーン・モナハンとのあいだに」

「はっきりとわかるまでは決めつけないようにしてるの。だから、それも調べてみる価値のあるひとつの可能性にすぎないわ」

ウエイトレスがわたしたちの飲み物とロージーのドッグビスケットを持って戻ってきた。

「ビスケットはこれでおしまいにしてね」とウエイトレスに頼んだ。「ロージーがおデブちゃんになっちゃうと困るから」

「デブのどこが悪いんだ」と、スパイクが突っかかってきた。

「あなたはデブじゃないわ」と、なだめた。

スパイクが笑みを浮かべた。

「ああ。ロージーと同じで、太っちゃいないが太ってるように見えるだけだ」

「ロージーは太ってるように見えないわ。それに、あなただって」

「けど、なんとなく体型が似てるんだよ」

「大きさはずいぶん違うけど」

スパイクは満面に笑みをみなぎらせた。ロージーはドッグビスケットを食べ終えて、テーブルの上に落ちたかけらもきれいになめた。

「ムーン・モナハンがやったと思ってるのか？」とスパイクが訊いた。

「ええ、彼がいちばん怪しいの。でも、確たる証拠はひとつもなくて」

「だから、突破口を見いだそうとしてるんだな」

「ええ。ムーン・モナハンはすべてを否定したし、わたしたちにも彼のいうことをくつがえすだけの材料はないし」

わたしはダイエット・コークを飲んだ。スパイクはわたしを見つめている。

「〝わたしたち〟というのは、あんたと向こうの警察署長のことか？」

「そうよ」

スパイクは頷いて、ダイエット・コークの入ったわたしのグラスに目をやった。

「うまいか、それは？」

「それほどでも。ただ、最近ちょっと飲みすぎだから」

スパイクが頷いた。

「それは、あなたもそう思うってこと？」と確かめた。

「ああ」

「とにかく、少し控えようと思って」

「今日からか？」とスパイクが訊いた。

「いいえ、二、三日前からよ」

「二、三日前になにがあったんだ？」

わたしはダイエット・コークをひと口飲んだ。「そんなこと、あなたに関係ないでしょ」

スパイクはジャック・ダニエルをひと口飲んで、しばらくグラスを見つめていた。

「向こうの警察署長とは仲よくやってるのか？」

「そこまで心配してもらわなくても結構よ」

「あの署長はアルコール依存症だったそうだぞ」

「それは事実だけど、いまはそんなに飲んでないわ」

「あんたもそうだよな」

ロージーはスパイクを見つめている。スパイクがいつもドッグビスケットをくれるのを覚えているのだ。

「わたしはアルコール依存症だったわけじゃないわ」といい返した。「でも、一時期、いろいろあって……」

「いまはなにもないのか？」

「いまは……」

「なんだ？」

「ひょっとして、ストーン署長とのあいだにってこと？」

「ああ」

「いやな人ね」

「それはつまり、なにかあるってことだよな」

「どうしてわかったの？」

「ゲイは繊細なんだ」

「さっきスキンヘッドの男と話をしてたときはぜんぜん繊細な感じがしなかったけど」

「別の一面も持ち合わせてるんだ」

「もしあの男が仕返しに来たらどうするの？」

「殺す」

一瞬、沈黙が流れた。スパイクが本気でそういったのは、わたしも彼もわかっていた。

「いまのは聞かなかったことにするわ」

すでに店はほぼ満席になっていた。常連客はロージーに気づいて、なかには手を振る者もいた。常連以外の客のなかには、ロージーが椅子の上に座っているのを見るなり、にっこり笑って連れをつつく者もいれば、不愉快そうな顔をする者もいた。けれども、誰も文句はいわなかった。スパイクに文句をいうにはそれなりの覚悟が必要だ。

「署長とはもう寝たのか？」とスパイクが訊いた。

「あなたってほんとうに繊細ね」

「で、よかったのか？」

「ええ」

「それをダイエット・コークで祝ってるんだな」

わたしはスパイクにほほ笑みかけた。「おかげで、もう精神安定剤はいらなくなったみたい」

「精神安定剤？」

「お酒のことよ。わかってるでしょ」

スパイクは手のひらをこっちに向けて片手を差し出した。わたしはそれをパチンと叩いた。

「おれはリッチーが好きだ」

「わたしもよ」

「けど、前に進んだほうがいいんだよな」

「一歩ずつ」

「ああ、一歩ずつ」

42

夕方、ジェッシイがアイアン・ホースのシャンパンを持ってアパートに来た。わたしはシャンパンをアイスバケットに入れて、アパートのなかを案内した。ただし、案内するといってもそれほど広くはないので、天窓の下に置いたイーゼルの上にのっている描きかけの絵を見せた。

「パーク通りの地下鉄の入口だな」とジェッシイがいった。

「ええ」

「いい絵になるような気がするよ」

「絵が好きなの？」

「いや、おれはきみが好きなんだ」

わたしは小さく頷いた。

「けっこう趣味がいいのね」

ロージーは、部屋のなかをうろうろしているわたしたちをベッドの上から眺めている。

ジェッシイがアパートに入ってきたときは尻尾《しっぽ》を振ったが、気持ちよさそうにごろんと横向きに寝ころんでいたので、わざわざ起きてきて挨拶しようとはしなかった。アパートのなかの案内が終わると、わたしはシャンパングラスふたつと、チーズと果物とフランスパンを窓辺の小さなテーブルに運んだ。シャンパンはジェッシイが栓を開けてグラスに注いでくれたので、ふたりでテーブルについた。チーズとフランスパンはジェッシイより魅力的だったらしく、ロージーはベッドからおりてわたしたちのそばへ来た。

「なにか食べさせてもいいか？」とジェッシイが訊いた。

「ええ、ぶどうなら」

ジェッシイはぶどうを房からひと粒取ると、手のひらにのせて差し出した。ロージーは嬉しそうにぱくっと口に入れ、何度か噛んでから飲み込んだ。

「普通の犬はぶどうなんか食べないのに」とジェッシイがいった。

「ロージーは普通の犬じゃないから」

「なるほど」

わたしたちは軽くグラスを触れ合わせてシャンパンを飲んだ。

「これは仕事？　それともデート？」

「クロンジェイガーがあれこれ調べて、連絡をくれたんだ」とジェッシイがいった。

「じゃあ、仕事ね」

「だが、きみにも会いたかった」

わたしは、頷きながらチーズを小さく切って食べた。

「じゃあ、両方？」

「きみもおれに会いたかっただろう？」

もう一度頷いた。

「じつをいうと、ほんとうはあなたをじっくり観察して、あなたがこのあいだの晩のことを後悔していないかどうか、早まったと悔やんでないかどうか、確かめようと思ってたの。もちろん、そんなそぶりは見せずに。でも、面倒くさいわ。ねえ、あのとき限りってことにしたほうがいい？　それとも、膝の上に飛び乗ってもいい？」

「選択肢はほかにもあるのか？」

「ええ、もちろん。ちょっと単純化しすぎたみたいね」

ジェッシイはロージーにぶどうをもうひと粒食べさせた。ロージーは嬉しそうだった。

「このあいだきみがうちに来たときに、別れた妻の写真を裏向けただろ？　あんなふうに簡単に片づくことならいいんだが」

胃が縮まるような思いがした。

「ジェンだったわね」

「ああ」

「あなたの心のなかにはまだ彼女がいるのね」

「ああ。だが、きみもいる」

わたしはまた頷いた。

「わたしの心のなかにも、まだ別れた夫がいるんだと思うわ」

今度はジェッシイが頷いた。できることなら、彼にも胃が縮まるような思いを味わってほしかった。

「このあいだはああいうことになったものの、きみもおれも、慎重にならなきゃいけないと思っていたはずだ」

「いまでもそう思ってるわ」

「しかし、もう止めることはできない」

「じゃあ、慎重に進めるしかないわね」

ジェッシイがにっこり笑った。「きょうは脚を剃ったのか？」

「ええ。でも……」

「でも？」

「慎重にってことなら、会うたびにベッドに潜り込むのはよくないような気がするの」

「たしかに」とジェッシイがつぶやいた。

「がっかりだわ」

「がっかり?」

「ええ。そんなことはないといってくれるのを期待してたのに」

「おれもそういいたいんだが」

「あなたとセックスするのは楽しいの。だから、またしたいわ」

「ああ」

「でも、心の痛みを癒すためにファックしてるわけじゃないってことを、おたがいに確かめる必要があると思うのよね」

「ファックはたんに欲望を満たすためにするものだ」とジェッシイがいった。「おれたちはそうじゃなかった」

「わかってるわ。でも、それを確認する必要があるの」

「ああ」

「だから、今夜はよしましょう」

ジェッシイが頷いた。

「どうなるか、見てみたいの」とわたしがいった。

「わかった」

「あなたを失いたくないのよ」

「心配しなくても大丈夫だ」

「あなたもわたしを失うことにはならないはずよ」

「いずれにせよ、セックスせずにひと晩過ごすという試練を乗り越えられなければ、おれたちに未来はないってことだよな」

「乗り越えられたら未来はあるわ」

「ああ」

「だから、今夜は犯罪捜査のプロどうしとして事件の話をしましょう」

「いいだろう」

わたしもジェッシイも、またシャンパンを飲んだ。ちらっとロージーを見たが、わたしたちの話にはまったく興味がなさそうだった。

「せっかく脚を剃ったのに、無駄になってしまったな」とジェッシイがいった。

「今度剃るときに楽だから、いいわ」と、わたしは精いっぱい強がった。

43

なんだか急に疲れを感じた。ジェッシイは無口になった。彼がどんなふうに思っているのかはわからなかったが、わたしは大仕事をやり終えたあとのような気分だった。しかし、強い感情に揺さぶられていると、心にもないことをいってしまう場合がある。もしかすると、わたしたちは楽しい夜を台無しにしただけなのかも……

「クロンジェイガー警部の話はどんな内容だったの？」とジェッシイに訊いた。

「向こうへ行ったときにソル・エルナンデスに会っただろう？」

「ええ。ジェラード・バスガルに会いに行ったときについてきてくれたわ」

「ソルが今回の事件に」——ジェッシイがにやりとした——「あるいはきみに興味を持って、詳しく調べたらしい」

「彼が関心を持ってるのはわたしにだと思うわ」

「たぶんそうだろう。調べはじめたのはきみが向こうへ行ってからだと、クロンジェイガーがいってたからな。おれが電話をかけて頼んだからじゃないようだ」

「ソルはとっても情熱的な感じがしたわ」

「ああ」

「それって、長所でもあるのと同時に短所でもあるのよね」

「まあな」

「のめり込みすぎると厄介なことになるから」

ジェッシイが笑みを浮かべた。

「さあ、事件の話に戻ろう。ソルがジェラード・バスガルに強い関心を持っているのは、おれたちにとってじつに好都合だ」

「ええ」

「もうそれほど積極的には動いてないとクロンジェイガーはいってたが、捜査が打ち切られたわけではないので、ソルは担当者と話をしていろんな情報を集めてくれたんだ。その情報が役に立つかどうかはまだわからないが」

「情熱のほかに忍耐力もあれば、たいていうまくいくのよね」

「同時にふたつの話をしているように思えるのはなぜだ？」

「それは、あなたが豊富な経験と鋭い勘を持った警察官だからよ」

「しかも、署長だからな。それはさておき、ソルはじつに多くの情報を集めたんだ。ただし、バスガルの出身高校の名前とかエリンが診《み》てもらっていた婦人科医の名前とか、さしあたって関係のない情報も含まれていた。だが、バスガルが面倒を見ている売春婦がしょっぴかれたときやバスガル自身がしょっぴかれたときに世話になってる法律事務所の名前がわかったんだ」

「まさか、アーロウ・ディレイニーのところじゃないでしょうね」

「違う。ジェイコブソン&ファインだ。バスガルを担当してたのは、刑事事件が専門のペリー・クレイマーという弁護士らしい」

「それで?」

「情熱的なソルはさらに踏み込んで、ジェイコブソン&ファインの過去五年間の雇用記録を調べたんだ。その結果、アーロウ・ディレイニーがグレッグ・ニュートンと一緒に投資仲介業をはじめる前に、ジェイコブソン&ファインで芸能人のクライアントを担当してたことがわかったんだよ」

「頭がこんがらがってきたわ」

わたしは、青い線の入った黄色いレポート用紙とボールペンを取ってきてふたたび座った。

「ジェラード・バスガルはエリンとミスティーのポン引きだったわけでしょ」そういいながら、レポート用紙に三人の名前を書いた。「バスガルの弁護士はかつてアーロウ・ディレイニーと同じ法律事務所で働いていて、アーロウ・ディレイニーはムーン・モナハンのいとこなのよね。で、アーロウ・ディレイニーはバディー・ボーレンが映画をつくる際にムーン・モナハンを紹介し、その映画の主人公はエリンで、バスガルはエリンのポン引きで……」

「ちゃんとつながったじゃないか」とジェッシイがいった。

「そうね。でも、ミスティーを殺したのは誰だかわかる?」

「いや、まだわからない」

わたしはレポート用紙に書いた名前と、それぞれの名前を結ぶ小さな矢印を見つめた。

「たぶん、なにかあるはずだわ。偶然にしてはできすぎてるもの」

「たしかに」とジェッシイが相槌を打った。「しかし、ミスティーを殺した犯人がそのなかにいると思うか?」

「とにかく動機を考えてみましょうよ。ボーレンはモナハンからお金を騙《だま》し取ったわけでしょ。一方、モナハンは高利貸しで、借りたお金を返さない人がいたら、まわりの人を殺して震え上がらせるという方法で回収してるのよね」

「しかし、エリンを殺したところでモナハンにはなんの得にもならないはずだ」とジェッシイがいった。「バディー・ボーレンから金を回収したければエリンに稼がせるしかないんだから」

「でも、モナハンはボストンにいるし」

「ボーレンもこっちにいるじゃないか」

「もしボーレンだとしたら、動機は？」

「それはわからないが、だからといって、やつに動機がないってことにはならない」

「バスガルはエリンを愛してるといってるのよ」

「だったら、なぜミスティーを殺すんだ？」

「わからないわ。ミスティーが殺されたときにバスガルはボストンにいなかったってことが証明できれば、彼じゃないのがはっきりするんだけど」

「それはヒーリイがやってるよ」とジェッシイがいった。「うちの署より州警察のほうが人手があるから、飛行機の乗客名簿やクレジットカードの使用記録を調べてもらってるんだ」

「もちろん、わたしたちがその存在を知らず、名前を聞いたこともない人物が犯人だという可能性もあるんだけど」

「しかし、あれだけ警備が厳重なんだから、誰にも気づかれずにあそこに入り込むのはむずかしいはずだ」

「でも、不可能じゃないわ」

「ああ。しかし、そんな仮説を立てたところであまり意味がないんじゃないか？」

「そうね。で、ソルはほかになにを調べてくれたの？」

「クロンジェイガーの話じゃ、ソルはいま重大な殺人事件の捜査にあたっているらしい。有名人が何人か殺されて、連続殺人事件の可能性もあるので、ミスティーの件はあとまわしになってるようだ」

「じゃあ、わたしがもう一度向こうへ行ったほうがよさそうね」

「なんなら、おれも一緒に行く」

「あくまでも捜査のためでしょ？」

「もちろんだとも」

「セックスのことを考えなければどれだけ仕事に打ち込めるか、試してみるのもいいかもしれないわ」

「セックスのことを考えない人間なんているか？」

わたしは笑みを浮かべてシャンパンを飲みほした。

「わたしのまわりにはいないわ」

44

ローガン空港は灰色の雲に覆われて、冷たい海風が吹いていた。アメリカン・エアラインの七五七便の昼食はまずく、映画は退屈で、わたしもジェッシイもお酒は一滴も飲まなかった。ロサンゼルス国際空港に着くと、ハーツレンタカーでフォードのトーラスを借りて四〇五号線を北上し、ウィルシャー大通りを西に向かった。ロサンゼルスは潮と花の香りに満ちていて、気温は摂氏二十三度。風はなかった。

午後一時十一分には、サンタモニカのウィルシャー大通りと四番街の角に建つ、壁にクリーム色の漆喰《しっくい》を塗った妙なデザインのビルの前に車をとめた。ジェイコブソン＆フアインのオフィスはそのビルのなかにあった。

「ロサンゼルスに戻るのはこれがはじめて？」とジェッシイに訊いた。

ジェッシイが頷いた。

「この空気の感触とこの香りは最高だ。ほかの土地とはまるっきり違う」

「そう思えるのはいいことなのかも」

そのビルは二階建てで、ロビーには優雅な細工をほどこした錬鉄製のエレベーターがあった。

「おれはこの街が好きだったんだ」とジェッシイがいった。

「でも、いやになったから出ていったんでしょ」

「ああ。でも、それはこの街のせいじゃない」

ジェイコブソン&ファインの受付に座っていたブロンド美人は、縞模様で両端が吊り上がったフレームの眼鏡をかけていた。

「ストーンとランドルだ」とジェッシイが名乗った。「ペリー・クレイマーに会いたい」

受付嬢はヘッドセットのマイクでクレイマーに知らせた。

「たいしたことじゃないけど、アルファベット順ならストーンよりランドルのほうが先よ」と、わたしはジェッシイに指摘した。

「すまない。うっかりしてたんだ」とジェッシイが謝った。

受付の奥のドアが開いて男性が出てきた。「ペリー・クレイマーです」

ペリー・クレイマーは背が高くて痩せていて、縮れた髪は真っ黒で、手入れの行き届いた短い顎ひげを生やしていた。最近はほとんど見かけなくなった角縁の眼鏡をかけて、花模様のシャツと白いダックパンツに革のサンダルをはいている。

「なかへどうぞ」

クレイマーのオフィスは狭かったが、窓からウィルシャー大通りが見えた。カエデ材の仕事机は会議用のテーブルほど大きくて、壁には、女性と十代の少女三人が一緒に写った写真が額に入れて飾ってある。

「ランドルとストーンです」と、今度はわたしが名乗った。

クレイマーは机の上のメモに目をやった。

「サニー・ランドルですね」

「はい」

「で、あなたがジェッシイ・ストーン」

ジェッシイが頷いた。

「ペリー・クレイマーです。アーロウ・ディレイニーのことでいらっしゃったんですね」

「ええ、まあ」と、わたしがいった。「ついでにジェラード・バスガルのことも伺《うかが》いたいんですが」

「なるほど」

「まずはディレイニーの話からしましょう」と、ジェッシイが水を向けた。「彼はここで働いていたそうですが」

「ええ。デーブ・ファインが芸能関係者の依頼を専門に扱う部門をつくりたがっていたので。ジェイコブソンは二十年前に他界してるんです。デーブがどこでディレイニーを見つけてきたのかは知りませんが、年俸が安い割りにはよく働いてました」

「褒《ほ》めてるようには聞こえないんですけど」と、わたしがいった。

「ディレイニーは職業倫理なんてくその役にも立たないと思っている男だったので」とクレイマーが弁解した。「すみません、汚い言葉を使って」

「気にしないでください、平気ですから。この街で芸能関係者を相手にするのなら、職業倫理なんてくその役にも立たないと思っている男のほうがいいんじゃないですか？」

「ファインは変わり者なんです」

「あなたはどうなんですか？」と訊いてみた。

ペリーが笑みを浮かべた。「私も変わり者かもしれない」

「あなたは刑事事件が専門なんですね」と、ジェッシイが確かめた。

「だから、サンタモニカのこんな狭いオフィスにいるんです」

「ずいぶん歯がゆい思いをなさってるんでしょうね」と、わたしはクレイマーに同情した。

クレイマーは悲しげに頷いた。

「とにかく、ディレイニーはクライアントを何人か引き連れてうちの事務所へ移ってきたんです。有名人はひとりもいなかったが、積極的に自分を売り込んで、そのうち名の知れたクライアントを獲得するようになって。といっても、ジョージ・クルーニーやジュリア・ロバーツのような大スターじゃありません。ゲームショーのホストやテレビドラマの出演者です。でも、クライアントを増やして事務所を儲けさせたので、ファインは満足していたようです」

「じゃあ、つぎはジェラード・バスガルのことを教えてください」とジェッシイがいった。

「彼のどんなことを？」

「どんなことなら教えてもらえるんですか？」

「教えられるのは、以前はうちのクライアントだったということだけです。守秘義務がありますから」

「わかってます」と、ジェッシイが理解を示した。「バスガルはディレイニーのことを知ってたんですか？」

クレイマーはしばらく考え込んだが、それぐらいは教えてもかまわないと思ったようだった。「ええ。私がふたりを引き合わせたんです」

「なんのために？」と、わたしが訊いた。

クレイマーはまたしばらく考えて、今度はかぶりを振った。

「弁護士がクライアントのことをぺらぺらしゃべるわけにいかないのはわかってます」と、わたしがいった。「バスガルがポン引きだというのはわたしたちも知ってるんです。彼や彼のところの売春婦が逮捕されたときは、あなたが弁護を引き受けていたことも。誰であれ、可能な限り最高の弁護士に援助を求める権利がありますからね」

クレイマーが苦笑した。

「最高の弁護士かどうかはともかく、彼らを担当するのはいつも私でした。彼らのことをどう呼ぼうとあなたの自由だが、ジェラード・バスガルや彼の雇っていた女性たちが逮捕されたときに何度か弁護をしたのは事実です」

「ずいぶん上品な表現ですね」と、わたしは皮肉をいった。「じつは、ジェラード・バスガルに雇われていたことのある女性がボストンの近郊で殺されたんです。アーロウ・ディレイニーがなんらかの形で関わっているようなので、ディレイニーとバスガルのつながりがはっきりすれば真相が解明できるような気がするんです。バスガルはいまでもあなたのクライアントなんですか？」

「いいえ。私は彼が雇っていた女性をほとんど知ってるんですが、殺されたのは誰ですか？」

「イーディス・ボヴェリーニです」

クレイマーは一瞬凍りついた。

「なんということだ」

「覚えてらっしゃるんですね」

「ミスティーというのが、彼女の、その、源氏名だったんです」

「彼女の姉のことも覚えてます？」

「ええ。姉のエセルはエリンと名乗ってました」

「エリンはいまなんと名乗ってるか、ご存じですか？」

「いいえ」

「エリン・フリントです」

クレイマーはしばらく黙り込んだあとでいった。「《女戦士》の？」

「そうです」

「これは驚いたな」

「彼女の映画を見たことはないんですか？」

「ええ、一度も。で、ミスティーはどんなふうにして殺されたんですか？」

「何者かに首を折られたんです」と教えた。

「故意に？」

「われわれはそう思ってます」とジェッシイがいった。

クレイマーはまた黙り込んだ。

「ミスティーはいい娘だったのに」

「ディレイニーも殺されたんですよ」と、わたしがいった。

「それは新聞に載ったので知ってます」とクレイマーがいった。「映画の製作にたずさわりたいといってここを辞めたあとでした」

「で、ディレイニーは成功したんですか？」

「ニュートンと組んでいろんな映画に投資していたようですが、成功するというところまでは行ってなかったと思います」

「ミスティーのことのほうがショックなようですね」

クレイマーが頷いた。

「ほんとうにいい娘だったので」

「わたしたちは、ミスティーの死とディレイニーの死になんらかのつながりがあるんじゃないかと見てるんです」と打ち明けた。「それで、バスガルの関与を疑ってるんですが、バスガルはディレイニーを知っていたとおっしゃいましたよね」

「ええ」

「詳しく話してください」

クレイマーは考えながら頷いた。

そして、やや間をおいて、「私が引き合わせたんです」と繰り返した。

わたしはその続きを待った。ジェッシイも口をはさまなかった。ジェッシイと何度か会っているうちにわかったのだが、彼はあまり口数が多くない。物静かなのも、好きなところのひとつだ。

「必要ならふたりの関係を詳しく話しますが、とりあえずバスガルの話をしたほうがわかりやすいと思うので」

クレイマーはそういってジェッシイを見た。ジェッシイは頷いてわたしを見た。わたしも頷いた。

「バスガルはおかしな男でね。ポン引きなんだが、凶暴な一面を持ち合わせていて、おそらく人を殺したこともあるはずです。なのに、どのポン引きより女たちを大事にしてたんです。たぶん彼女たちを殴ったことはないだろうし、彼女たちの取り分はきちんと払っていたようです。それに、彼女たちが危険な目にあわないように気を配ってもいました。心配なときは、なにかあったらすぐに駆けつけられるようにしていたようです。暴力沙汰を起こしたときは私が片をつけてたんですが、女に危害を加えた客を痛めつけたというのがほとんどでした。ただし、それはバスガルがひとりでなにもかもやっていた初期のころの話です。いまではずいぶん出世して、そういうことは人にやらせているようなので、女たちがどういう扱いをされているのかはよくわからないんですが」

「やつはいいポン引きだったんだ」とジェッシイがいった。

「いや、そうじゃない。バスガルは残忍で傲慢な男です。ただ、女たちを大事にしていただけで」

「ほかのポン引きは大事になんかしませんよね」と、わたしがいった。

「普通は女たちを虫けら扱いしてますからね。でも、バスガルはそうじゃなかったようです」

「それは全員に対してですか？　それとも、ボヴェリーニ姉妹に対してだけだったんですか？」

「全員に対してです。そういうポン引きはめったにいないので、印象に残ってるんです」

「で、バスガルとディレイニーを引き合わせた理由は？」とジェッシイが訊いた。

「バスガルがエリンとミスティーを映画に出したがっていたからです」

「普通の映画に？」

「ええ、ポルノではなく普通の映画に。で、誰か知らないかと訊かれて」

「うまい具合にあなたはディレイニーと知り合いだったわけだ」と、ジェッシイが話を引き継いだ。

「ええ。ディレイニーはすでにここを辞めてニュートンと会社を設立していたので」

「あなたはどう思ったんですか？」

「無理だと思いました。でも、バスガルは、ふたりとも抜群にルックスがいいからうまくいくというので、たしかにふたりとも――とくにエリンは――ルックスがいいものの、抜群にというほどではないといってやりました。それに、ここにはきれいな女がごまんといると。美人コンテストの優勝者がスターになるのを夢見てわんさとやって来るんですから」

「でも、ふたりは特別だと思い込んでたんですね、バスガルは」と、わたしがいった。

「ええ。だから、映画に出すより高級ホテルのスイートルームで酒に酔った金持ちの相手をさせるほうが儲かると教えてやったんです。私にもそれぐらいのことはわかります」

「たぶん、あなたのほうが正しかったのかもしれませんね。エリンが映画に出てもバスガルにはなんの儲けにもならなかったはずだし」

「エリンはバスガルのもとを去ったんですか？」

「ええ」

「で、ミスティーは殺されたんですね。彼女はどうだったんですか？」

「映画に出たかどうかってことですか？　ミスティーはたぶん出てないと思います」

「かわいそうに」

「とにかく、バスガルとディレイニーは知り合いだったんですね」と、ジェッシイが先をせかした。

「ええ」

「ディレイニーの身内は？」と、わたしが訊いた。

「ドリーンという妻がいました」

「住所は？」

「ちょっと待ってください」

クレイマーはローロデックスを持っておらず、その点は好感が持てた。代わりに机の真ん中の引き出しからアドレスブックを取り出して、ぱらぱらとページをめくった。

「引っ越してなければシャーマン・オークスに住んでるはずです」

クレイマーは黄色いメモ用紙に住所を書いてジェッシイに渡した。

「ほかになにか教えてもらえることはありますか？」と、わたしが訊いた。

「バスガルのことで？」

「ええ」

「ちょっとした見解の相違が生じて、彼は弁護士を変えたんです」

「なにに関する見解の相違だったんですか？」

「嘘ばかりつくので、ほんとうのことを話してくれなければきちんとした弁護ができないといってやったんです」

「どうせきちんとした弁護なんてできっこないんだからクビだとかなんとか、喚《わめ》いてました」クレイマーはちらっと笑みを浮かべた。「彼と話をしたのはそれが最後です」

「で、彼はなんと？」

「バスガルとのあいだに見解の相違が生じた問題のなかに、なにか今回の事件の捜査に役に立ちそうなことはありますか？」

　クレイマーはゆっくりとかぶりを振った。

「いいえ。もしあるとすれば……バスガルのいったことはすべて、ほんとうかどうかきちんと裏を取ったほうがいいってことでしょうね」

「彼が映画界に首を突っ込もうとしていたのもわかるような気がするわ」と、わたしは思わずつぶやいた。

45

アーロウ・ディレイニーの妻のドリーンは、ベンチュラ大通りの北を走るウッドマン街に建つ、真四角でお世辞にも優雅とはいいがたい白い煉瓦造りのアパートの狭い一室に住んでいた。彼女はわたしたちが訪ねていってもにこりともしなかったが、ほんとうは嬉しかったはずだ。繰《く》り言《ごと》を聞いてくれる相手ができたのだから。

わたしたちはハリウッド・フリーウェイが見える質素な居間に通された。シェリーをすすめられたが、断わると、ドリーンはひとりで飲んだ。

「アーロウがいなくなってから……」ドリーンは声を詰まらせてかぶりを振った。「日に日に寂しさがつのるんです」

「つらいのはよくわかります」と、ジェッシイがやさしく言葉をかけた。

ドリーンは頷いて膝に視線を落とした。

「つらいわ」そういいながらシェリーをすすった。「とってもつらいわ」

ドリーンは色白で、痩せていて、派手な化粧をしていた。髪はブロンドに染めて短くカットしているが、あまり似合っていない。黄色い花模様をちりばめた青いブラウスを着て、だぶだぶの白いスラックスをはき、ブラウスの裾はウエストで結んでいる。スリッパには青い毛皮がついていた。

「ご主人が亡くなったときの話はもう何度もなさったでしょうが、もう一度してもらえませんか？」とジェッシイが頼んだ。「なにか、あらたな手がかりがつかめるかもしれないので」

「あなたたちはどこの警察の人？」とドリーンが訊いた。「電話でなんとおっしゃったのか、忘れちゃって」

ドリーンがすでに何杯かシェリーを飲んでいるのは明らかだった。

「私はジェッシイ・ストーンという者で、マサチューセッツ州パラダイスの警察署長です。彼女はサニー・ランドルです」

「あなたもマサチューセッツからいらしたの？」

「ええ、そうです」と答えた。

ドリーンは用心深く頷いた。誰もわたしが警察官だとはいっていない。だが、警察官ではないともいっていない。ドリーンのグラスはもう空になった。

「ほんとうにシェリーをお飲みにならないの？」とドリーンが訊いた。

「ええ、けっこうです」と、もう一度断わった。

ジェッシイもかぶりを振った。

「シェリーは体にいいのよ」とドリーンがいった。「気分が落ち着くし、血行もよくなるし」

彼女はまたグラスにシェリーを注いだ。

「ご主人とミスタ・ニュートンが誰に殺されたか、心当たりはないんですか？」と訊いてみた。

「心当たり？　心当たりですって？　いまだにそのことばかり考えてるのよ。アーロウが死んで五年になるけど、なぜ殺されなきゃならなかったのかってことばかり」

ジェッシイが頷いた。「それはさぞかしつらいでしょうね。で、誰がご主人を殺したか、ご存じなんですか？」

「もちろん知ってるわ。最初からわかってたわ」

ジェッシイもわたしも静かに待った。ドリーンはまたシェリーを飲んで目を伏せた。

「で、誰なんですか？」しばらく待って、ジェッシイが訊いた。

「あのあばずれよ」

「名前は？」ジェッシイはふたたび穏やかな声で訊いた。

「いまはエリン・フリントと名乗ってるわ」

「女優のエリン・フリントのことですね」と、わたしが確かめた。

「そういういい方もできるわ。要するに、寝てたってことよ」

「ご主人と付き合ってたってことですか？」と、わたしが訊いた。

「あの女は昔、アーロウをたぶらかしてたの。映画スターになる前に」

しかし、ドリーンはそのうち酔っぱらってまともに話ができなくなるはずだ。

ドリーンはシェリーを飲んだ。ジェッシイの声にも態度にも焦《あせ》りは感じられなかった。

「ご主人とエリン・フリントの関係を話してください」とジェッシイがいった。

目から涙があふれそうになっていたが、ドリーンは泣かなかった。

「わたしだって、こんなつらい思いをせずにすんだのに」

ドリーンの目が涙で潤んだ。

生きていたはずだし……」

「でも、あの女が殺したのよ。あんな女と関わり合いさえしなければ、アーロウはまだ
グラスが空になったので、ドリーンはまた注ぎたした。

「実際に引き金を引いたのはあの女じゃないのかもしれないわ」

「彼女はなぜご主人を殺したんですか？」とジェッシイが訊いた。

「あの女はイタリア系で、もとの名字はボヴェリーニなの」

「でも、エリン・フリントって名前なんでしょ？」と、ジェッシイも念を押した。

「女優じゃなくて売春婦よ」

った。

「あなたはそれをご存じだったんですか？」

ドリーンはシェリーを飲んで頷いて、グラスを見つめた。リキュール用の小さなカットグラスだ。こんなにがぶがぶ飲むのなら最初からビアグラスに注げばいいのに、と思った。

「わたしは膣乾燥症なの」

ジェッシイもわたしも頷いた。ジェッシイはまったく表情を変えなかった。

「だから、セックスをするのが苦痛で。昔からそうだったの」

それだけいえば充分だと思ったのか、ドリーンはまたグラスを見つめた。

「それで、ご主人はその、よそで解消なさってたんですね」と、わたしがいった。

ドリーンが頷いた。「アーロウを責めるつもりはないわ」そういって、わたしを見た。

「男ってそういうものでしょ」

しかたなく、わかったような顔をして頷いた。ドリーンはまたシェリーを飲んだ。

「もともとそんなに好きじゃなかったのよ、わたし」とドリーンはいった。「だから、さっぱりわからないのよね、そんなに大騒ぎするほどのことなのかどうか」

「セックスがですか？」

「ええ。楽しいと思ったことなんて一度もないわ」

わたしはそっと頷いた。ジェッシイは無表情のままだった。

「ご主人はどうやって彼女と知り合ったんですか?」と、わたしが訊いた。

「エリン・フリントと? 勤めていた法律事務所があの女のポン引きの代理人を引き受けてたのよ。ポン引きや売春婦の代理人を引き受けるなんて、弁護士も堕《お》ちたものよね」

「じゃあ、ご主人は彼女の面倒を見ていたポン引きのこともご存じだったんですね」

「ええ、たぶん」

「そのポン引きの名前は聞いてらっしゃいませんか?」

「ジェラードなんとかって名前だったわ」

「ご主人はその男の話をなさってました?」

「ええ、トラブルに巻き込まれてからだけど」

「どんなトラブルだったのか、教えてもらえますか」と、ジェッシイがうながした。

わたしもジェッシイも、質問のしかたには細心の注意を払っていた。ドリーンは誘導に引っかかりやすいタイプのようだし、わたしたちを喜ばせようとして——あるいは同情を誘おうとして——嘘をつく恐れもあるからだ。

「あの女は女優になりたがってたのよ」とドリーンがいった。

「エリン・フリントのことですよね」と、もう一度確認した。

ドリーンは頷いてまたシェリーを注いだ。まだ酔ってはいないようだった。たぶん、夫が死んでから酒が強くなったのだろう。いや、もしかすると彼女はつねに酔っぱらっていて、わたしたちが来たときもすでにそうとう飲んでいたのかもしれない。飲まずにはいられないのかもしれない。

「ええ、あの売女のことよ。あの売女はアーロウのコネで映画に出してもらおうと思ってたようなんだけど、アーロウはそんなに簡単にはいかないといったらしいの。そうしたら、ポン引きがしゃしゃり出てきてアーロウを脅したの」

「どんなふうに脅したんですか？」と、わたしが訊いた。

「知らないわ。でも、アーロウは怯えてるみたいだった」

「それで？」

「それだけしか知らないの。アーロウも話したくなかったみたいで。だって、あの売女と関係を持ってたし……だから、脅されても当然よね」

「じゃあ、あなたはご主人とミスタ・ニュートンを殺したのはバスガルだと思ってるんですか？」とジェッシイが訊いた。

「わからないわ。でも、あの売女のせいだってことはたしかよ」

「どうしてそう思うんですか？」と、ジェッシイがふたたび訊いた。

「わたしも女だからよ」とドリーンはいった。「妻だってひとりの女でしょ。女にはほかの女のことがわかるのよ」

ジェッシイは相変わらず無表情のままわたしを見た。

「たしかに」と、わたしは相槌を打った。「で、ロサンゼルスの警察にはいまの話をしたんですか？」

「するわけないでしょ」

「でも、わたしたちには話してくださったんですね」

「あなたが女だからよ」

「以前に来たのは男性の刑事だったんですか？」

「ええ、サーンチェスとかいう刑事だったわ」ドリーンはわざと〝サーン〟と引き伸ばした。「もうひとりはムニョース刑事よ。ヒスパニックの男の刑事に膣乾燥症の話ができると思う？」

わたしはちらっとジェッシイを見た。

「一緒に来てよかったわ」

46

「彼女は潤滑ゼリーってものがあるのを知らなかったんだろうか」ビヴァリー・グレン大通りを引き返す車のなかで、ジェッシイがわたしに訊いた。

「知ってたってたいして変わりはなかったと思うわ」と、わたしはいった。

「セックスが好きじゃないようだからな」

「ディレイニーはエリンと知り合う前から浮気をしてたような気がするのよね。ドリーンの話を聞いたあなたの感想は？」

「おれたちの推理と矛盾しないということだけだ」

「彼女、酔っぱらってたわね」

「酔っぱらってても、ちっとも楽しそうじゃなかった」

「あなたは彼女が男嫌いだから怒ってるのね」

「かもしれない」

ビヴァリー・グレン大通りを下り、左折してサンセット大通りに入った。ビヴァリーヒルズのなかでもこのあたりはとりわけ地価が高く、東のロデオ・ドライブに近づくにつれてさらに高くなる。

「迷路のなかに入り込んでしまったみたいだわ」と、わたしがいった。「誰かに会って話を聞くと手がかりは増えるものの、依然として先は見えないから」

ジェッシイが頷いた。ロデオ・ドライブに曲がったときにはすでに陽が沈んで、街は夜を迎えようとしていた。しだいにあたりが暗くなっていくなかで、ビヴァリーヒルズの豪邸には煌々《こうこう》と明かりがともっている。わたしは助手席に座っている魅力的な男性とともに高級ホテルをめざしていた。ジェッシイのコンドミニアムを訪ねて以来、愛は交わしていなかった。ジェッシイは仕事上のパートナーとしての節度をわきまえつつ、まるで友人どうしのように打ち解けた態度を見せていた。すでに肉体関係を持っていたものの——といっても、一度だけだが——彼とのあいだにはすでに友情も芽生えていた。しかし、たとえ節度をわきまえていても、友人のように振る舞っていても、わたしたちのあいだに官能的な緊張感がみなぎっていたのはたしかで、口にこそしなかったが、それはたがいに気づいていた。そして、それを無視するわけにはいかないこともわかっていた。

サンタモニカ大通りを突っ切ってリトル・サンタモニカ通りに入り、高級ショッピング街を抜けてビヴァリー・ウィルシャー・ホテルに着いた。ふたりとも必要経費が出るのだ。

「パラダイスの警官が出張するときはいつもこんな高級ホテルに泊まるの?」

「おれは署長だから」とジェッシイがいった。

「必要経費は誰が承認するの?」

「署長だ」

車はホテルの駐車係に預けて、ロビーに入った。

「なにか飲むか?」とジェッシイが訊いた。

「シェリー以外なら」

バーに直行して、小さなテーブルについた。ふたりのあいだの官能的な緊張感はさらに高まった。ジェッシイはスコッチのソーダ割りのダブルを、わたしはコスモポリタンを注文して、グラスを触れ合わせた。バーの席は三分の二ほど埋まっていた。みな容姿も身なりもよくて、静かに酒を飲んでいる。わたしは昔からなんでも静かなほうが好きだ。

「つぎはきみの馴染みのポン引きだな」とジェッシイがいった。

「わたしの馴染み?」

「きみは一度会ってるじゃないか。おれはまだ会ってない」

「なるほど。じゃあ、わたしの馴染みのポン引きのところへ行きましょう。でも、喜んですべてを話してくれるとは思えないわ。警察に協力しようなんて気はこれっぽっちもないみたいだから」

「クロンジェイガーはおれをクビにしたことを悔やんでるんだ」とジェッシイがいった。

「だから、おれたちにある程度の権限を委ねてくれるはずだ」

「すごいわ。むずかしい言葉を知ってるのね」

ジェッシイが頷いた。

「ときどき、自分で自分に感心することがあるんだ」

しばらくは、ほかの客を眺めながら静かに酒を飲んだ。黙っていても気詰まりではなかった。しかし、例の緊張感はまたほんの少し高まった。ふたりともお代わりを注文した。ちらっと腕時計を見ると、六時二十分だった。

「今日の仕事はもう終了ね」

「ああ」

「だから、相棒と一緒にお酒を飲んでるのよね」

「ああ」

「じつは、前々から行きたいと思っていたブティックがあるんだけど」

「ブティック？」

「こっちにはもう五、六回来てるのに、まだ一度も行ったことがなくて」

「ブティックに?」

「今日は九時まで開いてるの」

「とつぜん普通の女性に変身したのか?」

「このあいだも変身したわ」

ジェッシイが笑みを浮かべた。

「それは覚えてるよ。なんという店だ?」

「〈ジェレ・ジリアン〉」

「ビヴァリーヒルズにあるのか?」

「すぐそこよ」

「で、おれにも一緒に行けと?」

「ええ」

ジェッシイの笑みが満面に広がった。

「本気か?」

「本気よ」

47

ジェッシイとロデオ・ドライブを歩いていると、なんだか妙な感覚にとらわれた。いや、一緒に歩いているのがジェッシイでなくても同じだったはずだ。ロデオ・ドライブ自体にも一種独特の雰囲気が漂っていたが、それは、映画界とファッション界が交わり合った必然的な結果にほかならない。

「すごいところだな」とジェッシイがいった。

「ええ。素敵でしょ?」

「信じられないよ」

通りには、凝りに凝ったショーウィンドーをのぞくカップルが大勢いた。ほとんどはアジアから来た観光客だ。わたしは妙な感覚にとらわれた理由にようやく気づいた。自分たちもカップルのようだと思ったからだ。そっとジェッシイを見た。もしかするとジェッシイもそう思っていたのかもしれないが、表情にはなんの変化もなかった。しかし、だからといってたいした意味はない。彼は感情を顔にあらわさないからだ。とにかく、わたしは彼が感情をあらわにするのを一度も見たことがない。

ジェレ・ジリアンの店はガラスとステンレスで出来ていて、内装は白で統一されていた。ショーウィンドーにはジェレとおぼしきじつに魅力的な女性の大きな写真が飾ってあって、店内にはひどく小さなサイズのドレスが吊るしてあった。体にぴたりとフィットしたセンスのいい服を着てとてつもなくヒールの高い靴をはいた店員があちこちに立っているが、みんな、わたしの服装を見て必死で笑いをこらえている。ほかの客は、店員を従えてしずしずと店内を歩きまわりながら服を選んでいた。

「売春宿みたいだ」とジェッシイが囁いた。

「ただし、超高級な」と付けたした。

なかに入っていくと、入口のそばにいた店員が近寄ってきた。客の相手をしていないほかの店員はそれぞれの持ち場に突っ立ったままジェッシイにほほ笑みかけて、あちこちにある鏡に映った自分の姿をこっそりチェックしている。近寄ってきた店員は、琥珀《こはく》色の長い髪を顔の片側に垂らして片方の目を隠している。昔の映画女優に似ていると思ったが、女優の名前は思い出せなかった。

「なにかお探しですか？」

すべてはそこからはじまった。ジェッシイは、脚の短い座り心地の悪そうな白い椅子に静かに腰掛けてわたしを見た。リッチーと別れて以来、男性と一緒に服を買いにくるのはこれがはじめてだった。気がつくと、わたしはドレスを何着か手に取って見比べていた。それはいつもしていることだが、店の雰囲気はいつもと違う。ジェッシイと同じように退屈そうな顔をして座り心地の悪そうな椅子に腰掛けている男性は、ほかにもふたりいた。ロデオ・ドライブでの買い物は気を使う。

店員の名前はアンバーだった。アンバーとは琥珀色という意味だ。

「あら、とても素敵ですよ……ほら、よくご覧になって……そのドレスにぴったりな靴もあるんです……もしもし、どうお思いになります？……彼女、素敵でしょ？」

「ああ、すばらしい」とジェッシイがいった。

結局、さんざん迷った末に三着選んで試着することにした。わたしが迷っているあいだ、ジェッシイは座り心地の悪そうな椅子におとなしく座って、店員にたずねられれば、「ああ、すばらしい」と繰り返した。しかたなく買い物に付き合ってくれたのだとは思うが、彼はなぜかほんのりと顔を赤らめていた。ホテルのバーで飲んだのは二杯だけなので、酔っているわけではない。

試着室は狭く、扉と床のあいだに隙間があるので、着替えている客の足が見えるようになっていた。けれども、床にはふかふかの絨毯が敷いてあって、壁は三面とも鏡張りで、隅には小さなベンチが置いてある。やはり〈ジェレ・ジリアン〉は高級店だ。店員はドレスを三着フックに掛けて、試着室を出た。

「近くにいますので、お手伝いが必要なときは声をかけてください」と店員はいった。

三着のうちの一着は最初からあまり気乗りがせず、試着した瞬間に似合わないとわかった。が、残りの二着はどちらも甲乙つけがたく、それぞれ二度ずつ試着したあとで、とうとう店員を呼んだ。店員がすぐに扉を開けたので、まずは却下したドレスを渡した。

「これはやめておくわ」

「そのほうがいいかもしれません」と店員はいった。「これはお客さま向きではありませんから。そちらのほうがはるかによくお似合いです」

「じゃあ、それは戻して。それから、彼にここへ来るようにいってほしいんだけど」

「承知しました。文句もいわずに待ってらっしゃるなんて、いい方ですね」

「ええ、いい人なの」

店員が呼びに行ってくれたので、わたしはドレスを着たまま試着室の入口でジェッシイを待った。ジェッシイが来ると、ハイヒールをはいたらどんな感じになるか見てみるために踵《かかと》を上げた。

「ブラの紐は見えてないことにしてね。どう思う？」

「すばらしい」と、ジェッシイが繰り返した。

「お願い。ほんとうのことをいって。自分では決められないの」

「よく似合ってるよ」

くるりと背を向けた。

「うしろはどう？」

「前もうしろもきれいだ」

ジェッシイには裸も見せたし、セックスもした。なのに、試着したドレスが似合うかどうかたずねることのほうがエロティックな気がして、恥ずかしくなった。

「ヒップのあたりが少し窮屈すぎない？」

「いいや」

目が合った瞬間、ジェッシイもエロティックだと思っているのがわかった。

「じゃあ、外で待ってて。もう一着のほうも着てみるから」

扉を閉めて、髪の毛が乱れないように気をつけながらドレスを頭の上まで引き上げた。いきなり扉が開いたので、ドレスを脱いで振り向くと、ジェッシイが立っていた。

「わたし、こんな格好をしてるのよ」

「趣が違ってなかなかいい」とジェッシイはいった。

「カリフォルニア向きの格好かもね」と切り返した。「ねえ、なぜ入ってきたの？」

「またセックスしようと思って」

試着室は狭いので、ジェッシイはすぐそばに立っている。

「ここで？」と訊いた。

「ああ」

「〈ジェレ・ジリアン〉で？」

「ああ」

「〈ジェレ・ジリアン〉の試着室で？」

「ああ」

ジェッシイがわたしの背中に両手をまわした。

「鏡の前に立ったまま？」

ジェッシイはさっと試着室を見まわした。

「ここがいちばんよさそうだ」

「店員がすぐそこにいるのよ」

「そのほうがスリルがあっていい。おまけに、三方が鏡というのもおあつらえ向きだ」

「じゃあ、やらない手はないわね」

「ああ」

「でも、静かにやらないと」

わたしがそういってくすっと笑うと、ジェッシイがキスをしてきた。キスを返して抱き合い、下着は彼に脱ぐのを手伝ってもらって、いよいよはじめた。ふたりとも体は柔らかいし、筋力もあるので、立ったままでも大丈夫だった。三方の鏡にはこれまで見たことのないサニー・ランドルが映っていて、いささか戸惑いを覚えたが、なかなか面白い経験だった。

「お手伝いしましょうか？」と、試着室の外から店員が声をかけた。

わたしはぴたりと体の動きを止めた。

「いいえ、けっこうよ」ふだんどおりの声で返事をした。

「大きすぎませんか？　ワンサイズ小さいのもあるんですが」

「大きすぎるってことはないわ。これじゃ、少し小さいぐらい」

「それはあんまりだ！」と、ジェッシイが耳元で囁いた。

「ワンサイズ大きいのもあるんですよ」と店員がいった。

全身を密着させていたので、ジェッシイが静かに笑っているのがわかった。わたしも声を立てずに笑った。ドレスが売れるのを期待して店員が扉の向こうで待っているというのに、わたしは立ったまま鏡に背中を押しつけて腰を動かし、ほかの誰とも分かち合ったことのない親密感を味わいながら、ジェッシイとともに声を殺して笑った。

48

もう一着は試着せず、少し贅沢《ぜいたく》だとは思ったものの、結局、試着したほうのドレスを買った。クレジットカードで支払いをしているあいだ、顔が赤くなっていないかどうか気になってしかたがなかった。ジェッシイも、感づかれていないかどうか気にしていたはずだが、そんなそぶりは微塵も見せずに入口のドアの枠にもたれかかって待っていた。店員はにこやかな笑みを浮かべ、紫色の字で〈Jere Jillian〉と書いてある銀色のガーメントバッグにドレスを入れてくれた。

「ありがとうございました。素敵な夜をお過ごしください」

ジェッシイが入口から、「もちろんだとも」といった。

店を出てショーウィンドーからなかをのぞくと、先ほどの店員が同僚ふたりと話をしているのが見えた。もしかして、笑っているのではないだろうか？　それも、わたしたちのことを。いや、思い過ごしだろうか？

「ポルノ映画に出演したような気分だわ」ホテルに向かってロデオ・ドライブを歩きな

がら、ジェッシイにいった。

「けっこう面白かったな」とジェッシイはいった。

「けっこう？」

「警官は控え目な表現をするんだ。あんなに面白かったのは、おそらく生まれてはじめてだ」

「わたしもよ」

それからしばらくは黙って歩いた。

「あの店員、どう思ってたのかしら」と、ジェッシイに訊いてみた。

「それも面白かった要因のひとつだ。店員に感づかれてないかどうか、ひやひやだったよ」

「試着室の扉の下からわたしたちの足が見えたはずよ」

「扉の下をのぞけばな」

「わたしのショーツも見えたかも」

「片方の足はショーツに突っ込んだままだったな」

「そんなのが見えたら、怪しいと思うわよね」

「たぶん、あの店には二度と行けないだろう」

「どうせお金がないからかまわないわ」

「共通の趣味を持つのも悪くないと思うんだが」

「公共の場所でセックスするのを共通の趣味にするわけ？」

「たんなる思いつきだ」

「趣味としてしょっちゅうやってたら、新鮮味がなくなるわ」

「それはいえてる」

信号が青になるのを待ってウィルシャー大通りを渡り、ホテルに戻った。

「夕食はどうする？」とジェッシイが訊いた。

「一緒にルームサービスを取りたいんだけど」

「どっちの部屋で？」

「あなたの部屋のほうが散らかってないと思うけど」

「そのとおりだ」

ふたりだけでエレベーターに乗り込んだ。

「〈ジェレ・ジリアン〉で、その、つまり、戯れて、わたしはなにがいちばんよかったと思ってるかわかる？　とてもリラックスした気分でできたことなの。激しい欲情に駆られてってわけじゃなかったでしょ？」

「しかし、冷めてるわけでもなかった」とジェッシイがいった。

「ええ。でも、とにかく楽しかったわ。本来、セックスは楽しいものなのよ。たまには、それだけのためにセックスをしてもいいと思うの」

「ただ楽しむために？」

「ええ」

エレベーターが止まってドアが開いたので、降りた。

「きみは生粋《きっすい》のボストンっ子だろ？」ジェッシイはそういいながら廊下を歩きだした。

ジェッシイが部屋のドアを開けたので、一緒になかに入った。思ったとおり、彼の部屋はわたしの部屋とは比べものにならないほどきれいに片づいていた。

「いまの話、ハーバード大学の出身者にはしないほうがいいかもしれないわ」

49

クロンジェイガー警部もジェラード・バスガルの家へ行くことになって、運転手とともに黒くて大きなフォードのクラウン・ビクトリアで迎えにきてくれた。クロンジェイガー警部は助手席に座り、ジェッシイとわたしはうしろの席に座って、話をするときは警部がうしろを向いた。

「おまえと一緒に行きたかったんだ」とクロンジェイガー警部がいった。「それに、たまには外回りの仕事もしないと」

「あんたが留守にしてもエレインがちゃんと指揮をとってくれるよ」と、ジェッシイが軽口をたたいた。

クロンジェイガー警部はにやりとした。

「おれが留守にしてないときもだ」

運転手が笑った。感じのいい大柄な黒人の男で、きれいに手入れした口ひげを生やしている。

「上司を嘲笑うのはやめろ、クライド」

「警部も笑ってるじゃないですか。警部が笑ったから、おれも笑ったんです」と、運転手のクライドはいった。

クライドは大きな家の前に車をとめると、降りて助手席のドアを開け、すばやく反対側のうしろの席にまわって、わたしのためにドアを押さえていてくれた。

「おれも一緒に行きましょうか？」とクライドが訊いた。

「いや、いい」とクロンジェイガー警部がいった。「ここで待ってろ。ただし、おれの叫び声が聞こえたら助けに来るんだぞ」

「わかりました」クライドはそういって大きな体を車にもたせかけた。

このあいだの太った男がこのあいだとよく似た花模様のシャツを着て玄関のドアを開け、このあいだと同様にわたしたちをにらみつけた。

「あんたの顔は覚えてるよ、お姉さん」と、その太った男がいった。「あとのふたりは誰だ？」

「警察だ」クロンジェイガー警部はそういいながらバッジを見せた。

「くそいまいましい警察のくそいまいましい警部か」と、太った男が毒づいた。

今回もこのあいだと同じアトリウムに通された。クロンジェイガー警部は隅のほうの椅子に座った。全身白ずくめのその日のバスガルは、清潔で、かつ洗練された雰囲気を漂わせていた。

「クロンジェイガーだ」と警部が自己紹介した。「サニーのことは知ってるよな。こっちはジェッシイ・ストーン」

バスガルは頷いただけで、なにもいわなかった。

「マサチューセッツ州パラダイス署の署長をしている」とジェッシイが付け加えた。

「そりゃよかったな」とバスガルがいい返した。

「ミスティー・タイラーの話を聞かせてくれ」

「なんだって？」

「ミスティー・タイラーを殺したときの話を聞かせてくれ」とジェッシイが繰り返した。

「おまえがやったのはわかってるんだ」

「なぜわかるんだ？」とバスガルが訊いた。

「誰もがおまえの名前を口にするからだ」

バスガルがにやりとした。

「おれは有名なんだよ」

「おまえがボストンに来ていなかったかどうか、いま調べている最中だ。もし事件の前にボストンに来てたのなら、すぐにわかる」

「マサチューセッツのパラダイスには何人お巡りがいる？」

「交通安全指導員を入れて十五人だ」

「じゃあ、調べるのに時間がかかるんじゃないか？　交通違反の切符を切ったりマリファナを吸ってるガキどもを捕まえたりするので忙しいだろうし」

「州警察にも協力を要請した」

バスガルが頷いた。

「それはそれは」

クロンジェイガー警部は黙ってジェッシイを見つめていた。ジェッシイが完全に立ち直ったかどうか、見極めようとしているのだろう。わたしはジェッシイが——少なくとも、彼の体の一部は——完全に立ち直っていると教えてやりたくなって、ひそかに笑みを浮かべた。

「おれたちの推理はこうだ」とジェッシイが続けた。「ポン引きが自分のところの売春婦に惚れるなどというのは信じがたいが、おまえは惚れた。しかし、エリンは高級コールガールになっただけでは満足しなかった。そこで、おまえは彼女の夢を叶えてやろうとして、ペリー・クレイマーに頼んだ。クレイマーは、当時すでに映画への投資の仲介業を営んでいたアーロウ・ディレイニーにおまえを紹介した。ディレイニーは、大金持ちで映画の世界に憧れを抱いていたいとこのムーン・モナハンに投資話を持ちかけた。そして、ディレイニーかおまえか、あるいはふたりで一緒にかもしれないが、とにかく、ムーン・モナハンの金を土産《みやげ》につけてエリンをバディー・ボーレンに売り込んだんだ」

わたしは黙っていた。ジェッシイがひとりでしゃべり、クロンジェイガー警部も静かに聞いていた。

「もしかすると、エリン自身も積極的に自分を売り込んだのかもしれない」とジェッシイが補足した。

バスガルはなにもいわずに、ジェッシイを見て考え込んでいた。

が、ようやく口を開いた。「エリンは全員と寝たんだ。エリンだけでなく、ミスティーも」

「全員というと?」

「アーロウ・ディレイニー、バディー・ボーレン、ムーン・モナハン。バディーとはいまでも寝てるよ」

わたしは黙っていることができなくなった。

「エリンはムーン・モナハンとも寝たの?」

「ああ、エリンもミスティーも。ふたり一緒にな。バディーともふたり一緒に」

ムーン・モナハンと寝る女性がいるとは、いまだに信じられなかった。

「ふたり一緒に?」とジェッシイが確かめた。「ムーン・モナハンとも、バディー・ボーレンとも?」

「ああ」とバスガルが答えた。

「映画をつくったあとも？」

「契約の一部だったんだ」

例の太った男はドアの脇の壁にもたれていた。そのすぐそばには、クロンジェイガー警部が脚を組んで座っている。警部はじっと自分の手の甲を見つめていた。

「どんな契約だったのか、詳しく話してくれ」とジェッシイがいった。

バスガルはドアのそばにいる太った男にちらっと目をやった。

「パッキー、散歩に行ってこい」

太った男は頷いて部屋を出ていった。

「バディーがアーロウのいとこの金で映画をつくって、それにエリンを出すという契約だったんだ」と、バスガルが話しはじめた。「ただし、ふたりともバディーと一緒に暮らしてバディーの相手をするという付帯条件がついてたんだよ」

「ふたりとも……？」

「ああ、エリンもミスティーも」

「いやだといったら？」とジェッシイが訊いた。

「映画には出られなくなる」

「エリンにはもうバディー・ボーレンの助けなんて必要ないんじゃないかしら」と、わたしがいった。

「そうかもしれないが、エリンはまだバディーの助けが必要だと思ってるんだ。それに、野球のこともあるし」

「彼女は本気でメジャー・リーガーになりたがってるのか？」とジェッシイが訊いた。

「エリンは有名になりたいんだよ。色気をふりまくだけの女優じゃ満足できなくて、ジャッキー・ロビンソンの女性版をめざしてるんだ」

ジェッシイがわたしを見たので、頷いた。

「ミスティーにはどんな利点があったんだ？」とジェッシイが訊いた。

「金だ。エリンはミスティーに金を渡してたんだ」

「ミスティーはそれで満足してたの？」と、わたしが訊いた。

「おれにはわからない」とバスガルがいった。

「エリンはレズビアンなの？」

バスガルは一瞬わたしを見つめた。

「あいつに女の客の相手をさせたことはない」

「売春婦のなかにレズビアンがいるのはあなたも知ってるでしょ」

「普通、体を売るのは金のためだ」とバスガルはいった。「けど、エリンとミスティーにとっては楽しみでもあったんだよ」

「自分の仕事を愛してたのね」

「ああ」

「ほんとうにそう思う？」

バスガルが笑みを浮かべた。醜い笑みだった。

「思うとも」

「ふたりとも？」

「ああ」

「エリンの近況にも詳しいようだな」と、ジェッシイが探りを入れた。

「音信不通ってわけじゃないんで」

「最近はいつ彼女に会った？」

バスガルは椅子の背にもたれた。アトリウムには明るい日射しが差し込んでいる。バスガルは椅子の腕に肘をつき、顎の下で両手を組んでうっすらと笑みを浮かべた。歯は真っ白で、歯並びもいい。高級理髪店に通っているのか、髪は洒落《しゃれ》たスタイルにカットしている。肌はなめらかで、陽に焼けていて、首は太い。手にはマニキュアをしている。白いシャツは糊《のり》がきいていたが、白いズボンは皺《しわ》が寄っていた。

「ミスティーが死ぬ前日だ」

クロンジェイガー警部が脚を組み替えた。それほど歳をとっていないので、彼も体は柔らかそうだ。ジェッシイはまったく無表情だった。表情を押し隠すのはジェッシイの特技のひとつだ。わたしはじっと座ったまま、無意識のうちに居住まいを正してほんの少し体をこわばらせた。

「どうせ、もうばれてるんだろうからな」とバスガルがいった。「行きも帰りもアメリカン・エアラインを使ったんだよ。もちろんファーストクラスだ。空港からはリムジンに乗った」

「どこに泊まった?」とジェッシイが訊いた。

「パラダイスじゃない。けど、あそこはのどかないい町だ。ウエスト・ロサンゼルスのスーパーマーケットより人が少ないし」

「どこに泊まった?」

部屋が静かなので、ジェッシイも大きい声は出さなかった。

「ボストンのフォーシーズンズだ」とバスガルが答えた。「そんなことを訊いてどうする?」

「知らないより知ってるほうがいいからな」とジェッシイはいった。「で、エリンに会いに行った目的は?」

「一緒に過ごすためだ」

「なぜ?」

「昔のよしみってやつだよ。それに、このあいだも話したが、おれはいまでも彼女を愛してるんだ。だから、ほぼ毎月会いに行くんだ」

「で、このあいだは向こうでなにをした？」

「いつものように一緒に過ごしたんだ」

「もっと詳しい話が聞きたい」

「それだけだ。リムジンでエリンを迎えにいって、ボストンに連れてきて、一晩、一緒に過ごしただけだ」

「ホテルで？」

「ああ」

「バディーはそれを知ってるのか？」

「知ってるわけないだろ？」

「で、おまえはこっちへ戻ってきたんだな」

「ああ。翌日、いつものように彼女を送り届けて、その翌日にロサンゼルスへ戻ったんだ。向こうを昼間に発《た》って三時ごろこっちに着く飛行機で」

「それはミスティーが殺されたつぎの日のことだな」

「ああ。そのときはまだ知らなかったんだが」

「でも、いまは知ってるわけだ」とジェッシイがいった。

ジェラードは手のひらを上に向けた。

「おれはなんの関係もない」

「リムジンはどこの会社のだ？」とジェッシイが訊いた。

「ケアリーだ」

「ミスティーを殺した犯人に心当たりは？」

「わかってるのは、おれじゃないってことだけだよ」

「それはこっちで調べる」

「もう調べたんだろ？」

「そう思ったから話したのか？」

「図星だ」とパスガルはいった。

50

ほかにはなにも聞き出せなかったが、わたしたちが聞き出す努力を怠ったせいではない。バスガルの家をあとにしたときには予定を二時間以上オーバーしていた。

「じゃあ、彼は向こうにいたのね」と、わたしがいった。

「やつだけじゃなく、ムーン・モナハンも、バディー・ボーレンも」とジェッシイがいった。

「それに、エリンも」と、わたしが付けたした。

車はカリフォルニア大学の横のヒルガード街を下りはじめた。助手席に座っているクロンジェイガー警部は、うっとりとキャンパスを――おそらく、ついでに女子学生を――眺めていた。

「この事件に関してはあんたらほど詳しくないし、もちろん、おれは警察署長でもない」クロンジェイガー警部はキャンパスから目をそらさずにいった。「だが、さっきのあいつの話だけじゃ逮捕できないような気がする」

「彼を逮捕する必要があるのなら」と、わたしがいった。

「その必要はないのか？」とクロンジェイガー警部が訊いた。

「彼はポン引きだし、いろいろ悪いこともしてるでしょうから、逮捕するべきだとは思うものの、殺人犯かどうかはまだ確信が持てずにいるんです」

「なぜだ？」とジェッシイが訊いた。

「彼に人を殺せるとは思えないので」と答えた。

「女性の勘か？」と、ジェッシイがふたたび訊いた。

「女性プラス元警官の勘かも。けっこう説得力があるでしょ」

「まあな」

「ただ、あなたもわかってるでしょうけど、なにかに気づいたからといって、それをきちんと証明できないことのほうが多いのよね。話をしたときの相手の表情や態度なんかがそうだわ。それに、声の感じや目の動きも」

ジェッシイが頷いた。

「証明できなくても犯人の見当がつくことはよくあるだろう？　きみは誰だと思う？」

「それはまだなんとも。ただし、ひとつはっきりしてることがあるの」

「エリンのことか？」とジェッシイが訊いた。

クロンジェイガー警部はわたしの前に座っていたので、頷くのが見えた。が、ジェッシイはそれを見ていなかった。

「そう、エリンのことよ。彼女はバスガルがボストンに来たのを知ってたのに、わたしたちに話さなかったのよね」

「ほかにもなにかおれたちに隠していることがあるんだろうか？」

「帰ったら、もう一度話をしてみるわ。一対一で」

「女性は連帯意識が強いからな」とジェッシイがいった。

「彼女がジャッキー・ロビンソンの女性版になりたがっていたというのはほんとうなのか？」とクロンジェイガー警部が訊いた。

「ええ、ほんとうだと思います」と答えた。

「彼女のプレーは見たのか、ジェッシイ？」

「打つのは見た」とジェッシイがいった。

「彼女、メジャー・リーグでプレーできると思う？」と、わたしがジェッシイに訊いた。

「できるとも。バディー・ボーレンのチームだからな。ボーレンが彼女を入れろといえば、入れざるをえないだろう」

「それで？」

「彼女は恥をかくはずだ。バットの振りが遅いので、ばかなピッチャーが遅い球を投げたら別だが、そうでなければ毎回三振だ」

「じゃあ、女性が男性と一緒に野球をするのは無理だということが証明されるわけね」

「それはわからない」とジェッシイはいった。「ほかに誰かいるかもしれないからな。でも、エリンは無理だ」

「一緒に練習している大学生でも彼女から三振を取れるかしら」

「取れるとも。タフト大はあのあたりの大学にしては珍しくスポーツに力を入れていて、野球部は三年前に大学選手権に出場してるんだ。とはいってもピッチャーのコントロールはいまいちだろうし、どんな変化球が投げられるのかもわからない。それに、速球がどのぐらい速いのかも。しかし、このあいだ見たピッチャーなら大丈夫だ」

「彼ならあなたからも三振が取れる？」

「いまなら取れる」

「現役時代なら？」

「そうしょっちゅうは取れなかっただろうな」

全員が黙り込んだ。車はふたたび坂をのぼってセルビー街に入り、左折してウィルシャー大通りに出た。

「なにか名案はあるのか？」しばらくたってから、ジェッシイがわたしに訊いた。

「いま、考えてたところなの」

「彼女にメジャー・リーグでプレーするのは無理だと悟らせたいんだろ？」

「ええ、まあ」

「守らなきゃならないものは少ないほうがいい」

「彼女を楽にしてやってから話をしたほうがいいと思うの」

ジェッシイがわたしにほほ笑みかけた。

「きみはすごいよ」

わたしは肩をすぼめた。

「もしそうなら、彼女にもそれを教えてあげないと」

高層マンションの建ち並ぶ通りを抜けると、カントリークラブが見えてきた。カントリークラブの向こうにはセンチュリー・シティーの高層ビルがそびえている。

「覚えてるよな」とクロンジェイガー警部がいった。「おれも、そっちの事件と関係がありそうな未解決の殺人事件をふたつかかえてるんだぞ」

「忘れないようにしておくよ」とジェッシイがいった。

車はまた坂をのぼってビヴァリー・グレン大通りへ向かいはじめた。通りはひっそりとしていて、目についたのは、道端に臙脂《えんじ》色の古びたピックアップ・トラックをとめてこぢんまりとした前庭で芝生の手入れをしているヒスパニックの庭師ふたりの姿だけだった。

「ジェンとはよろしくやってるのか?」と、クロンジェイガー警部がジェッシイに訊いた。

「ジェンはよろしくやってるが、おれとではない」とジェッシイが答えた。

クロンジェイガー警部は、はじめてロサンゼルスへ来た人間のように助手席の窓から外を見つめたまま頷いた。

「おまえを追いかけて東部へ行ったと聞いたんだが」

「ああ」

「おまえの健康状態はどうなんだ？」

「酔っぱらうことは少なくなった」

「なるほど。サニーの前でこんな話をしてもかまわないんだな」

「かまわない」

「ジェンとはもう終わったのか？」

わたしはまた体をこわばらせた。

「だと思う」とジェッシイがいった。

「でも、いまは素面《しらふ》なんだな」

「ああ、完全に」

「それはよかった。おまえは優秀な警官だったし、いいやつだったからな。クビにするのはつらかったよ」

車は、ウィルシャー大通りとサンタモニカ大通りの角にあるビヴァリー・ヒルトンの前を通りすぎた。

「ほかに選択肢はなかったんだから」とジェッシイがいった。

「ああ、たしかに」と、クロンジェイガー警部も認めた。

51

パラダイスは真冬の寒さで、ロサンゼルスから戻ったばかりの体にはこたえた。タフト大学の体育館も、なんとなく薄暗い感じがした。エリンはバッティング・ケージのなかにいて、マウンドには、彼女のバットに球が当たったのをはじめて見たときに打撃投手をつとめていた体格のいい選手が立っていた。今回は、プロテクターをつけたキャッチャーがホームベースのうしろにしゃがんでいる。これまで置いてあったネットフェンスはない。コーチのロイ・リンデンはケージにもたれかかっていた。

「今日は試合のつもりでやってくれ」と、リンデンがエリンに声をかけた。「おれがケージのうしろでボールかストライクか判定する。本番さながらにというわけにはいかないかもしれないが、雰囲気はつかめるだろう。ピッチャーは三振を取りにくるから、とにかくバットに当てるんだ。ライナーならヒットになる。ゴロやフライはアウトだ。ホームランを狙う必要はないんだぞ」

エリンが頷いた。その日の彼女は、シャツもショーツもヘッドバンドもブルーでまとめて、スパイクをはいていた。リンデンはエリンのうしろに立った。ただし、球が当たらないように、バッティング・ケージの外側に。

「実戦方式の練習をしたほうがいいと、ミスタ・リンデンにアドバイスしたの？」と、わたしがジェッシイに訊いた。

「ああ。喜んでたよ。エリンには手を焼いているらしい」

リンデンがピッチャーを指さした。

「プレーボール」リンデンの顔にはうっすらと笑みが浮かんでいた。

「ミスタ・リンデンはピッチャーにも指示を与えたのかしら」

「ピッチャーは三振を取りにくるだろうな。変化球を投げる必要はない、ストレートで事足りる、とリンデンがいったはずだから」

「ミスタ・リンデンもあなたと同様にエリンには打てないと思ってるの？」

「ああ」

ピッチャーが球を投げたが、エリンはバットを振らず、球はバシッという音を立ててキャッチャー・ミットに収まった。エリンは振り向いてリンデンを見た。

「いまのはストライクだ、エリン」とリンデンがいった。

エリンは向き直ってふたたび構えた。そして素振りをした。

「さっきの球、彼女には無理ね」と、わたしがジェッシイにいった。

「ああ」

「誰だって打てないかも」

「打てるとも。スピードはあったが、まっすぐだ。変化はしてない」

つぎの球も速かった。エリンはバットを振ったが、当たらなかった。

「あなたなら打てた？　現役時代ならってことだけど」

「もちろん」

「でも、名打者ってわけじゃなかったんでしょ」

「ああ。なんとか試合に出してもらえる程度の打率だったからな。それでも、守りと肩でカバーしてたんだ」

球はまた大きな音を立ててキャッチャー・ミットに収まった。エリンのバットと球との距離はかなりある。

「リリースポイントをつかむんだ」と、リンデンがエリンにアドバイスした。「球がピッチャーの手から離れる瞬間を見極めるんだ」

エリンは頷くと、ピッチャーを見つめたままバットを構えてほんの少し腰を落とした。ピッチャーがかすかな笑みを浮かべたような気がしたが、離れているのでよくわからなかった。ピッチャーがつぎの球を投げてエリンがバットを振ったが、今度も当たらなかった。

「球の回転が見えないの」と、エリンがリンデンに訴えた。「彼が投げてるのはストレートだ」

「回転は気にしなくていい」とリンデンがいった。

ピッチャーはまた球を投げ、エリンはまた空振りした。なんだか見ているのがつらくなってきた。これはかなりひどい。

「あのピッチャーはメジャー・リーグじゃ通用しないんでしょ？」

「彼が投げたら、バリー・ボンズやマニー・ラミレスなら八割は打つはずだ。自分で給料を払ってでもメジャー・リーグにとどめておこうとするだろうな」

つぎも空振りだった。

「ひどいわね」と、わたしがジェッシイにいった。

「プロとは過酷なものだ」とジェッシイはいった。「どんなスポーツでも同じだよ。じつにはっきりしている。力のある者は生き残れるが、力のない者は生き残れない」

「スポーツだけに限らないわ」

「ああ、芸の世界もそうだ。バレエや歌やなんかも。バディー・ボーレンのような人物があらわれて、あれこれと世話を焼いたりこっそり近道を教えてくれたりしたら実力以上のところまで行けることもあるかもしれない。だが、それで終わりだ。ものごとにはすべて独自のルールがあるんだから」

つぎもまた空振りだった。

「恋愛もそうよね」と、わたしがいった。

「恋愛にはルールがないというじゃないか」

「こっちがどんなに愛してても、相手にその気がなければ無理やり振り向かせるわけにはいかないでしょ」

「愛してほしいと頼まれたって愛せるものじゃないからな」

「ええ」

「共通の関心事があればいいかもしれないが」

「たとえば、職業が同じだとか？」

ジェッシイがにやりとした。

「そうだな」

また空振りをしたエリンは、ついにバットを放り投げて泣きだした。体育館にいた者はみな凍りついたように見えた。ピッチャーとキャッチャーは微動だにしない。

「たいへんなことになったわね」と、わたしはジェッシイに囁いた。

「打てないの」と、エリンが涙声で呻《うめ》いた。「打てないの。打てないの。どうしても打てないの」

リンデンの声は小さかったが、体育館のなかが静かだったのではっきり聞き取れた。

「ああ、きみには無理なんだよ、エリン」

52

ドクター・シルヴァマンは黒いセーターと黒いスーツを着て、細いシルバーのネックレスをつけていた。控え目ではあるが化粧もしていて、まばゆいばかりに美しかった。わたしが話しはじめると、彼女はわたしを見つめた。ひとことも聞きもらさず、わたしの手の動きや座り方の微妙な変化も見のがすまいとしているようだった。

「ロデオ・ドライブにあるブティックの試着室で、片足をショーツに突っ込んだままで」と、わたしがいった。

ドクター・シルヴァマンはそっと頷いた。

「自分でも信じられなくて」

ドクター・シルヴァマンはふたたび頷いた。わたしは、自分がなにをいおうとしているのかよくわかっていなかった。

「あなたにはそんな経験ありますす?」とドクター・シルヴァマンに訊いた。

言葉が口をついて出たとたんに、ばかげた質問だと気がついた。ドクター・シルヴァマンはにっこり笑った。それがばかげた質問だということも、わたしがそれに気づいていることもお見通しなのだ。

「どうしてそんなことを訊くの？」

「わかってるんです。よくわかってるんです。いま話しているのはわたしのことで、あなたのことではないんですよね」

「じゃあ、どうして訊いたの？」

わたしは一瞬考えた。

「話をそらすためかもしれません。それをどんなふうに思っているのかとたずねられるのがわかってたので」

「じゃあ、話して」とドクター・シルヴァマンがうながした。

「うまくいえないんですけど、なんだか売春婦になったような気がするんです。だって、あれは愛を交わしたというんじゃなくて……たんにファックしただけなので」

「あなたのいうファックとはどういう意味？」

「自分が満足を得るために相手を利用するのがファックだと思います。愛しているからセックスをするというのとは違うんですよね」

「トニイ・ゴールトとのセックスもファックだったの？」

ドクター・シルヴァマンは記憶力がいい。

「ええ、たんに楽しいというだけでしたから」

ドクター・シルヴァマンが頷いた。

「トニイを愛しているわけじゃないので」

ドクター・シルヴァマンはもう一度頷いて、眉を上げた。それが、続きをうながすときの精神科医特有のジェスチャーだというのは知っていた。

「もしかすると、ジェッシイのことを愛しはじめているのかもしれません」

ドクター・シルヴァマンがまた頷いた。

「でも、怖いんです。もしまた同じようなことをするとしたら、つぎはどこでなんだろうと思うと。ハーバード・スクエアで真っ昼間にってことになるかもしれないでしょ？」

「セックスをするのが怖いの？」

「ええ……いいえ……違います。自分を見失うのが怖いんです。ジェッシイを愛しすぎて、彼にすべてを捧げてしまうのが」

「あなたは自分を見失うのを恐れていながら、大胆にも公共の場所でセックスしたのね」

　わたしは無言で頷いた。ドクター・シルヴァマンも頷いて、眉を上げた。いうべき言葉が見つからなかった。

「ひとつの行動をもとに自分の心理状態をいささか劇的に解釈してしまうというのは、よくあることよ」

ふたりとも、じっと椅子に座っていた。わたしはドクター・シルヴァマンの顔を観察した。正確な年齢はわからないが、わたしより年上なのは間違いない。

「じゃあ、誰かを愛したら自分を見失ってしまう可能性があるのを、わたしはこれまでの経験で知っていて……」

ドクター・シルヴァマンが小さく頷いた。先を続けろという合図だ。

「このあいだブティックの試着室でセックスをしたことによって、それと恐怖を結びつけてしまったんですね」

ドクター・シルヴァマンがまた頷いた。わたしは相変わらずじっと座っていた。そのうち、ようやく気がついた。パチンと電気をつけたかのように、とつぜんすべてがはっきりと見えた。

「わたしはこれまでずっと、愛している人とのセックスは愛情表現で、そうじゃないセックスはただのファックだと思ってたんです」

「そんなふうに考えてしまうと負担になるわ」とドクター・シルヴァマンがいった。

「ええ、たしかに」と、わたしは相槌を打った。「セックスをするたびにおたがいの愛情を確認し合わないといけないわけですから」

「不安でしょうがないでしょ」

「愛してないのなら別ですけど」

ドクター・シルヴァマンが頷いた。

「そのほうが気が楽ですよね」と、わたしがいった。

「セックスは愛していない人とするほうが気が楽だってこと？」

「ええ。いえ、どちらともいえません」

ドクター・シルヴァマンが眉を上げた。

「つまり、その、たんに好きだというだけの相手とのほうがいろんな意味で楽なんです。深刻に考えなくていいし、なにも確認し合う必要がなくて、ただ楽しめばいいんですから。でも、物足りなさを感じるのもたしかです。愛している人とのセックスは、楽しいだけじゃなくて……とても大事なことなんですよね」

「物事にはいい面も悪い面もあるから」と、ドクター・シルヴァマンはいった。

わたしはしばらく自分の息遣いに耳をすました。

「わたし自身がしっかりさえしていれば、快楽を求める気持ちと愛を区別して考えることができると思うんです。だって、愛情表現はセックスだけじゃないんですから。愛する人とはつねに愛を交わしてるんです。話をしているときも、一緒に食事をしているときも、笑うときも、散歩をするときも。それに、もちろんセックスをしているときも」

「あなたがあまりセックスを望まない場合は?」と、ドクター・シルヴァマンが訊いた。

「それでも愛は交わしてるんです」

ドクター・シルヴァマンがほほ笑んだ。

「魚だって餌に食いつかないときもあるものね」

よかった。わかってくれたんだ。急に力が湧いてきた。

「じゃあ、まったくセックスをしない場合は?」と、今度はわたしが訊いた。

ドクター・シルヴァマンはわたしにショックを与えたくなかったのか、ごく小さくかぶりを振った。

「セックスは愛の一部よ」

「あなたは愛を信じてるんですか?」と訊いてみた。

答えてもらえるとは思っていなかった。精神科医が患者に個人的な話をすることはない。〝どうしてそんなことを訊くの?〟と逆に訊き返すか、〝もちろん、人と人とが強い思いで結びつくことがあるのは事実で……〟とかなんとか、うまい具合に話をはぐらかすはずだと思っていた。

「ええ、信じてるわ」とドクター・シルヴァマンはいった。

53

フォーシーズンズ・ホテルのブリストル・ラウンジでエリン・フリントと昼食をとることになった。エリンはボディガードも付き人もバディー・ボーレンも連れずにひとりでラウンジにあらわれて、ほかの客の視線を一身に浴びながらわたしの座っている窓際のテーブルへ歩いてきた。間近で顔を見ると疲れがにじんでいるのは明らかで、少しこわばってもいるようだった。

わたしは立って握手をして、気がついたときには彼女を抱き寄せていた。彼女の体もこわばっていた。

「ボディガードはなし？」

「ええ。あれはバディーのボディガードだから」とエリンはいった。「バディーはわたしのためにボディガードをつけたようなことをいってるけど、ほんとうは自分のためなの。彼は怯えてるのよ」

「なにに？」

「知らないわ」

「元気？」

エリンはかぶりを振った。

「あなたも来てたのね、あのお巡りと一緒に」

「昨日？　ええ。つらかったでしょうね」

「男たちは楽しんでたはずよ」

「そんなことはないと思うわ」

「あなたはわたしほど男を知らないでしょ？」

「ええ、まあ」

ウエイトレスが来たので、エリンは白ワインを、わたしはアイスティーを注文した。

「それでもバディーはやらせたがってるの」とエリンがいった。「ジャッキー・ロビンソンの女性版にはなれなくても、エディー・ゲーデルにはなれるからって」

「エディー・ゲーデル？」

「かつてのセントルイス・ブラウンズにいた小人症の選手で、たった一度だけ打席に立ってフォアボールを選んだの。客寄せのためだったのよね」

わたしはなにもいわなかった。

「わたしはこれまで五本の映画に出て、どれもけっこう評判になったわ。《ピープル》

にも《エンターテインメント・ウィークリー》にも載ったし、コナン・オブライアンが司会をしてる《レイト・ナイト》にも出演したし……」

　ワインとアイスティーが運ばれてくると、エリンはさっそくワインを飲んだ。わたしはしばらくアイスティーに口をつけなかった。

「だから、わたしを客寄せのために利用しようとしてるってことよ」とエリンがいった。

「あなたはそれをどんなふうに思ってるの？」と訊いた。

「どこかへ雲隠れしたい気分だわ」

「この際、きっぱりやめたほうがいいかもしれないわ」

「彼は見抜いてたのよね。あのお巡りは」

「ストーン署長でしょ？　ええ。昔、野球をしてたそうよ」

「コーチのロイも見抜いてたのよ」

　わたしは黙って頷いた。

「これはバディーが考えたことなの」とエリンがいった。「わかるでしょ？　球団を買ったときにピンとひらめいたんだと思うわ。それで、わたしの専属コーチとしてロイ・リンデンを呼んで、かつてはソフトボールの選手だったとかいうでたらめな経歴をでっち上げたのよ」

「ソフトボールも野球もしたことがなかったの？」

「ええ、ロイに教えてもらうまでは」

「一度も？」

「一度も」

「驚いたわ。だって、長年プレーしてたように見えるから。それって、すごいことだと思わない？」

エリンはかぶりを振った。

「だめだというのは最初からわかってたの。女性には無理なのよ」

「ほとんどの人には無理なのよ。あなたのいまのレベルまで到達できる人はめったにいないわ。男性でも、女性でも」

「まあ、そうかもね」

エリンはワインのお代わりを注文した。

「ジェラード・バスガルの話をしたいんだけど」と、わたしが切り出した。

エリンは頷いた。彼女の気持ちは理解できた。逃げ出したいと思っているのだ。ひとりで、どこか遠くへ。ジェラードの話をしたければ勝手にすればいいといいたげな雰囲気だった。

「最初にお膳立てをしたのはジェラードだったんでしょ？」

エリンは上の空で頷いて、窓の外のボイルストン通りに目をやった。外はちらちらと雪が舞っていた。路面の雪はすぐに解けるが、道路の向こうのパブリック・ガーデンの芝生の上にはうっすらと積もりはじめている。

「あなたとミスティーがバディー・ボーレンとベッドをともにするというのも、契約の一部だったんでしょ？」

「〝ベッドをともにする〟というのは上品な表現ね」とエリンがいった。「バディーは姉妹とやるのが好きだったのよ」

「あなたはいやだったの？」

「いまでもいやだわ。おまけに、ひとりでやんなきゃならないし」

「バディーを愛してないの？」

愚かな質問だと思ったが、ほかにはたずねることが思い浮かばなかった。

「あの男は最低よ」

「でも、契約の一部だったんでしょ」

「そう」

「いやだというのはわかるわ」

エリンが頷いた。

「売春婦をしてると、いやな客の相手をしなきゃいけないことがしょっちゅうあるの。でも、慣れてくると、満足してる演技をしながら別のことを考えるという芸当ができるようになるのよ。わかる？　そうすれば、なんとも思わずにすむの」

「あなたはレズビアンじゃないの？」

「たぶん違うと思うわ。男性とは数えきれないほどやったけど、女性とはやったことがないし」

エリンはまたワインを飲んだ。わたしと目を合わせようとはせず、パブリック・ガーデンにひらひらと舞い落ちる雪を眺めている。

「楽しいと思ったことはある？」

なんの話をしているのか、自分でもよくわからなかった。エリンの話をしているのかどうかもわからなかった。

「ジェラードとやるのは楽しかったわ」とエリンがいった。

「ジェラードはポン引きだったんでしょ？」

エリンが頷いた。

「彼はミスティーとも関係を持ってたの？」

「ええ。でも、わたしとふたり同時にってわけじゃなかったわ」

バック・ベイの雪は激しくなってきた。けれども、大雪というほどではない。二、三時間でやんで、たぶんたいして積もりはしないはずだ。道路の雪はすぐに取り除かれるし、街が白一色できれいに見えるのも、積もった雪が解けだすまでだ。

「ジェラードはここにいたんでしょ」と確かめた。「ミスティーが殺されたときに、ボストンに」

エリンがようやくわたしを見た。

「えっ、そうなの？」

「知ってるはずよ。彼はあなたに会いに来たんだから」

エリンはふたたびわたしを見た。わたしは彼女がなにかいうのを待った。彼女は窓の外の雪に目をやってからわたしに視線を戻した。

「彼をトラブルに巻き込みたくなかったの」

54

パラダイスには雪が積もっていなかった。州の北部の沿岸地域は雨が降ったようだった。わたしは、ジェッシイと一緒にパラダイス署のがらんとした集会室にいた。奥の窓からは、駐車場と町の幹線道路課のガレージが見える。テーブルの上には、空になったコーヒーカップとサブマリン・サンドウィッチの食べ残しがのっている。壁には大きな黒板が掛けてあって、ジェッシイはそのそばに立っていた。わたしはテーブルの反対側の端に座っていた。

「エリンとバスガルの話は一致するわ」と、わたしがいった。

「なら、ふたりともほんとうのことを話しているか口裏合わせをしたかのどちらかだ」

「そうね」

ジェッシイは部屋の奥まで歩いてきて窓の外に目をやった。そしてふたたび黒板のそばに戻り、振り向いてわたしを見た。

「エリンはひとりで来たのよ」

「それなら、バスガルがこっちに来たときもひとりで会いに行って、その気になればやつと一緒に逃げることだってできたはずだ」

「ボディガードをつけてるのはボーレンのためなんですって。ボーレンはエリンのためにつけたようなことをいってるみたいだけど」

「じゃあ、ボーレンは誰かを恐れているわけだ」

「ムーン・モナハンと関わり合いを持ったら、誰だって身の危険を感じるはずよ」

「ボーレンの会社はロサンゼルスにあるらしいので、クロンジェイガーが財務犯罪専門の刑事に調べさせているようだ」

「ハリウッドではみんな作品ごとに資金集めの会社をつくるんですって」と、わたしが受け売りの知識を披露した。「トニイ・ゴールトが教えてくれたの」

「じゃあ、ボーレンもそのひとりかもしれないな。調べてるのはウォリアー・プロダクションズという名前の会社だ」

「その刑事がなにを探り出してくれるのかわからないけど、一応、わたしも推理してみたの」

「じゃあ、全身耳になるよ」とジェッシイがいった。

「それは困るわ」

ジェッシイがにやりとした。「赤面するじゃないか。とにかく話を聞こう」

「ムーン・モナハンはボーレンの映画に多額の投資をし、映画はヒットしたのに、ボーレンは利益が上がってないように見せかけたんだと思うの」

「それも、芸術的な手法でだ」とジェッシイがいった。「おれもかつてあの街にいたんだから、それぐらいは知っている」

「で、モナハンは投資したお金を回収したくていとこのアーロウ・ディレイニーをつつき、ディレイニーはボーレンに圧力をかけたんでしょうね。でも、充分に圧力をかけることはできなかった。だって、ボーレンは三千マイルも離れた東部の大きな屋敷で大勢のボディガードに囲まれて暮らしてるんだから。モナハンのほうが近くに住んでるのに、モナハンはボーレンに手出しをする気がなかったんだわ。少なくとも、すぐには。そもそも投資話を持ちかけたのはディレイニーなんだし、最初はディレイニーになんとかさせようと思ってたのよ。モナハンは、何千マイル離れていようと、何人ボディガードがいようと、気にしないはずよ。とにかくお金を回収したいんだから」

「モナハンがどんなふうに金を回収するかはおれたちも知っている」

「ええ。モナハンはボーレンを殺しはしないわ。殺せばお金が回収できなくなるもの。その代わり、ボーレンを震え上がらせるためにまわりの人間を殺すのよ」

「ついでに、不利な契約を結ばせた者たちに自分の怖さを思い知らせるために」

「もちろんそうよ」

「じゃあ、ロサンゼルスのふたりを殺したのもモナハンだと?」

「ええ」

「ミスティーを殺したのも?」

「さあ、それはどうかしら。あそこはあんなに警備が厳重なのよ。それに、こっそり忍び込んで首の骨を折るなんて、モナハンらしくないような気がするし」

「警備員を買収したのかもしれない。どんなに警備が厳重でも忍び込めるんだということをボーレンに知らせたかったのだろう」

「そうね」

「ほかに怪しいのは?」

「バスガルとボーレンとエリン」

「おれのリストと同じだ。数日中にクロンジェイガーがなにかいってくるだろう」

「数週間かかるかもしれないわ」

「ああ、ことによっては。だが、クロンジェイガーはさっさと問題を片づけるのが好きなんだ」

ジェッシイが無表情のままちらっとわたしを見た。

「ドアをロックするか?」

「高級ブティックでならオーケーよ。でも、署の集会室はダメ」

ジェッシイはにやりとした。

55

訪ねていったのは昼前だった。バディー・ボーレンは居間にいて、可愛いエプロンをつけたメイドに給仕をさせてワッフルを食べていた。ボーレン自身は臙脂《えんじ》色のシャツと白いベロアのスウェットパンツ、茶色い蛇革のローファーという格好だった。

「やあ、女探偵サニー・ランドル」とボーレンがいった。「なにかわかったのか？」

「ええ、まあ。でも、手がかりになるようなことはまだなにも」と、巧みにかわした。

「お食事中のようですが、かまいませんか？」

「かまわないとも。大歓迎だ。一緒にどうだ？　コーヒーは？　ジュースは？　ワッフルは？」

「いいえ、けっこうです」と断わった。

外はまだ雪が降っていたが、降るというより舞っているといったほうが近い。荒れているのか、海は青みがかった濃い灰色で、波が高い。

「なら、なにがわかってなにがわかってないのか教えてくれ」と、ボーレンがいった。

「質問を、という意味だ」

「まず、ひとつ質問があるんです」

「じゃあ、早くしろ」――ボーレンはそういって忍び笑いをもらした――「質問を、という意味だ」

「あなたが最初につくった《女戦士》の映画は儲かったんですか?」

「ああ、もちろん」とボーレンはいった。「あれはまさにドル箱映画だった」

「利益は上がったんですか?」

ワッフルにバターを塗っていたボーレンは、ナイフを持つ手を止めてわずかに眉をひそめた。

「なぜそんなことを訊く?」

「探偵ですから」と答えた。「知っておきたいんです」

「いいか、サニー・バニー。映画ビジネスはいろいろと複雑で、ひとことでは説明できないんだ。それに、もうずいぶん前の話だし、細かいことは忘れたよ。しかし、ぼろ儲けしたのはたしかだ。これでいいか?」

「ええ。で、最初の映画の資金は誰が出したんですか?」

バディーがナイフを置いた。

「サニー、よく聞いてくれ。おれはいろんな事業をしてるんだ。映画はそのひとつにすぎない。こんなに手広く事業を展開してたら、五年も前の細かいことなんかいちいち覚えてられないんだよ」

「ほんとうに覚えてないんですね」

「ああ。それに、もうひとついわせてくれ。あんたにはなんの関係もないことじゃないか」

「資金集めにはアーロウも協力したんですか?」

「アーロウ?」

「アーロウ・ディレイニーです。それに、グレッグ・ニュートンも」

「あんたはいったいなにをしてるんだ?」

「調査です」と答えた。

「おれを調べてどうする? あんたを雇ったのはおれだぞ」

「いいえ、わたしはエリンに雇われたんです」

「ああ。だが、金はおれが払ってる」

「それはあなたの勝手です。アーロウ・ディレイニーを知ってるんですか?」

ボーレンは黙ってワッフルを見つめた。

「ムーン・モナハンは?」と、続けて訊いた。

ボーレンは椅子の背にもたれかかった。なおもワッフルのくぼみを見つめている。

「あんたは、おれがそいつらを知ってると思ってるんだな」

「ええ、きちんと証明もできます」

ボーレンはまた黙り込んだ。

「いったいなにを証明できるんだ？」

「ジェラード・バスガルがアーロウ・ディレイニーを通じて資金を調達する段取りをつけたことも、資金を出したのはムーン・モナハンだということも、映画に出演するためにエリンとミスティーが定期的にあなたとセックスをしなければならなかったことも、たいていはあなたがふたりを同時に相手にしていたことも」

「証明したければすればいい」とボーレンがいった。

「べつに証明したいわけじゃないんです。なにかいいたいことがあったらいってください」

「いや、証明できるということは、誰かがあんたに話したわけだ。だから、そいつの話を信じるかおれの話を信じるかだ」

「話を聞かせてくれたのはひとりじゃないんです。ロサンゼルスの警察も調べてますし」

「おれを？」

「どこから手をつけるのかはわからないものの、いずれあなたのことも調べるでしょう。その結果がわかれば、あなたが《女戦士》の財務書類を改竄《かいざん》して投資者を騙《だま》したことをきちんと証明できると思います。それに、最大の投資者はムーン・モナハンのようなので、ロサンゼルスで起きた二件の殺人事件も、あなたにとってけっして他人事《ひとごと》ではないはずです。となると、ここの警備がこんなに厳重なのも説明がつきますよね」

「警備はエリンのためだ」

「嘘です」

「おれとエリンのためだ。ふたりとも有名人だし、ファンや野次馬から身を守る必要があるんだ」

「それに、あなたに騙されたムーン・モナハンからも」

ボーレンはいきなり立ち上がり、奥へ歩いていってうっすらと雪化粧をした広い芝生の庭に目をやった。が、すぐに振り向いて、部屋の反対側の端にいるわたしを見た。

「仮にあんたのいうとおりだとしよう。そうだといってるわけじゃないが、あんたはそれが真相だと思ってるのなら、ミスティーを殺したのはおれだということになるんだな」

「いいえ。エリンは大柄で、たくましくて、運動神経も発達してるけど、ミスティーは違いましたから。あなたがカナリアの首の骨を折るような人だとは思えないんです」

ボーレンの顔が赤くなった。

「意外と頭が固いんだな。必要なら人を雇えばいいじゃないか」

「で、雇ったんですか」

「ミスティーを殺すために？」

「ええ」

「どうしておれがそんなことをするんだ？　おれは、あのふたりと同時にやるのが好きだったんだ。ふたりが競い合うからだよ。どっちがより燃え上がるかを」

ああ、おぞましい！

「いずれなにもかも証明できると思います。でも、あなたがわたしの推理を裏づけてくれたら手間が省けるんです。それに、最終的な判断を下す際に、少しはみんなの心証がよくなるかもしれないし」

「みんな？」

「わたしと警察のことです」

「そこにはロサンゼルスの警察も含まれてるのか？」

「ええ」

「向こうにコネがあるのか？」

「ええ」

ボーレンは朝食を食べていたテーブルまでゆっくり戻ってくると、ワッフルをトーストのように手でつかんでかぶりついた。何度か嚙んで飲み込んだが、まずかったのか、顔をしかめて、残りは皿の上に放り投げた。

「あんたの推理はほぼ正しい。ただし、ロサンゼルスで起きた殺人事件のことはなにも知らないし、ミスティーの事件もおれは関与していない」

「じゃあ、いとこのアーロウ・ディレイニーの仲介でムーン・モナハンから映画の製作資金を調達したのは事実なんですね」

「ああ」

「モナハンを騙して利益の何パーセントとかいう配当を設定したのも事実ですね」

「やつは映画に投資したがってたんだ。ところが、業界のルールを知らなかったんだよ。わかるだろ？　しかし、おれは知っていた」

「モナハンにはモナハン独自のルールがあることを知ってたら、あなたも彼を騙したりしなかったはずだわ」

「かまうもんか」とボーレンはいった。「おれを殺すことはできないんだから」

ボーレンはとつぜん顔を上げてまっすぐわたしを見た。

「誰もおれを殺すことはできないんだ」

「あなたはジェラードを知ってますよね」

「ジェラード・バスガルだろ？　ああ、知ってるとも。以前はときどきこっちへ来てたよ。彼女たちに会いに」

「ミスティーが殺されたときも来てたんです」

「ほんとうか？　それは知らなかった」

わたしとボーレンはたがいを見つめた。ボーレンがわたしの話に衝撃を受けたのは明らかだったが、もう立ち直ったようで、そのうちまたわたしのことを〝サニー・バニー〟と呼びそうな気がした。

「誰がミスティーを殺したのか、心当たりはありませんか？」

ボーレンはかぶりを振った。

「それを突き止めるのがあんたの仕事だ、サマンサ・スペード」

56

わたしは、オールストンにあるアイリッシュ風パブのボックス席にフェリックスと一緒に座っていた。わたしもフェリックスも、パイントグラスで生ビールを飲んでいた。ロージーも一緒だった。オールストンのアイリッシュ風パブも犬を連れて入ってはいけないはずだが、ロージーはフェリックスの膝の上に座っていたので、文句をいう勇気のある人はいなかった。

「ムーン・モナハンと話をしたよ」とフェリックスがいった。「やつがあんたのところへよこした間抜けな男のことで」

「で、モナハンはなんていってました？　スパイクが、その、はっきりと思い知らせてやったので」

「その場に怪力の巨漢がいたのはラッキーだったといっておいたよ。そいつがいなかったらあんたが撃ってたはずだと」

「スパイクです」と、フェリックスに教えた。

「ああ、知ってるとも。スパイクだ。とにかく、あんたのところへ来た男は下っ端なんで、ムーンはなんとも思ってないようだ」

「よかったわ」

「ムーンには、リッチーと別れたってデズモンドもおれもあんたのことを大事に思ってると話しておいたよ」

「デズモンドはほんとうに大事に思ってくれてるかしら」

「いや。もう倅《せがれ》の女房じゃないんだから、兄貴はなんとも思ってないさ。けど、おれはあんたのことを気にかけてるし、それは兄貴も知ってるよ」

「じゃあ、またなにかあったらあなたたちの名前を出せばいいんですね」

「ムーンもおれたちと揉めたくはないだろうからな。もうあんたをわずらわせはしないさ」

「このあいだの間抜けな男は？　あの男が、その、お礼参りというか、ふたたび訪ねてくることはないんでしょうか？」

「それはない」

わたしはフェリックスを見つめた。

「ずいぶん自信ありげな口ぶりですね」

「やつは二度と訪ねてこないよ」

「フェリックス？」

「おれの言葉を信じろ」

「まさか……？」

「訊くな」フェリックスはそういって吠えるような声を出した。本人は笑っているつもりなのだ。「ノーコメントだ」

「フェリックス、わたしは……」

「なにもいうな」

「そもそも、どうしてあなたがあの間抜けな男のことを知ってるんですか？」

「怪力野郎がおれに電話で知らせてきたんだ」

「スパイクです」

「ああ、スパイクだ」

「わたしのことを気にかけてくださってることには感謝してます」とフェリックスにいった。「もちろん、スパイクにも。でも、わたしのためにあなたに人殺しをさせるわけにはいかないんです」

「おれは殺したいやつを殺すんだ。あんたの指図は受けん」

それ以上なにもいえなかった。フェリックスのことはよくわかっているからだ。フェリックスは膝の上のロージーを分厚い大きな手で撫でている。彼は彼なりの流儀でロージーを愛しているのだ。そして、わたしのことも。それは恐ろしい流儀だが、わたしがどう思おうと、変わりはしない。それに、これも恐ろしい話だが、わたしはあの間抜けな男をこれっぽっちも気の毒だとは思わなかった。

「素手で女性の首を折りたいときは、モナハンなら誰を雇うと思います？」

フェリックスはビールを飲んで、紙ナプキンで口を拭った。

「それぐらい誰にでもできるから、探すのにさして苦労はしないだろうよ」

「そういうことを専門にしてる人もいるんですか？」

フェリックスが笑みを浮かべた。いや、浮かべたように見えた。

「おれの知り合いに首折りを専門にしてるやつはいない」

「首を折って人を殺すのはいい方法なんですか？」

「どんな方法にもそれぞれ利点はある。要は、なにを重視するかだ。首を折るのは事故のように見せかけたいからかもしれないが、おそらくうまくいかないだろう。検死官なら、たいていすぐに見抜くはずだ。静かに殺したいのなら銃よりいいかもしれないが、一度でやっちまわないと騒がれる恐れがある」

「騒がれたら目的を果たせないかもしれませんね」

フェリックスはまた吠えるような声で笑った。

「ああ。だが、前もって練習するわけにもいかないからな」

「あなただったら、警戒の厳重な場所に忍び込んで女性を殺すときはどんな方法を使います？」
「ナイフだ」とフェリックスはいった。「ナイフの扱いがそんなにうまくなくても喉を切るのはさほどむずかしくないし、すぐには死なないかもしれないが、もう悲鳴は上げられないからな」

わたしは黙って頷いた。

「ひょっとして、いま調べてる事件は——パラダイスで女が殺された事件は——ムーンのしわざだと思ってるのか？」

「ええ」

「女が外出することはあったのか？」

「ええ、たびたび」

「ひとりでか？」

「たぶん。よくわからないんですが、ひとりで外出することもあったはずです。だったら、そのときに殺せばいいでしょ？　どうして警戒の厳重な屋敷内で殺すんですか？」

フェリックスが頷いた。

「ムーンじゃない」と彼はいった。

57

「つまり、軟弱なバディー・ボーレンにはミスティーの首を折ることなどできないというのか?」とジェッシイが訊いた。

「ええ。軟弱なだけじゃなくて、本人もそれがわかってるから、そんなことをしようとも思わないはずだわ」

ジェッシイが頷いた。

「で、フェリックスはフェリックスで、ムーン・モナハンはそんな殺し方をしないというんだな」

「ええ」

「フェリックスのいうとおりかもしれない。もしモナハンがボーレンに警告するためにミスティーを殺すのなら、あんな殺し方はしないはずだ。得るものよりリスクのほうが大きいんだから」

「ロサンゼルスのふたりはたぶんモナハンのしわざだと思うけど」

「なら、モナハンのことはクロンジェイガーにまかせるしかない。もしおれたちの推理が正しいのなら」

「ヒーリイ警部と連絡を取ればいいと教えてあげたらどうかしら」

「もう教えたよ」

「クロンジェイガー警部はマーティン・クワークとも話をすることになるかもしれないわ。父の知り合いなの」

「ボストンの殺人課の課長だろ？　ヒーリイの話じゃ有能な刑事らしい」

「ずいぶん詳しいのね」

「おれは署長だぞ！」

「わかってるわ。ほんとうは最敬礼したいんだけど、我慢してるの」

ジェッシイの目がきらっと光った。

「おれもそうだったよ、〈ジェレ・ジリアン〉の試着室では」

ひどく恥ずかしかった。

「お願いだから、あれは忘れて」

「いやだ」

わたしはかぶりを振った。

「で、さっきの話の続きだけど、もしバディー・ボーレンに対するわたしの推理が正しくて、モナハンに対するフェリックスの推理が正しかったら、残るのはエリンとバスガルだけね」

「いや、おれたちの知らない謎の人物があと何人かいるかもしれない」とジェッシイはいった。

「その仮説はどのぐらい信憑性《しんぴょうせい》があるの？」

「まったくない。エリンとバスガルがやったんじゃないということが判明すれば話は別だが」

「とりあえず、ふたりのうちのどちらかがやったと仮定したほうがいいわ」

「あるいは、ふたりが共謀してやったと」

「そうね」

わたしたちはジェッシイのオフィスに静かに座って、しばらくそのことについて考えた。

「動機がわかればいいんだけど」

「エリンが妹を殺した動機か？」

「首を折って殺すというのは、怒りに駆られた発作的な犯行のような気がするの。妹の首を折ろうと決めてジムのエクササイズルームに入っていくなんて、よほど冷酷な人間でなきゃできないわ」

「もしかすると事故だったのかもしれないいな」

「取っ組み合いの喧嘩をしていてミスティーの首が折れたとでも?」

「ありえないことじゃない」

「検死官は、誰かがミスティーの顔をつかんだ形跡があるといってるのよ」

ジェッシイが立ち上がって机の前に出てきた。

「ちょっと、立っておれの顔をつかんでくれ」

いわれたとおりにした。

「おれたちは激しくいい争っていることにしよう……たとえば、その、〈ジェレ・ジリアン〉の試着室でのことで」

「もうやめて」

「とにかく、きみはちゃんと目を見て話をしようと思っておれの顔を両手ではさんでいて、おれはなんとか逃れようとしていて、もしきみの力が強くて、おれが顔をそむけようとしたときにおれの顔を自分のほうへ向けようとしたら……」

「なるほど。あなたとわたしだったらそういうことになるとは思わないけど、エリンはわたしより力が強いだろうし、ミスティーの首はあなたの首ほど太くなかったはずだから」

ジェッシイは机の向こうに戻って椅子に座った。

「それに、もちろんバスガルも力は強い」

「わたしたちのこの仮説が正しいかどうか知ってるのは、エリンとバスガルだけよね」

「つまり、あのふたりが真実を語らない限り、どうすることもできないということだ」

「もう一度エリンと話をしてみるわ。はぐらかされるかもしれないけど」

「こっちも手詰まりだからな。バスガルは大陸の反対側にいるし、みずから尻尾《しっぽ》を出すようなばかな真似はしないだろうし」

「するかもしれないわ。もしエリンに疑いの目が向けられているのを知ったら」

「愛しているからか？」とジェッシイが訊いた。

頷いた。

「エリンを愛しているというバスガルの言葉を信じてるのか？」

「ええ。エリンのためなら彼はミスティーを殺すわ」

「おれはきみの言葉を信じるよ」

「わたしが女だからでしょ」

ジェッシイがまたにやりとした。「試着室でのことがあるからだ」

「あれは愛じゃないわ」

「違うのか？」

「ええ。たんなる戯れ」

「戯れ?」

「ええ。嫌いな人とはあんなことをしなかったと思うけど、愛を交わしたわけじゃないわ。じゃれ合いよ」

ジェッシイは椅子の背にもたれてわたしを見つめた。「それはいいことなのか、それとも悪いことなのか?」

わたしはリッチーのことを考えた。ほかの男性のことも、ドクター・シルヴァマンのことも。そして、ジェッシイのことも。

「別れた夫とのあいだでは、ふたりとも意識して〝愛を交わす〟というようにしてたの。セックスという言葉を使ったことは一度もなかったわ。〝いいことをしよう〟なんていったこともないし、もちろん〝ファック〟も。なんだか、おたがいを貶《おとし》めているような気がして」

ジェッシイはなにもいわなかった。真剣にわたしの話を聞いているようだった。それもほかの人と違う点のひとつだ。やはり、彼は優れた警官なのかもしれない。完全に聞き役に徹しているのだから。

「でも、愛を交わすといったって、もし片方が拒んだらどうなるの? 愛し合ってないってこと?」

「そうとは限らない」とジェッシイはいった。

「いいえ、そうよ。みんな、セックスはなによりも大事だと思ってるんだもの」

「たしかに」

「わかってくれるのね」

「おれもかつてはそうだった。セックスをすることによって、妻がおれを愛しているかいないか見極めようとしてたんだ」

「誰かを愛してるときは、すべてが愛の行為なのよ。朝食を食べるのも、一緒にスーパーへ買い物に行くのも……」

「殺人事件の話をするのも」

「そう、殺人事件の話をするのも」

核心に近づきつつあるのはたがいに気づいていたが、ふたりともしばらく黙り込んだ。

「ということは、セックスも愛の行為のひとつなわけだ」と、しばらくしてからジェッシイがいった。「朝食を食べるのと同じように」

「ええ。だから、たまにうまくいかないことがあっても、トーストを黒こげにしてしまうようなものなのよ」

「きみもおれも、セックスに過度な期待をしすぎたのかもしれない」

「たかがセックスだと思えばいいのよね。もちろん、愛し合っていればより楽しいんだけど」

「驚いたな。精神科医のところへ行ったのか？」

頷いた。

「おれも行ったほうがよさそうだ」

58

そのときは、たまたまそういうことになったのだと思っていた。けれども、考えてみると、ジェッシイとわたしがあちこち突つきまわしたからのような気もする。いずれにせよ、エリンは火曜日の午前十一時五十分にわたしのところへ電話をかけてきた。

「力を貸してほしいの」と彼女はいった。

「いいわよ」

「これは携帯でかけてるの……バスルームのなかから……ドアをロックして……聞かれないように」

「誰に？」

「バディーに。彼はわたしに外出させてくれないの。おまえはヒステリーだとか頭がおかしいとかいって」

「で、どうしてほしいの？」

「わたしを連れにきて」

「バディー・ボーレンが許すかしら」

「許さないと思うわ。でも、そこをなんとかしてほしいのよ。どうしてもここから逃げ出したいの」

「身の危険を感じてるの？」

「とにかくここから出たいの」

エリンの声は震えていた。ボーレンのいうとおり、エリンはヒステリー状態におちいっているのかもしれない。

「ここを出て、どこかへ行って……お願い、わたしを連れにきて……ここには警備員がいるでしょ……うじゃうじゃと。でも、どうしても出たいの」

「すぐに行くわ」と返事をした。

「でも、入れてもらえないかもしれない」

「なにか方法を考えるから」

わたしは車のなかからジェッシイに電話をかけた。

「エリンになにかあったみたいなの」

「よし。話してくれ」

ジェッシイに詳しい話をした。

「わかった」とジェッシイがいった。「おれも行く。騒ぎになると困るので、事情聴取のために任意同行するといおう。実際、彼女から話を聞くことになるんだから」

電話を切ってテッド・ウィリアムズ・トンネルを抜け、空港とオリエント・ハイツを通りすぎた。サフォーク・ダウンズを過ぎると、それまで助手席で寝ていたロージーがとつぜん立ち上がって床に飛び降りた。そしてヒーターの吹き出し口の前で体を丸め、片方の前足を鼻の上にのせてふたたび目を閉じた。エリン・フリントを無事に連れ出すまでは、ロージーにかまっている余裕などなかった。

ジェッシイは、シーチェイスの門の前にパトカーをとめてなかで待っていた。となりに座っている体の大きい若い警官の顔には見覚えがあった。たしか野球選手と同じ名前だったような気がするが、思い出せない。

「きみとロージーもこっちに乗れ」とジェッシイがいった。「一緒に門を強行突破しよう」

わたしはロージーを連れてパトカーのうしろに乗り込んだ。ロージーはヒーターから引き離されて怒っているようだったが、ジェッシイを見るなり機嫌を直して尻尾を振った。

「出港だ、スーツ」とジェッシイがいった。

そう、スーツケース・シンプソンだ。

「出港？」とシンプソンが訊き返した。

「ここのところずっと、海軍の古い戦争映画を観てたんだ」

シンプソンがパトカーを門に寄せると、ジェッシイが警備員にほほ笑みかけてバッジを見せた。

「許可を取るので待っててください」と警備員がいった。

「ふざけるな。おれが警察の署長だってことを知らないようだな。さっさと門を開けろ。許可を取るのはあとでいい」

「しかし……」

「開けろ」

警備員がしぶしぶ門を開けたので、パトカーは長いドライブウェイを進んだ。青いブレザーを着た警備員が相変わらず要所要所に立っていて、玄関では警備主任のランディーが待ち受けていた。わたしたちは車を降りた。

「おまえとロージーは艦に残れ」と、ジェッシイがシンプソンにいった。

「まったく。ミュージカルは観ないでくださいね」

ジェッシイはにやりとした。彼はジーンズとソフトボール・チームの青いジャンパーといういでたちで、バッジは胸の上のほうにつけていた。

「ミス・フリントに会わせてほしい」と、ジェッシイがランディーに告げた。

「いまは都合が悪いんです」とランディーがいった。

「なら、なんとか都合をつけろ」
ランディーは表情を変えなかった。

「ここで待っててください」彼はそういって廊下の奥へ向かった。ジェッシイがわたしを見て頷いたので、一緒にランディーのあとを追った。

「令状はお持ちですか？」とランディーが訊いた。

「こっちには、ミス・フリントがみずからの意思に反して拘束されていると疑うに足る理由があるんだ。令状なんか必要ない」

「拘束？」

「彼女をここへ連れてこい」

「バディーが……」

「なるほど、バディー・ボーレンの命令なんだな。じゃあ、やはり彼女はみずからの意思に反して拘束されてるんだ」

「そんなばかな」

「人を拘束するのは誘拐と似たようなものだな、サニー」と、ジェッシイがわたしに同意を求めた。

「ええ、そうだと思うわ。誘拐はとっても罪が重いのよね」

「あんたはその共犯者ってことになるんだぞ、ランディー」

ランディーはしばらく黙っていた。わたしとジェッシイは廊下にたたずんで、ランディーがなにかいうのを待った。

「わかりました。連れてきます」

「一緒にいくわ」と、わたしがいった。

ランディーがジェッシイを見た。ジェッシイが、〝先に行け〟という代わりに廊下の奥のほうへ顎をしゃくったのを合図に、ふたたび三人で廊下を歩きだした。エリンの部屋は中世の城を模した翼棟にあった。巨大なドアはオークの一枚板で、黒くて大きい鉄製の蝶番《ちょうつがい》がついている。ランディーがドアをノックした。

「ミス・フリント、警察が来てるんですが」

「エリン、サニーよ」と、わたしも呼びかけた。

ドアが開いてエリンがジェッシイを見つめ、続いてわたしを見た。

「署で話を聞くためにストーン署長と一緒に迎えにきたの」

「さあ、行こう、ミス・フリント」と、ジェッシイも声をかけた。

エリンは銀色のロングコートを着て廊下に出てきた。コートはスエード製で、襟に毛皮がついている。玄関に引き返すと、バディー・ボーレンが缶入りのコーラを手にして立っていた。

「いったいどういうことだ？」とボーレンが詰め寄った。

「通してくれ」とジェッシイがいった。

「彼女をどこへ連れていく気だ？」

わたしたちが立ち止まらないのを見て、ボーレンが声を張り上げた。

「田舎のお巡りのくせに、生意気な。クビになりたくなかったら止まれ」

無視してそのまま歩きつづけた。

「止まれといっただろ」ボーレンは甲高《かんだか》い声で叫んで、わたしたちの行く手をふさいだ。

「公務の執行を妨害するのであれば逮捕するしかない」とジェッシイがいった。「ことによると、歯が何本か折れることになるかもしれないぞ」

「それは脅しか？」とボーレンが訊いた。

ジェッシイは無言で頷いた。

「なにもしゃべるんじゃないぞ、エリン」ボーレンの声は震えていた。「弁護士を連れてすぐに行くから」

ジェッシイがわたしを見た。

「弁護士だとさ」

「怖いわね」

わたしはエリンの手をとって外に出た。ジェッシイもあとをついてきた。ボーレンは玄関のなかからわたしに向かって喚《わめ》いた。

「おい、あばずれ。きさまの探偵免許も取り上げてやるからな」

わたしはエリンと手をつないだまま、パトカーのうしろに乗り込んだ。エリンは震えていた。スーツケース・シンプソンと一緒に待っていたロージーは、すぐさまバックシートへジャンプした。エリンはあわてて体をそらしたが、なにもいいはしなかった。ジェッシイも車に乗り込んで、にやにやしながら振り向いた。

「バディー・ボーレンがきみのニックネームを知っていたとは」と、ジェッシイがわたしにいった。

「あれはわたしのニックネームじゃないし、あんな脅しも通用しないわ」

ジェッシイが頷いた。「帰港だ、スーツ」

スーツケース・シンプソンはゆっくりとかぶりを振ってパトカーのエンジンをかけた。

「困ったもんだ」

59

橋を渡っているときにエリンがいった。「警察を呼んでくれと頼んだ覚えはないわ」

「ええ」と、わたしはなだめにかかった。「でも、しかたなかったの。ひとりで何人もとやり合うのは無理だから」

ジェッシイはわたしたちと話をするために横を向いた。

「どこへ行きたい？」と、ジェッシイがエリンに訊いた。

「えっ？」

「あんたはもう自由だ。どこへ行きたい？」

「警察署へ連れていくといったじゃない」

「あれは方便だ」

「あなたをあそこから連れ出すにはああいうしかなかったのよ」と、わたしが説明した。

「これからどこへ行ってなにをしたいのか、そして、その理由を教えてくれたら力になれるかもしれないわ」

「わたしは……」

ロージーがわたしとエリンのあいだに割り込んできて、気持ちよさそうに寝そべった。

エリンがロージーを見た。

「なぜいつもこの犬を連れてくるの？」

「愛してるからよ」と答えた。「さあ、どうしたいのか教えて」

エリンは一生懸命考えているようだったので、待った。

橋を渡り終える直前にエリンがいった。「ジェラードに会いに行かなきゃいけないの」

「彼はどこにいるの？」と、わたしが訊いた。

「ここよ」とエリンが答えた。

「ここって、どこ？」

「ボストンのホテル」

スーツケース・シンプソンがジェッシイを見た。ジェッシイが頷いた。橋を渡って右折すると警察署のあるダウンタウンへ行くが、シンプソンはそのまま直進した。

「彼はなにしに来たの？」

「わたしが呼んだの」とエリンがいった。「会いたかったから」

「どうして？」

エリンは走ったあとのように喘《あえ》いでいる。黙りこくったので、わたしも返事をせかしはしなかった。車のなかがしばし沈黙に包まれた。エリンの荒い息は静まりそうにない。

ずいぶんたってから、エリンがいった。「わたしの人生は壊れかかってるの。いいえ、わたし自身が壊れかかってるのよ……妹が死んじゃって……メジャー・リーグでプレーすれば笑い者になるのは確実だし……なのに、野球をやらないのならもう映画はつくらないとバディーにいわれて……わたしは映画に出たことですでに笑い者になってるとまでいうのよ、彼は……それに、彼の変態趣味に付き合わされて……だから、ジェラードに会いたいの。どうしても会いたいの」

「なぜ?」と訊いた。

「彼はわたしを愛してくれてるからよ。彼だけなの、わたしを愛してくれてるのは。だから会いたいの」

わたしはジェッシイを見た。ジェッシイは眉を上げたが、頷いた。

「じゃあ、ジェラードのところへ連れてってあげるわ。どこへ行けばいいの?」

「あなたたちと一緒だと怒るわ、きっと」

「じゃあ、彼に会うのは諦めるしかないわね」

エリンの頬を涙が流れ落ちた。わたしはふたたび彼女の手を握った。そして、その手をロージーの背中の上に置いた。不愉快だったかもしれないが、ロージーはじっとしていた。

「悪いようにはしないわ」と、わたしがいった。

「ほかに頼れる人はいないの」とエリンはいった。「ジェラードしか」

「わたしたちもいるじゃない」

エリンは顔をそむけて、通りに建ち並ぶ瀟洒《しょうしゃ》な家を眺めた。

「ジェラードは電話一本でカリフォルニアから飛んで来てくれたんでしょ」と、わたしがいった。

エリンが頷いた。

「わたしたちも、電話一本でバディー・ボーレンの屋敷に駆けつけてあなたを連れ出してあげたじゃない」

エリンはふたたび頷いた。

「ジェッシイとわたしも一緒に行くわ。四人でじっくり話し合いましょう。あなたとジェラードと、わたしとジェッシイの四人で。あなたにとってはどうするのがいちばんいいか、みんなで考えるの」

「車をとめて」とエリンがいった。「ジェラードに電話をかけるわ。でも、あなたたちに聞かれるのはいやだから」

シンプソンがジェッシイを見た。ジェッシイが頷いたので、シンプソンは車を路肩に寄せてとめた。エリンは携帯電話を持って車を降りて、六十メートルほど歩いた。

「逃げるつもりかもしれないわ」と、わたしがいった。

「スーツはレイヨウ並みに足が速いから大丈夫だ」と、ジェッシイが請け合った。

「ぼくが走るのを見たこともないくせに」と、シンプソンが否定した。

「いや、レイヨウ並みなのはおれのほうかもしれない」とジェッシイが訂正した。

エリンはしばらく話をすると、携帯電話を閉じて戻ってきた。

「彼はフォーシーズンズにいるの。部屋番号を教えてくれたわ」

「で、あなたを待ってるの？」

「彼はわたしを愛してるから」

エリンの呼吸は元に戻りつつあった。

「じゃあ、待ってるのね」

「ええ」

「あなたは彼を愛してるの？」と、ついでに訊いた。

「わたしが彼を？」

「ええ」

「さあ……そんな……よくわからないわ。でも、彼に会いたいの」

わたしは頷いた。

「それは愛してるってことだと思うわ」

60

わたしたちは、すぐ前にパブリック・ガーデンが、そしてチャールズ通りの向こうにコモンが見えるこぢんまりとしたスイートルームのリビングに座った。エリンはバスガルと並んで座った。

「エリンを連れ出してくれてありがとうよ」と、バスガルが礼をいった。

わたしとジェッシイは頷いた。

「バディー・ボーレンはどうして外出させてくれなかったの？」と、わたしがエリンに訊いた。

エリンはバスガルを見た。バスガルが頷いた。

「バディーは、わたしが野球が下手《へた》だってことを自分でみんなにいいふらすのを恐れてたのよ」とエリンがいった。「いざとなったら公表するつもりだと、バディーに告げたの。それに、彼が変態だってことも」

「彼はどうしてなにがなんでもあなたにメジャー・リーグでプレーさせようとしてたの

？」

「球団が赤字だからよ。わたしが試合に出て客が増えたら高い値で売れるんですって」

バスガルは無言のままジェッシイを見た。ジェッシイもバスガルを見た。相手がどれほどの男か、たがいに品定めをしているようだった。

「どうして球団を売らなきゃいけないの？」と、わたしが訊いた。

「おまえのせいだと責められたわ」とエリンはいった。「《女戦士》に投資して大金を失った人にいくらか返さなきゃいけないらしいの」

「ムーン・モナハンね」

エリンがバスガルを見た。バスガルが頷いた。

「ええ」

「おまえのせいじゃない」とバスガルがいった。

「バディーはわたしのせいだといったわ」

バスガルは反論しなかった。

「で、ミスティーはどうしてあんなことになったの？」と、わたしが訊いた。

ジェッシイとバスガルがまた見つめ合った。エリンは黙っている。

「教えて。いまさら隠したってしょうがないでしょ。ほんとうのことを話してくれなきゃ力になれないわ」

エリンはかぶりを振った。わたしは待った。バスガルはジェッシイを見つめたまま、手の甲で顎をさすった。

「おれが殺したんだ」とバスガルがいった。

「嘘よ」とエリンが叫んだ。「彼が殺したんじゃないわ」

それでわかった。動機はともかく、犯人はわかった。

「あなたが殺したのね」

「そう」

「黙れ、エリン」とバスガルが止めた。「彼女はおれをかばおうとしてるんだ」

「あるいはその逆かもしれないわ」と、わたしがいった。「ねえ、エリン、そのときのことを話してくれない？」

「ミスティーは出ていこうとしてたの。これ以上バディーとセックスするのはいやだ、バディーの変態趣味にはもう耐えられないといって。彼女は女優じゃないし、メジャー・リーグでプレーするわけでもないから、わたしを置いてひとりで出ていこうとしてたの。これまでずっと手を取り合って生きてきたのに。ミスティーが出ていったらおまえも放り出すとバディーはいったわ。もうふたりとも必要ないって」

エリンはそこまで話して、しばらく間をおいた。

「こいつのいうとおりだ」と、バスガルが気の抜けたような声でいった。「ただし、ミステイーを殺したのはおれだ。こいつが電話をかけてきたんだよ。困ったことがあると、いつもおれに電話をかけてきてたんだ。だから、おれはミスティーと話をするためにこっちへ来た。で、よくいって聞かせようと思って、両手で顔をはさんで……」

バスガルは両手を上げて、どんなふうにしたか示して見せた。

「けど、ミスティーが顔をそむけようとしたんで、おれがこっちを向かせようとしたら……」その先はいわずに肩をすぼめた。

「彼女の首が折れたのね」と、わたしが代わりにいった。

バスガルが頷いた。

「あれは事故だったんだ。殺すつもりはなかった。おれはあいつのことを妹のように可愛がってたんだから」

「そうよ」とエリンがいった。「ジェラードのいうとおりだわ。ただし、やったのはわたしなの。わたしは力が強いのよ。ミスティーよりはるかに。ジェラードはミスティーを説得しようとしたんだけど、ミスティーが喚《わめ》きちらすんで、ジェラードがいまいったように、わたしがミスティーの顔を両手ではさんで……殺してしまったの。殺すつもりはなかったんだけど、殺してしまったの」

バスガルがかぶりを振った。

「やったのはおれだ」

「バディー・ボーレンはそれを知ってるのね」と、わたしがエリンに確認した。

「ええ。ばかな真似をしたら警察に突き出すと脅されたわ」

「で、あなたはジェラードにどうしてほしかったの？」

「わたしがミスティーを殺したあとで？」

「いいえ、なぜまたジェラードを呼んだのかってこと」

「それは……バディーを殺して、わたしをあそこから連れ出してほしかったからよ」

「あんなに警備が厳重では無理だ」と、ジェッシイが口をはさんだ。

「わかってる」とバスガルがいった。「けど、こいつがなんとか逃げ出してきたら、機会を狙ってやつを殺すつもりだったんだ」

「そんなことをしなくても、お金が戻ってこないとわかったらムーン・モナハンがボーレンを殺してくれるわ」と、わたしが教えた。

バスガルは頷いてうっすらと笑みを浮かべた。

「たぶん」

「とにかく、ミスティーの死が事故だったという点ではおまえとエリンの意見が一致してるんだな」と、ジェッシイが話を整理した。

エリンもバスガルも頷いた。

「しかし、誰がやったかについては意見が分かれているわけだ」

「やったのはおれだ」とバスガルがいった。

「わたしよ」と、エリンもいい張った。

ジェッシイがわたしを見た。

「起訴する場合は、そこのところの解釈がむずかしいだろうな」と、彼はわたしを見たままいった。

「法の裁きを受けるというのであれば、この州でいちばん腕の立つ刑事弁護士を紹介してやる」

一瞬、沈黙が流れた。

ジェッシイはまだわたしを見つめている。

「法の裁きは受けたくないといったら?」とバスガルが訊いた。

「ここでの話を否定して、ミスティーの死の真相は知らないといい張るのであれば、起訴に持ち込むのはむずかしいだろう」

「バディーを起訴するって手もあるよな」バスガルは、わたしたちの顔色をうかがいながらそういった。

「ああ、たしかに」と、ジェッシイが相槌を打った。

「ストーン署長とわたしが敗北を認めるという手もあるわ」と、わたしがいった。

「ってことは?」バスガルはさらに用心深い口調で訊いた。

ジェッシイがいきなり立ち上がった。

「おまえとエリンはカリフォルニアへ帰って、二度と戻ってくるな」

わたしも立ち上がって、ジェッシイと一緒にドアへ向かった。エリンとバスガルはわたしたちを見つめていた。ドアの手前でジェッシイが足を止めた。

「これで終わりにしろ。もしバディー・ボーレンを殺したら、そのときはかならず逮捕する」

「サニー……」エリンがわたしを呼んだ。

ジェッシイがドアを開けた。

「さよなら《バイヤ・コン・ディオス》」

わたしはそう声をかけて、ジェッシイとともに部屋を出た。

61

ジェッシイとわたしは、サウス・ボストンにあるわたしのアパートでマーティニを飲んでいた。ロージーは大きな音を立てて大好物のにんじんをかじっていた。

「自分に弱い面があるのはわかってたの」と、わたしがいった。「でも、あなたもそうだとは知らなかったわ」

「彼女はこれまでずっと他人に利用されてたからな。バディー・ボーレンにも長年にわたってセックスの相手をさせられてたし」

「よく耐えてたと思うわ」

「おれは彼女の話を信じるよ」とジェッシイがいった。「たぶん彼女がやったんだろう」

「自分がやったというバスガルの話にも説得力があったけど」

「多少はな。しかし、そのうちかばいきれなくなるのはやつもわかっていたはずだ」

「でも、エリンが電話をかけたら飛んできたのよ、彼は。前回も、今回も」

ジェッシイが頷いた。

「エリンを愛してるからよね。エリンも彼を愛してるんだわ」

「あるいは、ふたりとも混乱しているのかもしれない」

「だから、落ち着いて考える時間が必要だったのよ」

「ああ」

「あなたがそれを与えてあげたんだわ」

「与えたのはおれたちだ。おれひとりのせいにしないでくれ」

「わたしには、記者会見を開いてあの事件は迷宮入りですと発表する必要なんてないのよ」

「おれだってそんなことをする必要はない。捜査は継続中だということにしておけば、また別の事件が起きて、世間の関心はそっちへ移るだろう」

「たとえば、バディー・ボーレンが殺されるとか？」

「ムーン・モナハンがボーレンのまわりの人間を殺し尽くすまで、それはない」

「じゃあ、成り行きにまかせるってこと？　ボーレンはぜったいに法に背《そむ》くことをやってるはずよ」

「クロンジェイガーの部下が財務書類を調べてるから、なにか出てくるかもな。いずれにせよ、バディー・ボーレンは追い込まれることになる」

わたしは牛肉の赤ワイン煮の様子を見にキッチンへ行った。牛肉の赤ワイン煮は三つしかないレパートリーのひとつだ。鍋をのぞいて火を少し弱めて、ついでにマーティニのお代わりをつくって、ロージーにもにんじんをもう一本食べさせた。マーティニは、シェイカーをテーブルに持っていってそれぞれのグラスに注いだ。

「人のことはいえないけど、あなたもそうとう情にもろいのね」

「だから、愛に溺れてしまうんだ」

「わたしもそうよ」

しばらく見つめ合った。

「料理はあと一時間ほどかかるの」

「じゃあ、高級ブティックへ行くか？」

「今夜はごく普通に楽しみたいわ。ベッドもそこにあることだし」

「スリルには欠けるが、出かける手間が省けるからいいか」

「わたし、あなたのことを愛しているような気がするの」

これにはわたし自身も驚いた。そんなことをいうつもりはなかったからだ。それどころか、ジェッシイを愛しているかどうかさえ、そのときまでよくわかっていなかったのだから。

「ああ。おれもきみを愛しているような気がする」

「それってすごいことじゃない？」

「ああ、すごいことだ」

ふたりでグラスを触れ合わせ、マーティニをひと口飲んで、テーブルの上に戻した。

「脚のむだ毛は剃ってるか？」

「ええ、あなたと出会ってからは毎日」

訳者あとがき

ロバート・B・パーカーのサニー・ランドル・シリーズも、本書『虚栄』で五作目を迎えた。サニー・ランドルはボストンを中心に活躍する女性私立探偵だが、今回は、同じくパーカーが描くジェッシイ・ストーン・シリーズの舞台であるパラダイスの町に赴いて、警察署長のジェッシイ・ストーンとともに事件の真相を探ることになる。パーカー・ファンにとっては待望の〝夢の共演〟がついに実現したわけだ。

パラダイスはボストン近郊の架空の町で、町の中心部から岬まで海沿いの道路を走って橋を渡ると、スタイルズ島がある。そこに住むバディー・ボーレンという名の映画プロデューサーがサニーに女優の護衛を頼んできたのだ。女優の名はエリン・フリント。演技力はゼロだが、若さとルックスと運動神経のよさを武器にスターダムにのし上がった人物だ。二十世紀前半のもっとも優れた女子スポーツ選手と称されるベーブ・ディドリクソンの伝記映画で主役をつとめることも、すでに決まっていた。メジャー・リーグの弱小球団のオーナーでもあるボーレンは、映画と球団の宣伝を兼ねてエリンをメジャー・リーグでプレーさせるつもりでいたが、女性がメジャー・リーグ入りすることには反発もあるので、護衛をつけることにしたらしい。ところが、エリンの付き人が殺されたために、サニーの仕事は護衛から犯人探しに切り替わる。しかし、なんの手がかりもないまま、殺された付き人とエリンの過去を調べているうちに、哀しい事実を知ることになって……。ちなみに、本書の原題は*Blue Screen*で、ブルー・スクリーンとは、あとで背景に別の映像をはめ込むのを前提に被写体を撮影するときにうしろに置く青い布のことを指す。その言葉にこめられた意味は、本書を読めばおわかりいただけるだろう。

念のために、ここで簡単にジェッシイ・ストーンの紹介をしておこう。パラダイスの警察署長をつとめているジェッシイ・ストーンは元プロ野球選手で、マイナー・リーグでプレーしていたが、肩を痛めて野球を断念し、ロサンゼルス市警の刑事になったという経歴の持ち主だ。西海岸から大陸の反対側にあるマサチューセッツ州の田舎町へやって来たのは、酒に溺れてロサンゼルス市警を解雇されたからだった。ジェッシイもサニーと同様に離婚経験者で、いまでもまだ別れた相手と強い絆で結ばれていると信じているのもサニーと同じだ。しかし、サニーの元夫はすでに再婚して、近々子供が生まれるという。ジェッシイのほうも、できることなら別れた妻と縒《よ》りを戻したいと思っていたようだが、それはもう無理だと感じはじめている。そんなふたりが惹《ひ》かれ合うのは、ごく自然の成りゆきといえるだろう。本書の後半に、「清潔で、とても明るいところ」という題の短篇を知っているかと、サニーがジェッシイにたずねる場面がある。これはアーネスト・ヘミングウェイの作品で、夜更けのカフェへいつもひとりでブランデーを飲みにくる、一週間前に自殺未遂を起こしたばかりの耳の不自由な老人と、早く店を閉めて家に帰りたいがために老人を追い出そうとする若いウエイターと、自分も夜には明かりが必要な人間のひとりだからと、老人に同情を示す初老のウエイターの話なのだが、サニーとジェッシイの出会いはどちらにとっても、虚無感にさいなまれて暗い闇のなかをさまよい歩いているときに明かりの灯ったカフェを見つけたようなものだったのかもしれない。

サニー・ランドル・シリーズは、女性探偵を主人公にした小説を書いてほしいという女優のヘレン・ハントの依頼を受けて誕生したにもかかわらず、映像化の話はいまだに実現していないが、ジェッシイ・ストーン・シリーズのほうはすでにテレビ映画として放映されていて、ジェッシイの役はトム・セレックが演じている。ジェッシイ・ストーン・シリーズの最新作 *High Profile* にはサニーも登場しているので、*High Profile* がテレビ映画化される際に誰がサニーを演じるのか、おおいに興味をそそられるところだ。本書で、映画プロデューサーのバディー・ボーレンがサニーのことをサニー・バニー、あるいはサマンサ・スペードと呼んでいるのは、彼女が童話のキャラクターのウサギやテレビドラマ《FBI失踪者を追え》の女性捜査官に似ているからだろうか？

それからもうひとつ。パーカーは、サニー・ランドル・シリーズとジェッシイ・ストーン・シリーズのほかに、最新作で三十四作目になるスペンサー・シリーズも並行して書いていて、本書には前作の『メランコリー・ベイビー』に引きつづき、スペンサー・シリーズからスペンサーの恋人、スーザン・シルヴァマンがサニーのセラピストとして〝ゲスト出演〟している。スーザンのほかにも、長年パーカーの作品を読んでおられる読者にはお馴染みの人物が顔を出したり話題に上ったりしているが、このように、それぞれのシリーズの登場人物が別のシリーズに出てくるのは、読者にその人物を別の視点から眺める機会を与えるだけでなく、パーカー・ワールドと呼んでもいいほどユニークで、かつ壮大な世界を築き上げるのに大きな役割を果たしている。

なお、サニー・ランドル・シリーズ六作目の *Spare Change* も、もうすぐ完成するようだ。三十年前に連続殺人事件を起こしていまだに捕まっていない男がふたたび犯行を繰り返し、元警察官で、三十年前の事件の捜査を担当していたサニーの父親に挑戦状を送りつけてきたことから、サニーがみずから囮《おとり》となって犯人をおびき寄せるという内容らしい。サニーが父親とともにどのように犯人に立ち向かうのか、サニーとジェッシイの関係は今後どう発展するのか、あれこれ思いめぐらせながら楽しみに待ちたいと思う。

二〇〇七年三月

ロバート・B・パーカー　スペンサー・シリーズ

初秋
菊池　光訳
孤独な少年を自立させるためにスペンサーは立ち上がる。ミステリの枠を越えた感動作。

誘拐
菊池　光訳
家出した少年を捜索中、両親の元に身代金要求状が！　スペンサーの恋人スーザン初登場

残酷な土地
菊池　光訳
不正事件を追うテレビ局の女性記者。彼女の護衛を引き受けたスペンサーの捨て身の闘い

儀式
菊池　光訳
売春組織に関わっていた噂のあるエイプリルが失踪した。スペンサーは歓楽街に潜入する

拡がる環
菊池　光訳
妻の痴態を収録したビデオを送りつけられた議員。スペンサーが政界を覆う黒い霧に挑む

訳者略歴　青山学院大学文学部英米文学科卒，英米文学翻訳家　訳書『メランコリー・ベイビー』パーカー，『凍てついた夜』ラ・プラント，『王宮劇場の惨劇』オブライアン（以上早川書房刊）他多数

HM=Hayakawa Mystery
SF=Science Fiction
JA=Japanese Author
NV=Novel
NF=Nonfiction
FT=Fantasy

虚《きょ》栄《えい》

〈HM⑪⓪-41〉

二〇〇七年四月二十日　印刷
二〇〇七年四月二十五日　発行
（定価はカバーに表示してあります）

著者　ロバート・B・パーカー
訳者　奥《おく》村《むら》章《あき》子《こ》
発行者　早川浩
発行所　株式会社　早川書房
郵便番号　一〇一 - 〇〇四六
東京都千代田区神田多町二ノ二
電話　〇三 - 三二五二 - 三一一一（大代表）
振替　〇〇一六〇 - 三 - 四七七九九
http://www.hayakawa-online.co.jp
乱丁・落丁本は小社制作部宛お送り下さい。
送料小社負担にてお取りかえいたします。

印刷・精文堂印刷株式会社　製本・株式会社川島製本所
Printed and bound in Japan
ISBN978-4-15-075691-8 C0197